你不知道的铜梁

NI BU ZHIDAO DE
TONGLIANG

重庆市铜梁区作家协会 编

江西高校出版社
JIANGXI UNIVERSITIES AND COLLEGES PRESS

图书在版编目（CIP）数据

你不知道的铜梁／重庆市铜梁区作家协会编.
——南昌：江西高校出版社，2020.5（2022.2重印）
ISBN 978-7-5493-9907-9

Ⅰ.①你… Ⅱ.①重… Ⅲ.①散文集–中国–当代 Ⅳ.①I267

中国版本图书馆CIP数据核字（2020）第065762号

出版发行	江西高校出版社
社　　址	江西省南昌市洪都北大道96号
总编室电话	（0791）88504319
销售电话	（0791）88522516
网　　址	www.juacp.com
印　　刷	天津画中画印刷有限公司
销　　售	全国新华书店
开　　本	700mm×1000mm　1/16
印　　张	15
字　　数	220千字
版　　次	2020年5月第1版 2022年2月第2次印刷
书　　号	ISBN 978-7-5493-9907-9
定　　价	58.00元

赣版权登字-07-2020-352

版权所有　侵权必究

图书若有印装问题,请随时向本社印制部（0791-88513257）退换

《你不知道的铜梁》编委会

主　　编：王应兰

执行主编：唐道伏

编　　委：(按姓氏笔画排序)
　　　　　王应兰　王晓婧　苏其善
　　　　　何　磊　迟华策　张凤鸣
　　　　　卿德胜　唐道伏　彭　强

重庆市铜梁区作家协会／编

序 言

原乡风情,大美铜梁。

龙乡铜梁,深受大自然的眷顾。这里风光旖旎,两山环抱,三河环绕;这里人文厚重,两万年文明古风浸润,上千年建县历史积淀;这里文化灿烂,祖祖辈辈铜梁儿女扎龙、舞龙、崇尚龙,孕育出享誉中外的"铜梁龙,中华龙"。

巴岳山、玄天湖、安居古城、荷和原乡、西郊绿道……铜梁是一个适合安放乡愁、安放诗情画意、安放神奇梦幻与向往的地方。

爱国音乐家刘雪庵、传奇将军郭汝瑰、国际主义战士邱少云、"中国好人"吴定富、全国道德模范包子婆婆、全国最美职工杨发英……铜梁这一方天空飘扬着旗帜,这一方土地生长着情怀与信念,生长着精神与灵魂。

当前,踏着时代的步伐,站在新的历史方位,铜梁得天时、据地利、享人和,正意气风发地耕耘美好,收获幸福。她的嬗变交织着过去与未来,丰饶而深邃,动人且迷人……

我们编撰《你不知道的铜梁》,着眼于社会主义核心价值观,讲好中国故事,讲好铜梁故事,对历史文化资源、景点、人物、龙的精神内涵等再度梳理、挖掘和创作。这些作品除旧纳新,与时俱进,思想性与艺术性并重,从风景到风骨、从文化到文脉、从生态环境到精神状态,展示铜梁

自然风光、民俗风情、特色风物、人文风韵，展现铜梁风貌之美、质朴之美、活力之美、生长之美。

我们期望，本书能对立体宣传铜梁，助推铜梁文旅深度融合发展尽一份绵薄之力。

本书的部分文章，遴选自《安居古城旧事》《魅力铜梁》《亘古一龙腾》《神奇的巴岳》等书籍，在此，感谢编者的辛勤付出，感谢作者的慷慨供稿。

《你不知道的铜梁》编委会

2019 年 9 月

目 录
CONTENTS

龙在家乡

铜梁龙灯的孕育与发展 / 王万明 ·················· 2

田东海供灯龙灯会 / 戴 明 ·················· 9

蒋玉霖和铜梁大龙 / 李明忠 ·················· 11

傅全泰固守清贫为龙生 / 蒋明琴 ·················· 18

安居的舞龙习俗 / 王万明 ·················· 22

铜梁龙舞 / 梅 洁 ·················· 25

诗情画意壮心飞 / 李明忠 ·················· 28

工匠精神引领全球龙舞发展 / 宗和云 ·················· 31

山水知音

巴岳：蚕丛辟后惊苍莽 / 张顺之 蒋厚道 ·················· 42

宝相庄严慧光寺 / 叶作富 ·················· 50

巴岳初游记 / 王我师 ·················· 52

好一座安居城 / 唐道伏 ·················· 55

安居会馆与移民 / 戴 明 ·················· 63

王家科第盛 / 戴　明 …………………………………………… 66
安居吊脚楼 / 邱礼彬 …………………………………………… 68
蒹葭畔，有安居 / 强　雯 ……………………………………… 71
凤兮，凤山 / 陶　李 …………………………………………… 73
龙城三水 / 池华策 ……………………………………………… 78
为梦想着色的奇彩梦园 / 王晓婧 ……………………………… 82
心扉之上有荷田 / 张凤鸣 ……………………………………… 84
原乡晨曲 / 真研仁
　　——铜梁区乡村振兴西郊片区掠影 ……………………… 87

人物英华

礼部侍郎庹正 / 王万明 ………………………………………… 92
名儒阳枋义薄云天 / 彭　强 …………………………………… 95
河南巡抚胡尧臣 / 王万明　彭　强 …………………………… 99
湖广巡抚王俭 / 彭　强 ………………………………………… 102
张佳胤令滑 / 冯梦龙 …………………………………………… 105
翰林王恕 / 王万明　戴　明 …………………………………… 107
翰林王汝嘉 / 王万明　戴　明 ………………………………… 112
安徽巡抚王汝璧 / 王万明 ……………………………………… 116
曾翰林云南施惠政 / 彭　强 …………………………………… 119
翰林吴鸿恩 / 吴科瑞　王万明 ………………………………… 122
抱愧刘雪庵 / 李明忠 …………………………………………… 127
对面山上的姑娘 / 吴景娅 ……………………………………… 142
烈火金刚邱少云 / 叶作富 ……………………………………… 153
"拾荒校长"的多面人生 / 郑　友　郑成林　钟志兵 ………… 158
摆渡 / 王应兰 …………………………………………………… 164
包子婆婆 / 葛稚川 ……………………………………………… 168

幸福的味道／杜锦权 …………………………………………… 174

为死者说出真相／唐道伏 ……………………………………… 177

仙凡之间

黄桷门的传说／杨　梅　庚宗庆 ……………………………… 186

天灯石的传说／葛稚川 ………………………………………… 189

一支穿越的竹杖／赵兴明 ……………………………………… 194

鲁班巧修波仑寺／吴科瑞　胡发会 …………………………… 201

安居县一品城隍／邹贤忠 ……………………………………… 204

碧玉簪／李　菁 ………………………………………………… 207

奇人刘银子／肖闲文 …………………………………………… 212

枯草青传奇／杜锦权 …………………………………………… 215

金钟寺的传说／葛稚川 ………………………………………… 219

太公寺的传说／刘　艳　苏其善 ……………………………… 222

天星寨"北斗七星"的传说／苏其善 ………………………… 225

龙在家乡

你不知道的铜梁 TONGLIANG

铜梁龙灯的孕育与发展

王万明

巴人与蛇巴文化

龙是我国古代民族的图腾崇奉物，居住在西南方的巴人先民亦以巨蛇（青龙）为图腾。巴人的蛇巴文化是中华龙文化的一个重要组成部分，也是当今享誉四海的铜梁龙灯的一个主要源头。

巴人何来？其立国很久远。公元前21世纪左右，巴人已在沔水中游至洞庭湖一带聚居。在殷墟甲骨文中，人们就发现有"巴方"一词；很早的《殷契粹编》，也有"妇好伐巴方"的记载。那时，巴人的活动区域在商王朝的西南方。据《华阳国志·巴志》载："武王既克殷，以其宗姬封于巴，爵之以子。"古时远国虽大，其爵不过子，故吴、楚及巴皆称子。西周（前1046年—前771年）初，周武王分封71个诸侯国，巴氏被封为子国，首领为巴子，因而叫巴子国，简称巴国。

据《山海经·海内经》载："西南有巴国，太暤（又为太昊，一说为伏羲，一说非伏羲，也有称太暤伏羲氏的）生咸鸟，咸鸟生乘釐，乘釐生后照，后照始为巴人。"按此说，伏羲是巴人的祖先，巴人的先祖后照应是伏羲的后裔分支。另据《左传·昭公十七年》记载："太暤氏（伏羲）以龙纪，故为龙师而龙名。"正因为如此，巴人对伏羲、女娲十分尊崇，伏羲、女娲的蛇图腾信仰也对巴人的文化心理结构产生了影响，并占据着非常重要的地位。

巴人立国之后，由清江流域向外拓展，巴国刚开始定都长阳，然后定都夷城。由于受楚国的挤压，巴国都城由夷城转为枳城（涪陵），再由枳城转为江州（重庆）。都城在江州的时候，这时为巴国强盛时期，"其地东至鱼复，西至僰道，北接汉中，南及黔涪"。势力所及，疆域辽阔，包括今重庆全境、湖北恩施、黔东北、川东北及陕西汉中等地区。在巴山渝水的广袤大地，巴人创造了灿烂辉煌的巴渝文化，其重要的组成部分就是特色鲜明的蛇巴文化，为中华龙文化的一个重要组成部分。

巴人繁衍生息的自然环境，对他们生存与信仰的形成也有很密切的关系。古时巴地多巨蛇，即蟒蛇，巴人对之一直崇尚有加。中原人称巴地之巨蛇为"巴蛇"，有时也代指巴人群体。"巴"字本身就是由蛇的象形而来。《说文·巴部》注释："巴，虫也。或曰食象它。""它"即是蛇的本义，象形字为一条蜷着身子的蛇；"巴"字字首中有一短竖，即表示蛇的口中有所吞之物。古人常称蛇（特别是蟒蛇）为龙蛇，"巴、它"皆含龙蛇之义。

在部落社会晚期，部落之间常常发生战争，巴部落曾给象部落以重创，也曾受到过羿部落的毁灭性攻击。神话《巴蛇食象》《羿屠巴蛇》就隐隐约约地显露出那些残酷战争散落下历史碎片的些许痕迹。神话里的巴蛇不是指真蛇，而是巴部落的代称，此时的部落经过历史的融合、发展、壮大，早已成为多部落的联盟。"食象"，即打败象部落之意。

在远古时期，巴部落与羿的部落发生战争，失利后往北、往西迁徙。一支到达武落钟离山（今湖北长阳境）繁衍生息，发展壮大，在商代由部落联盟首领务相与四姓争神获胜，被立为廪君。务相是一个了不起的英雄首领，他使巴人部落在这里得以生存下来，并重振雄风。在廪君之后，这支巴人认为"廪君死，魂魄化为白虎"，因而白虎很受尊崇，与龙蛇一样成为部落的崇奉物，在一些古籍中被称为"白虎夷"。一般认为，自廪君之后，因这支影响极大的巴人崇奉白虎图腾，就与崇奉龙的巴人形成了后来的白虎巴人和龙蛇巴人两大支系，即"虎巴"和"蛇巴"。巴人逐步扩张、西进，在盐阳（今恩施）兼并了盐神部落，建立了更为强大的巴人部落联盟。

古代巴人中有一个支系名"蜑"（dàn），《说文》称之为"南方夷"，世居具有"蛇巫之山"称谓的大巫山一带，故称族名为"巴蜑"或"巫蜑"。"蜑"之初文为"鱼旦"，《说文》云"鱼旦似蛇，有四足，龙之属也"。由此

可见，蜑人与龙、蛇的关系是很密切的，他们仍以蛇（龙）为图腾。巴人的另一支系"百濮"，据说居住在今汉中走廊一带，他们也以蛇为图腾，一并被归为龙蛇巴人，即"蛇巴"。无论"蜑"或是"百濮"，以及廪君之后的"虎巴"，他们都一脉相承地沿袭了中原黄帝族以龙蛇为始祖图腾的习俗。如重庆东南巴人后裔土家族的石柱板凳龙舞就很有名，至今仍然保留着非常浓郁的"蛇巴文化"的民族特色。

古代巴人以渔猎为业，有爱好歌舞的特质。商末周武王起兵，邀巴人会师伐纣。巴人因历受纣王所迫，便出师助武王一臂之力，在著名的牧野之战中，一边唱起高昂的战阵歌、一边跳起雄壮的战阵舞冲击敌阵，表现非常勇猛，以无坚不摧的气势震慑了敌人，为灭商兴周立下了功劳。巴人在进攻战中运用战歌战舞，有借助神力之意。这种战歌，势必是一种简洁、短促而雄壮的呐喊；这种战舞，必然是一种舞动兵器、整齐而威严的示威举动；再加上撼人心魄的铜鼓那雷霆之声，以排山倒海、所向无敌的强大气势，壮大军威，震慑了敌胆。故《华阳国志·巴志》有"巴师勇锐，歌舞以凌殷人"的记载，显示了巴人能歌善舞和骁勇善战的民族特性。

周武王封其姬姓远支宗亲建立巴子国后，楚国迅速崛起，多次攻巴。巴人被迫南迁，先至清江流域及夔巫（今三峡），并继续往西发展。他们先后由夷城（恩施）迁往平都（丰都）、枳城（今涪陵），随后又在长江与渝水的交汇处，即今之山城重庆渝中半岛构筑城垣建立都城，正式称"巴"都；再后来，由于楚威王步步进逼（公元前330年左右），江州失守，巴国被迫迁都垫江（今重庆合川），接着又将都城从垫江迁到阆中。威王因地盘日益扩大，便封庶子于垫江以南之地，号铜梁侯。由此，历史上第一次出现了"铜梁"二字的称谓。

巴子国在建立、发展、迁徙过程中，历经了七八百年的历史演进，较快地在所占地区与当地原有土著部族融合并占有统治地位。巴人的龙蛇信仰也深深扎根于民族心理之中，并逐步发展为带有巴人突出特征和巴渝地域特色的蛇巴文化。因此，黄帝族的蛇图腾实为蛇巴文化之母。

据《华阳国志·巴志》记载：秦昭襄王时期，秦国与巴、蜀订立盟约，

"盟曰：'秦犯夷，输黄龙一双；夷犯秦，输清酒一钟。'夷人安之"。黄龙，即黄金或青铜铸造而成的龙。既然巴、蜀需要秦国赠送的黄龙，说明巴蜀地区早有崇龙习俗，因此秦国便利用巴人的崇龙习俗来推行其睦邻政策，化解部族矛盾。这也说明，巴地的崇龙习俗必然早于此段历史时期。

巴人的战阵舞在秦汉之后得到进一步发展和推广。据《汉书·司马相如传》所载："巴渝之人，刚勇好斗，初高祖用之克平三秦，美其功力，使乐府习之，因名巴渝舞也。"可见，重庆地区的巴渝舞有着久远而深厚的历史渊源。巴人后裔至今尤好歌舞，在巴地民间有一首传唱千古且十分有趣的咏龙回文诗："龙飞凤舞伴祥云，舞伴祥云照红日。日红照云祥伴舞，云祥伴舞凤飞龙。"这些特色浓郁的歌、舞、诗，正是巴渝地区龙文化孕育、传承与发展的结果，是龙文化底蕴深厚的集中体现。

铜梁地处重庆西北，是古代巴国位居中心地带的重要辖地之一。巴人的龙文化观念和习俗在其子民中长期传承，使铜梁民间蕴藏了深厚的蛇巴文化。几千年来斗转星移，巴人后裔与汉民族长期融合而形成的当代铜梁人，继承和弘扬民族文化，把古老的蛇巴文化融入了生活与生产活动之中，不断发扬光大。其中最具代表性的文化现象，就是尊奉祖先为龙蛇的文化心理和旱季祭龙求雨、年节舞龙、端午划龙舟的民俗活动。铜梁民间在历史上祭龙求雨盛行，由设龙而祭，到聚龙而游，再到持龙而舞，这样一代代传承和深化，使古老的巴渝舞与祭龙求雨之仪得到很好的结合和发挥，一并为蛇巴文化中特色龙舞的孕育、兴起和发展创造了有利条件。因此，我们说蛇巴文化就是铜梁龙灯的主要源头。

铜梁龙文化情结

铜梁古为梁州之域、巴国之地，唐长安三年（703年）建县，历史悠久；至2014年5月，经国务院批准，升格为重庆市铜梁区。区境秀山重叠，巴水环流，人文兴盛，民富物殷。

铜梁位于涪、琼二江交汇处，有著名的中国历史文化名镇——安居古镇，过去常有洪水泛滥成灾,淹没人畜和庄稼。民间传说,古人曾请鲁班在此修庙祭祀神龙,天降神龙止住了涪江水患,故当地百姓视之为神圣。据清光绪本《铜梁县志》记载,明代河南巡抚胡尧臣(铜梁安居人)在《圣水寺灵异记》一文中说"邑(指安居,时为县治)治北五里许,有川名兜溪",民间称此为龙潭,下通东海龙宫。潭侧秀山清幽,"上有圣水寺,考寺旧庙碑载:宋徽宗时,宫内火灾,焚中天阁,烈焰甚盛。赖上帝敕旨蜀川重庆路合州米市坝兜溪,龙王敖广仙妹珍淑行雨解救有功,乃投金牌抛江设祭,敕封东海洞达慈孝龙女元君"。每遇大旱,人们即于此处祭龙求雨;若遇水灾,则于琼、涪二江交汇处祈龙免灾。胡尧臣亲见当地民众到圣水寺吊瓶投江求雨之盛事,乃著文以记之。这就是铜梁人对龙崇拜的早期文字记载。

在铜梁这片肥美的土地上,古代巴人的生产、生活与龙文化发展相生相伴。过去,崇奉龙蛇的巴人及其后裔把龙蛇视为自己的祖先,尊崇备至。现在,铜梁人与巴人正直忠勇、豪爽重义、敢于担当、勇于作为的刚毅性格,与巴人的龙文化心理特质一脉相承,至今在广大农村仍见不少龙文化民俗遗存。民间把蛇视为小龙,更认为蛇有"蛇祖"和"义蛇","屋基蛇是老祖宗"。蛇一旦进到农家屋里,年轻人往往感到畏惧,意欲打蛇。但老人们认为这是"屋基的保护神",往往急忙阻拦说:"这是祖先回家看望我们来了,千万不能伤害它。"于是,人们用杆子轻轻地将蛇挑出门外放生,甚至还要加上几句祷告的话语。

铜梁人一直爱龙,有着强烈的龙文化情结。在民间,每当美丽的彩虹出现在天空的时候,一些老农常常喊道:"龙回来了,今年必定又是大丰年,你看那龙头正埋在大河里饮水哩!"同时,他们还告诫孩童:"这是龙吸水,不能用手指它。"当大河涨水,泛滥成灾的时候,人们又认为河里必定出了蛟龙,蛟龙发怒是上天对某些人的一种惩罚。当天旱日久,人们又得舞龙求雨,祈求龙王普降甘霖。民间有企望生育儿子的,还会玩起橙子龙(取呈送儿子之意)来求吉等等。

铜梁龙文化传承的重要载体是年节龙文化活动,其重要表现形式是铜梁龙灯。龙灯是龙具与龙舞相结合的称谓。铜梁龙灯始于何时,虽无史料确考,但纵观历史，巴蜀地区自汉至宋的大部分时期，经济发展都居于全国的前列。可以想见，位于四川盆地东南部的铜梁，这个在旧石器时代就已有先民在此劳动生息（城郊张二塘有"铜梁文化"古遗址，距今约21550年前）的富庶之区，必然在唐长安三年建县以前，就与整个中华民族的文化发展大致同步。如前所述，春秋时已初步形成蛇巴文化；从唐代至清代，在铜梁辖区曾有铜梁、巴川、安居三县建置。因此可以说，铜梁民间的龙文化情结无疑是上述三县文化的世代传承和长期融合。到了明代，铜梁龙灯在《铜梁县志》中已有文字记载，说明此时的龙舞已步入兴盛时期。

在历史长河中，巴蜀地区曾有几次大移民。如商周之际，巴人由武落钟离山西迁；元末明初、明末清初的两次"湖广填四川"，以及抗日战争时期外省民众的大量迁入。这些移民的到来，增加了人口，繁荣了经济，也带来了各省的民族民间文化，丰富了铜梁民族民间的传统文化。

铜梁龙文化活动习俗

据明代方志《川东志》载：铜梁"人多朴茂，尤工艺术"。一代代铜梁人对龙特别热爱，加上勤劳质朴、热爱艺术的品性，在传统民俗活动中孕育和发展了独具特色的铜梁龙灯。经过"文革"后四十余年来不少人的走访、研究，大家比较一致地达成了共识，即铜梁龙灯起于唐宋，盛于明清，繁荣于当代，饮誉于当今。

铜梁龙灯以铜梁彩扎和铜梁龙舞为表现形式。铜梁彩扎是独具特色的造型工艺，已形成龙灯和彩灯两大系列，各有若干个特色品种，它是铜梁龙灯发展和繁荣的基础。

铜梁龙舞是铜梁龙灯的表演艺术。据20世纪50年代著名老艺人沈俊生说，他的先辈曾说过，"铜梁在唐宋时代就开始有龙灯活动，龙灯的兴旺至少有三五百年的历史"。铜梁民俗活动每年新春要耍龙灯拜年，端午节要赛龙舟祭江，夏天大旱要玩黄荆龙求雨，都是在祈求神龙护佑，以求人畜平安。古往今来，铜梁的各种龙文化活动逐渐由笃信演化为娱乐，以春节龙灯会为盛，相沿成习。按铜梁传统的春节活动习俗，每年腊月三十开始挂灯，一直到正月十七（元宵节后继续张挂）都是城乡大张彩灯的时间。清光绪年间礼部主事、仪制司行走陈昌主编的《铜梁县志·风俗》则明确记述："上元张灯火，自初八九至十五日，辉煌达旦，并扮演龙灯、狮灯及其他杂剧，喧阗街市，有月逐人、尘随马之观。"这里记载的"初八九至十五日"与明代官方规定的"初八至十七"大致相当，只是热闹的龙灯会到元宵节才结束。由此可印证铜梁的龙灯会活动也体现了明代在时间传承上的有机联系。

民国时期，铜梁龙灯在川东地区一直负有盛誉。俗语有云"三十晚上的火、十五晚上的灯"，群众中更有"大足朝佛（石刻），铜梁观灯（龙灯），合川看春（春会）"的口语流传，川东、渝西地区远近皆知铜梁龙灯之名，影响面很大。经过历代传承，铜梁民间传统的春节龙灯盛会以龙灯活动为主要内容，直接孕育了铜梁龙舞这一巴渝民间艺术之花。

中华龙文化是中华民族的根文化、始祖文化和脊梁文化，凝聚着祥瑞、护民的文化特性与团结统一、拼搏奋进的民族精神，寄托着人们对未来的美好愿望。在当代，龙的神性早已淡化得无踪无影，但龙的文化属性、龙的精神与民族精神得到更好的融合和彰显，龙的凝聚力、感召力得到进一步增强。龙是中华民族精神的象征，对维护民族团结、推动国家统一、推动社会主义建设与促进社会和谐，必将继续起着不可替代的助推作用。

中华盛世已经到来，中国梦正在实现，舞龙活动仍然是大中华各族人民精神文化生活中的一件大事。改革开放数十年，铜梁的龙灯活动更加兴旺繁荣，一年胜似一年，进而走出国门，奔向世界。而今，铜梁舞龙队已数十次在国际国内大赛中夺冠，并荣获国家舞龙队冠名权。铜梁被文化部命名为中国民间艺术（龙灯）之乡，铜梁龙舞被列入国家级非物质文化遗产，铜梁龙灯会也被列入重庆市非物质文化遗产名录。铜梁龙舞常年应邀在国家级或国际重大活动中展示风采，起着中外文化交流与增进国际友谊的桥梁作用。

/ 龙在家乡 /

田东海供灯龙灯会

戴 明

在安居大南街药王庙对面，有一家著名的藻扎铺，店门上方，挂着用木瓢或木板绘制的口含宝剑的龙头"吞口"。这本是由陕西传来的民俗，当地叫"社火"，民间以此"避邪消灾"。店内两边墙壁上，挂着各式对联和单条，这是人们婚寿喜庆的礼品。正中挂有怒目长髯、手执佩剑的"钟馗"和脚踏鳌鱼、手执墨笔点斗的"魁神"，是人们家中驱鬼避邪的神像。店堂内，还有祭奠亡人用的纸扎金童玉女、金银冥币、灵房，墙壁上还悬挂着龙灯、彩灯等样品，可谓琳琅满目。这家店的主人，便是出名的藻扎艺人田东海。

田东海，生于清朝末年，其先辈自外地迁来，先在乡下"插占为业"，以务农为生，后来半农半艺，农忙务农，农闲从艺。田东海的藻扎艺术，可谓远近闻名。彩扎装裱、龙灯彩灯、泥塑神像、金漆彩绘、吞口魁神、雕塑壁画等，他都无所不精。到清末，安居人口繁衍，商贸发达，他的藻扎生意日渐兴隆。只留下大儿一家在乡下，他和二儿子田洪章一家就上街做生意，平时他做手艺，田洪章还在会龙桥卖盐巴。秋收时节一过，乡下和街上的全家老小一起开始制作安居龙灯会用的龙灯，供应市民过年挂的檐灯、走马灯，供儿童玩的鱼灯、蝴蝶灯、兔灯等玩耍灯，而且还要承接附近县镇订制的龙灯彩灯，可谓供不应求，一直忙到元宵节后。

田东海的龙灯独具特色，龙头造型精美，龙口上下匀称，舌上转宝，角冠高耸，鼓目翘腮，鼻伸双髯，缀满闪亮的云朵，表现"云从龙"的古韵。他的二儿子田洪章扎的"鲤鱼跳龙门"，是安居龙灯会的主要品种。7米长的红鲤鱼，分头、身、尾3栋。鱼身软栋灵活，鱼尾是三分岔金鱼造型，头部鼓目翘腮，鱼口双髯，玩时口内一吞一吐，栩栩如生。他扎的"泥鳅吃汤圆",玩时眼睛转动,更显活灵活现的生动形象。

安居龙灯会由商业公会、袍哥会社和保镇承办。当时安居有7支舞龙队,由哥老会的安仁社、居仁社、观仁社、敦仁社、利仁社和合义社、琼礼社各组织一条龙。每支队伍由火流星开道,牌灯引路,群鱼灯、八仙灯等彩灯随行,接着才是彩龙、火龙、正龙出场,"魁星点斗"灯殿后。龙灯会还会出现盐帮的"鲤鱼跳龙门",酒油帮的"泥鳅吃汤圆",棕绳帮的"犀牛望月",街保的"彩龙""蚌壳精",乡村组织的"狮舞""虎灯""车灯",船帮组织的"彩船"和"船工号子"等。其中,盐帮的"鲤鱼跳龙门"最有特色,走"鸡展步"步履轻快,舞姿飘逸,灵活生动。特别是"万吹吹"的唢呐伴奏,曲调优美,乐声悠扬,耐人寻味。七佛寺玩的"虎灯"(罗汉驯虎),在几十条板凳上表演,飞舞跳跃,更加精彩。街保的"蚌壳精",古色古香,幽默风趣,令人捧腹,有一首诗描写"蚌壳精":"画竹光中蚌壳精,虽非佳丽也风流。跐跐碎步颤闪闪,颗颗灯珠亮悠悠。和尚忘形讲相好,蚌壳有意设计谋。娇喝一声如雷炸,粗篾斗笠光秃头。"

安居龙灯会远近闻名,自正月初九"龙出行"登波仑寺开始,十三、十四到十五元宵之夜达到高潮。这时,大街上"龙"腾"虎"跃,"狮"舞"鱼"游,火树银花,鼓乐喧天。整个安居张灯结彩,灯火辉煌。在城隍庙戏台,川剧唱到正月底。河街杂技曲艺,热闹非常。远方商旅,外地宾客,四乡群众,蜂拥而至,茶房满堂,酒肆无暇,看龙灯,观杂耍,听大戏,游庙会,摩肩接踵,人满于市。

安居龙灯会多年来相沿成习,新中国成立后,经常由工商联、工会和街道组织举办。

/ 龙在家乡 /

蒋玉霖和铜梁大龙

李明忠

在中国龙的制作史上，蒋玉霖是里程碑式的人物。自铜梁龙腾舞在天安门广场为共和国生日祝福之后，蒋玉霖便成为民间工艺美术大师，走进了中国龙文化神奇的殿堂，在龙的国度里亮出了不凡的英姿。

新闻人物

中央电视台《东方时空》栏目摄制组走进原铜梁县二坪镇寻访蒋玉霖。记者穿过钢筋水泥建造的新区，踅进老街，不由心中一喜：这儿的环境与民间老艺人融合无痕——穿榫夹壁房临街而立，雕花窗棂、仄斜的青石板道，仿佛引导人走向遥远的清朝、明朝。古稀老人蒋玉霖住在深巷尽头。褐色木门遍布虫眼，给人古朴而沧桑的气息。想象中，民间艺人双目有神，腿脚矫健，可蒋玉霖背微驼，行动迟缓，尤其是那双眼睛，眼睑深陷，眼睛细成一线，只是那双手露出了玄机，手指修长、骨节稀疏，用武侠小说中的句子形容：这是一双不寻常的手。

记者说自己从北京来，要为蒋老师做三十分钟的节目，让海内外华人了解铜梁的民间艺人是怎样发挥自身的创造力，在中国龙制作中亮出迷人的风采的。蒋玉霖一听，眯着眼，摇着头，连声说："吹啥子吹？活路是做出来的，走开！走开！"然后，他闷头裹烟叶，点火，喷云吐雾。记者们一时反应不过来，傻呆呆地愣着。

了解蒋玉霖的人出了个主意：从喜好切入，拍日常生活，并把蒋老师的徒弟请来配合。只要一高兴，他什么话都会说。

徒弟们匆匆赶来，二坪场热闹了，扎龙灯，耍龙灯，打玩友，欢天喜地。蒋玉霖不管这些，日上三竿起床，喝二开茶，烧两杆叶子烟，然后慢悠悠地踱出家门，邀约街坊老头进茶馆。茶馆鼓乐声声，丝竹悠扬。徒儿们见师傅来了，立即罢唱，拥蒋老师上坐，司鼓指挥演唱。蒋玉霖也不推辞，一击令鼓，细眼闪射光辉，手臂传出激情，鼓点密如豪雨，声如炒豆。锣钹唢呐一起奏响，生、旦、净、末、丑次第登场。一剧终了，记者想拍段同期声，请老蒋说几句。老蒋眯着眼，瞅了瞅，问："你早点在做啥子？"说完，他抬腿走人。

一行人紧跟着去扎龙厂，远远听见笑语声喧。可一见干巴老头蒋玉霖却如见恶神，艺人们一个个欲言又止，埋头编扎彩绘。蒋玉霖在车间边走边瞅，猛见一对鲤鱼灯，他细眼圆瞪，厉声呵斥："你这舅子灯，咋个这样扎？"话音传出，吓得正在彩绘的徒弟手一抖，"哐啷"一声，画碗碎地。徒弟们闻声大喜，纷纷放下手中活计围了上来。记者见状，更是喜上心头，因为他们知道，蒋玉霖扎龙技艺精湛，就是不会讲，但一骂人，全是经验之谈。

徒儿们面露喜色，挤挤挨挨站着，听师傅开骂："鲤鱼要肥，你扎个干棒棒，是条草鱼。鱼鳃要凸出，玩起来一张一合，那才生动。你这个鱼鳃，扁平得跟鳞甲一样，一副怪相。着色不是为了好看，跟女人穿衣服一样，是为了遮丑。篾条代表龙灯的骨骼，着色要遮住篾条，又要彩绘出鳞甲，这样的龙灯才鲜活有美感。你这个鲤鱼灯，篾块显眼，跟女人不穿裤子一样，丑死了！老子怎样做的，格老子眼睛瞎了吗？"骂声未停，老蒋猛一抬脚，踩向鲤鱼灯，徒儿挡的挡，拉的拉："蒋老师，踩不得，还有两天，重庆电视台就来拍鲤鱼跳龙门了。"蒋玉霖推开徒弟，"喳喳"几脚，绸绢被踏裂，竹篾被踩断。他仍不解气，提高嗓门吼道："狗屁不如，还重庆电视台，不保证质量，铜梁电视台都看不起你。给我加班，老子亲手弄，一天一夜就整好。"

骂完了，已到午饭时分，记者请蒋老师共进午餐。蒋玉霖余怒未消，听说要去大餐厅，又训人了："钱好找呵？用不完吗？坐街边店，吃豆花饭，我是主人，我请客。"

酒过三巡，酒酣耳热，老蒋拉起话题，滔滔不绝，记者喜不自禁，正紧张拍摄，老蒋却突然兴尽，一搁酒盅，咕哝道："累死了，既要唱川戏，又要教徒弟，还要招待客人。"说完，老蒋抬腿走进深巷，午睡去了。

三十分钟节目，记者足足拍了半个月。

扎龙艺人

世界本无龙，龙在何处？

在先人的想象中，龙是飞鸟、走兽、游鱼。它能大能小、能升能隐，升则腾飞于宇宙之间，隐则潜伏于波涛之下。龙似鸟非鸟、似鱼非鱼、似兽非兽，它集鹿角、虎目、牛唇、马鬣、蛇身、鱼鳞、鹰爪于一体，身手非凡，飞扬着澎湃的激情与智慧的灵光。

龙是民间艺人创制的。

蒋玉霖十来岁学扎龙。那是一九三九年，见街头耍龙灯，他便跟着跑，回家后找来材料学做龙灯。父亲见他有悟性，便带他拜李平阳为师。有一次，师傅叫他去买酒。中途遇到耍龙灯，他便忘了一切，尾随观赏，呼喊助兴，连酒壶都丢了。天黑兴尽，店铺关门，街上行人散尽，小蒋便急匆匆地回去。嗜酒成癖的师傅恼怒了，举起竹块暴打。从此，师傅喝令他没日没夜干活，扎龙灯，做灵房，裁衣缝纫，稍有闪失，打！藻扎不精，打；彩绘不美，打；用料浪费，打！打得狠时，竹块断裂，皮开肉绽。

那时，大户人家办丧事，做道场七七四十九天。殉葬衣、孝服几十套，灵房更多，有隔坛、銮驾、画旗摆枪、乾隆引吊、天王幡、八方伞、血河塔，还有人头蛇身的西幡、雪一样圣洁的孝龙，仅一户人家就要做近百天工。一年三百六十日，生活在挽歌低回、哭声悲切之中，夜以继日，又累又倦还挨打骂，他讨厌这活儿了。

一个突发事件让他倾情于藻扎活儿。那天，丽日晴空，难得清闲，蒋玉霖和师兄带着一条狗，欢天喜地赶合川。田野上，高粱醉红了脸，稻谷笑弯了腰，翠竹在热风中摇曳着淡淡的烟雾。宁静中，"哗啦啦"的巨响滚过头顶，狗吓得趴在地上发抖。蒋玉霖闪身躲到树下，抬头一看，三架涂着膏药

徽记的日本飞机俯冲下来，一串机枪声响，树枝折断，尘土飞扬。日机打个旋飞走了。蒋玉霖惊魂未定，环视身旁，狗死了，师兄血肉横飞，惨不忍睹！欢笑声还在耳边，眨眼阴阳隔界。师兄赶合川，是为刚过门的媳妇买衣服，那个漂亮的女人站在朝阳灿烂的光里，一双漂亮的眼睛顾盼生辉。小蒋惊奇地发现：女人原来很好看。好看的女人刚过门就成了寡妇。她抚尸痛哭，哭喊着"杀死日本人"，昏死过去。

尸体下的灵灯点亮了。跳荡的火苗弥漫出浓烈的悲冷。正值酷暑，蒋玉霖却感到透心的寒。一种前所未有的激情从胸中涌向指尖，流泻到竹篾绢帛中。日日打交道的篾条变得柔滑凄婉，似在无声地颤抖。绢帛撕裂如惊心动魄的哀泣。含泪调色，研血彩绘，熬得面颊发青，两手惨白。师傅外出归来，见他泪痕满面正要咒骂，话未出口却愣住了：徒儿扎制的物品精美无比，灵房飞檐翘角，线条流畅，廊柱回环圣洁典雅。孝龙通体素洁，玲珑传神，紧闭的嘴，强忍万般悲恨；红肿的眼，透露难言的悲哀。"老子到了阴间，你狗日的送我这样的礼信，老子就满意了。"师傅又要打徒弟，手举在空中却停住了。师傅笑了，拍拍徒儿的头，说："你小子，有出息了。"

像是得道成仙，此后，篾条、绢绸、颜料在他手中变得充满灵气。他凭手感、手风剖竹，竹篾的宽、厚、软、硬，编、织、捆、扎，他拿捏得正好。调色、着色，浓淡繁简，他挥洒自如。师傅喜不自禁，引荐他拜画家张寿亭画庙宇、画飞禽走兽。习书、唱戏、司鼓、拉胡琴，蒋玉霖成长为民间艺术通才。他遍寻有关龙的故事传说，终于弄明白：世界本无龙，龙是先人的想象。龙推涛涌浪，腾云驾雾，在陆、海、空自由自在。后来蒋玉霖又陆续见到许多龙的图画，都是嘴闭身瘦，愁容满面。他觉得不妥，觉得有种密码未破译。

抗战胜利后，铜梁县城大狂欢。蒋玉霖积郁于心的悲愤终于吐出，激情在心中汹涌，在指尖燃烧。他要扎龙去游行。一种心境悄然逼近，神秘的思想、沉睡的感情、丰富多彩的颜色和声响开始往外涌。龙不应该总是忧愁的模样，龙要扬眉吐气、鬃毛飞扬、昂首长吟。他通宵达旦地赶制，新型龙在他手中诞生了：吐出心中忧愤，龙口大张；涌起澎湃的激情，龙身滚圆；人们争着玩龙，龙身加长；夜里看不见，龙腹点灯。这种龙叫大龙，一在街头舞动，便全城欲狂。

艰难腾飞

除了藻扎活儿，蒋玉霖爱看川戏。乡场上处处有戏楼。学艺之余，蒋玉霖常进戏院看戏。每逢春节，从大年初一至十五，天天有戏看。行帮、袍哥、保甲各唱一本。上午看早戏，午餐看酒戏，晚上看夜戏。天旱唱雨戏，连唱几十本，直唱到雨下为止。端午、中秋也唱，看戏不花钱。蒋玉霖有空就去，一去就入迷，几场听下来，一朝一代的史实、生活习俗，他便熟知了。后来，他就摇头晃脑、字正腔圆地跟着唱，慢慢地跟戏班子打得火热，竟连道具制作、服装裁缝都得心应手了。这本是少年时的消遣，日后却成了他谋生的手段。

"文革"时，蒋玉霖衣食无着，于是开茶馆、打玩友。他司鼓、吹唢呐时，座上客常满，杯中茶不凉。谁知好景不长，传统戏毒害人民，不许唱！于是，茶馆关门，生意惨淡。迫于生计，他在场头场尾拦住行人，写语录牌，让人斜挂腰间，宣传毛泽东思想，不要一分钱，只要一口饭吃。

样板戏风靡神州，蒋玉霖得到灵感。他高挂"样板戏要提高，要普及"的毛主席语录，茶馆再度开张。几十个农民发烧友，一有空就去念台词。蒋玉霖将京剧移植为川戏，度曲、说戏、导演、制道具服装，他亲力亲为，一支农民川剧团开始闯荡江湖。

这哪是剧团？分明是一群难民：衣衫破旧，长短不齐，老的白发苍苍，少的乳臭未干。走到哪里，哪里就投来疑惑的目光。老蒋站在街边，咂一口老酒，喝令几个少年打帮手，刷糨糊、贴海报。他研磨挥毫，现场绘制剧照，几笔一钩，赞叹声起：画李玉和、阿庆嫂、杨子荣，无不逼真传神；更叫人称奇的是给伟人画像，观者无不领首赞许。人们对剧团的好感，起于老蒋的画笔，于是，人们疯抢戏票。一入场，观众热血燃烧，心跳加速：舞台亮丽夺目，林海雪原、如火杜鹃、江涛鸥鸟，所有布景无不引人入胜，演员的唱、

念、做、打酷似专业剧团。蒋玉霖司鼓，指挥乐台，制作道具，设计舞美，堪称通才。演员最喜欢他的胡琴伴奏，不高不低唱来轻松；不怕意外，一弦崩断，依然迸珠溅玉，悠悠扬扬。谢幕了，还有观众不走，要近看《龙江颂》中飞舞的龙，想摸摸杨子荣打中的虎："好漂亮呵，在戏台上一吼一跳，像真的一样，手艺真好哇。"

蒋玉霖走入官方视野，是在1982年。这年春天，中国民间艺术普查的暖风从北京吹来。文化局邀请老艺人座谈，请他们献艺。扎龙的周筠安、扎狮子的梁银山、擅长龙灯锣鼓的阮阳中、舞狮的周荣吉、玩开山虎的唐华轩、耍龙宝的尹登榜、彭世凯、赵海涛等老艺人风云际会。

蒋玉霖姗姗来迟，眼睛半睁半闭，背微驼，一个瘦巴巴的蔫老头，提着个竹烘笼畏畏缩缩，走进会议室，便朝角落钻。

"蒋老师，前面坐！"文化馆馆长王星富走到他身前，拉着他的手向大家介绍，"蒋玉霖老师扎龙，那可是高人。"

周筠安急得脸通红，他挺身而立，两眼不屑地说道："我不相信半路上杀出个程咬金。你本事大，扎一条龙来看。"

蒋玉霖不说话，扯一张矮凳坐下，伸手抓竹，也不用尺量，瞅一眼就下锯；破竹，噼啪啪竹香四溢；剖篾，呼噜噜青黄两分。竹篾长短、宽窄、厚薄丝毫不差。先前几人看，后来团团围观，还未开始编龙头，周筠安笑了，不等散会，就邀蒋玉霖喝酒，并吩咐儿子把头天打来的野兔烧好，给蒋老师接风。席间，周筠安把儿子叫到跟前，让他下跪拜师，还不准叫师父，要叫师爷。

龙舞铜梁，一舞空巷。这东西，年龄为三十岁的人从没见过。它一探出头来，铜梁人简直疯了，人潮追着龙灯在泥水里奔涌。

转眼到了1984年，铜梁划入重庆辖区，铜梁大龙给山城市民拜年。龙舞解放碑，舞出一片秋水长天。

重庆杂剧团赴法演出，法方对压轴戏的道具不满意，指名要解放碑前的大龙。重庆市杂剧团派车去铜梁，接蒋玉霖到重庆去。

扎龙还能当饭吃，老蒋喜不自禁，却不动声色。他开出条件：顿顿要喝酒,餐餐有荤菜,还要睡懒觉,活路不要催,材料钱、工钱另外算。

杂技团一一答应,并承诺由一位副团长安排生活,把蒋师傅照顾好。老蒋乐颠颠地坐上小轿车,进了山城,一个月下来,体重增加了十斤。

如果不是改革开放,铜梁龙将长埋幽壤,瑰宝蒙尘;扎龙艺人将白发苍苍,一抔黄土掩风流。

重庆杂剧团进京汇报演出,观众席中,有一人惊喜交集。这个人是新中国成立35周年国庆游行指挥部副指挥长马金忠。一见铜梁大龙,老马怦然心动,要求扎制九条大龙,组成九龙方阵参加国庆游行。

铜梁大龙被运到北京后,电话打来,请蒋师傅即刻进京,给大龙瘦身——原来,铜梁制作的龙胸径过长,北京风大,首钢工人举不起来。老蒋闻讯,乐得像个小孩,一蹦一跳,踏上飞机舷梯。以前,老蒋连省城都没去过,这次却在京城做梦一样待了一个月。在天安门照相,在颐和园划船,在长城登高望远,老蒋布满皱纹的脸上笑意纵横。那是他生命花开的季节,是人生出彩的日子。

一份大红请柬带来进省城的好消息:四川省第三届艺术代表大会在成都举行,特邀蒋玉霖做大会发言,并领取四川省工艺美术大师证书。老蒋把请柬一瞅,挥手撂进墙角:"活路是做出来的,大老远去卖嘴巴皮,领张纸回来,有啥用?擦屁股都要不得。"他坚决不去,谁动员他就跟谁吵。无奈之下,徒弟罗锡高代他去了趟成都,把证书领了回来。老蒋瞅了瞅,乐不可支,把证书藏进箱底,秘不示人。不久,文化部寄来中国民间工艺大师申请表,他往口袋一揣,匆匆踏上去北京的火车。

铜梁扎龙厂成立后,老蒋任厂长。一代龙子龙孙在老蒋的带领下,演绎着新的传奇。

人物链接:

蒋玉霖(1925—2005),铜梁区二坪镇人,被评为四川省工艺美术大师,获重庆市民间艺术家称号。

傅全泰固守清贫为龙生

蒋明琴

在安居镇一条古老而悠长的小街上,曾有一位和老伴、女儿埋头专心扎龙的清瘦老人。一谈起扎龙,老人就神采飞扬。他就是被评为"中国民间文化杰出传承人"的傅全泰,也是远近闻名的"铜梁龙灯"扎龙工艺三大传承人之一。

淡泊名利,心系民间艺术发展

傅全泰从小就有很高的美术天赋,画什么都活灵活现,邻居们都羡慕地称他"小画家"。"对于龙,我更是打心眼里喜爱。"傅全泰说,他在四五岁的时候,出于好奇,看到大人们逢年过节玩龙,他就和伙伴们把胡萝卜切成段,用筷子一节一节地串起来,再做一个尾巴,当龙来玩。

从记事起,龙在傅全泰的记忆里打下了深深的烙印。"那时候,镇上没有专门的扎龙铺,人们只是到过年时才开始扎龙。"每到这时,傅全泰每天都会待在扎龙人的家里,看大人们扎龙。大人们忙不过来时,他就热心地前去帮着扎龙架、糊纸、填色等,慢慢地就学会了全套的扎龙方法。"当我自己完成了第一条龙时,我感到特别兴奋,特别自豪!"

1952年,还在读初中二年级的傅全泰,因为成绩优异被保送到合川师范美工科学习。工艺美术课对绘画有更高的要求,从此,傅全泰对扎龙、画龙工艺的研究更加如饥似渴。"教我素描的老师,他家就是四代扎龙世家,每次我到老师家里,他的父亲都会给我讲怎样做造型,龙是怎么来的,龙是哪几种动物图腾的综合,等等。"

师范学校毕业之后，傅全泰被分配到合川一所小学任教。凭着浑身的灵性和干劲，傅全泰在 30 岁出头就升任代理校长，还当选为县人大代表。就在他迅速成为当时合川县教育界的名人时，傅全泰却做出了一个让所有人都难以理解的选择。1963 年，他为了发挥自己的特长，申请到铜梁川剧团从事美术工作，但申请未被批准，傅全泰干脆"自动离职"，在安居街头挂出牌子，为人刻印、写字、作画等。

"我不愿意丢下自己喜爱的东西，一个是工艺美术，另一个是对扎龙的爱好。"傅全泰在一片反对声中执拗地辞职回到了家乡。"没啥好遗憾的，我这个人一辈子不图名、不图财，把民间工艺发展壮大，这才能了我一辈子的心愿。"

40 多年潜心专研，扎龙技艺精湛

回到家乡安居镇的老房子，抖掉了烦琐事务的傅全泰一身轻松，把全部精力都用在了研究龙的彩扎工艺上。20 世纪 90 年代，铜梁龙灯"濒危"期间，他还把自己的家变成了一个扎龙厂，把自己的妻子和女儿也"逼"成了扎龙工人。他年过七十，手开始抖了，眼也花了，但一挽起篾条扎龙，就精力旺盛。现在他出的产品虽不多，但件件都是精心打造。

1980 年前后，铜梁开始发掘和整理民间艺术，彩扎行业逐渐兴旺。1983 年，亚太地区青年联欢晚会在重庆举办，重庆造纸厂、西南铝加工厂等单位特邀傅全泰及师傅李树轩去扎龙灯。1984 年 10 月 1 日，9 条铜梁大龙在北京天安门广场参加 35 周年国庆大游行后，铜梁龙声名鹊起，各地购龙和演出订单络绎不绝。在时任县文化馆馆长王星富的主持下，"铜梁纸扎工艺厂"成立，傅全泰任厂长。

"扎龙最关键的就是造型和彩画，造型不好，就不像龙了；彩画不好，龙就没有了民间味。"傅全泰对于他的扎龙"绝招"津津乐道，"制作当然要精细，每个环节都要非常认真，哪一个环节出了纰漏，做出的龙就成了丑八怪。"傅全泰与几位扎龙人一道，在集成传统工艺的基础上，着手对铜梁龙实施了"十大改进",并研制出小型工艺龙等十大产品,使铜梁龙更加系列化、多样化,其产品获得重庆市人民政府授予的"优质产品证书"。1986年,傅全泰受重庆文化局聘请,出任"重庆与世界"灯会设计制作部主任,研制出各种不同的龙灯造型,高的十几米,长的百余米。特别是他研制的工艺小龙,常常作为礼品赠送给国际友人。傅全泰也因此荣膺"中国民间文化(铜梁龙灯彩扎工艺)杰出传承人""重庆市十大民间艺术家"等多项荣誉称号。

固守清贫,鼓励后人多传承

"老太婆跟了我几十年,也成了扎龙工人。"傅全泰打趣道,"她的眼神比我好,如果没有她的支持,我也不能把这个清贫的事业坚持到现在。"由于扎龙的旺季都是寒冬腊月,傅全泰夫妇要用一季的收入来供全家人吃一年。傅全泰育有4个子女,带大他们很不容易。子女们都长大了,傅全泰也老了,他很希望子女们能够把扎龙手艺继承并传承下去。虽然子女们没有一个有正式工作,但是他们都不买父亲的账,因为他们认为父亲扎龙穷了一辈子,扎龙挣不了几个钱。大女儿中学毕业之后,在家无事可做,不得不跟着父亲学起了扎龙工艺,其余三个都相继外出打工了。傅全泰过得清贫,却初心不改,他一年扎龙的收入仅够扎龙的材料费和为数不多的零花钱。

如今从事龙灯彩扎,身家上百万、千万的大有人在,相对而言,傅全泰老人的手工扎龙作坊看起来就比较简陋了。对此,他坚持自己的观点:"一定要在认真继承的基础上才能谈改进,继承一定要有母本,改革不能改成'四不像',一定要在遵循规律的基础上追求进步。"

虽然他所教的几名徒弟扎龙技艺都不错,可如今傅全泰也有不小的忧虑,"能真正静下心来认真传承扎龙技艺的后代越来越少……"傅全泰说,不管遇到多大的困难,他一定要在有生之年,千方百计地找好继承人,尽全力把扎龙技艺毫不保留地传授给他们,让闻名中外的铜梁龙灯艺术续写辉煌。

2014年7月,走过80个春秋的傅全泰老人永远离开了他钟爱的龙灯彩扎艺术。老人曾自信地说:"哪怕有上百条龙,铜梁的龙,我也能一眼认出!因为铜梁龙嘴开口近90度，口中含宝，面目威武而慈祥……"他在清贫的一生中参与了塑造铜梁龙灯独特风格的过程。现在铜梁已广泛开展龙舞进课堂活动，龙子龙孙传承着铜梁龙精神，傅全泰老人的追求一代代薪火相传。

人物链接：

  傅全泰（1934—2014），铜梁区安居镇人，中国工艺美术学会会员，被评为四川省民间工艺大师、重庆市十大民间艺术家、中国民间文化（铜梁龙灯彩扎）杰出传承人。

安居的舞龙习俗

王万明

安居是涪江下游的水陆要冲,文化底蕴十分深厚。古安居为古代巴国辖地,巴人的蛇巴文化在铜梁和安居这块宝地上经过历代传承、发展,衍化为当代声名远播的铜梁龙文化。

据传,安居在明代建县以前就有祭龙和游龙活动。在历史长河中,民间龙文化活动孕育了不同程式、不同风格的龙舞习俗,在春节期间形成传统的春节龙灯会,传承着各种习俗趣事,蕴含着人民大众的美好追求。

出龙与点睛

安居旧时春节龙灯会有一个出龙仪式——龙出行和舞龙点睛,其重要性犹如当代重大节会活动的开幕式。

"龙出行",由场镇上和码头上的保、社、帮、会分头组织龙灯队伍,正月初九(也称上九)开始出龙,先到禹王宫进行舞龙点睛,敬拜大禹王。按传统做法,民间艺人在扎好龙体后暂不绘龙眼,舞龙活动开始时须先将龙出游到龙王庙,摆上香案,举行焚香祭祀仪式后,请德高望重者给龙点睛。之后,锣鼓喧天,群龙竞舞,一片欢腾。

点睛和祭拜禹王后,各帮会带领队伍,高举龙灯出行。初时不点烟火,只做常规游舞。经过街上各铺户和社会贤达的门前时,主人纷纷点香烛、鸣鞭炮以"接龙纳福",迎接神龙的到来。龙灯队出行到城内"九宫十八庙"时,分别在大门前进行游龙和走"之字拐",点动龙头,称为"拜庙"。这种出龙活动,原是一种接神、祭天之类的仪式,客观上对龙灯会起着宣传、发动作用。

之后，街上天天舞龙，在正月十五元宵节达到高潮，锣鼓声起，爆竹轰鸣，群龙竞舞，观者如潮。

舞黄荆龙、菜龙、扁担龙、草龙

舞黄荆龙由祭龙求雨演变而来。黄荆，在田边地角是一种常见灌木，枝条粗细适中，取之容易，用之不怕淋水，因而用来扎龙。用黄荆做的龙俗称黄荆龙。因为舞龙前先要祭祀龙王，舞时要用水尽力倾泼，因此黄荆龙也称水龙。

老人们记忆特别清晰的是1936年的大天干，久旱无雨，田地干裂，农民无法插秧。到了仲夏，安居街上数百人玩黄荆龙，连玩三天，有拜龙王庙、晒龙王、龙王巡回、龙王取水、普降甘霖等程式。舞者头戴黄荆帽或青草头圈，赤裸上身，尽情欢舞。配合者奋勇挑水、泼水，大耍水龙。舞龙期间，还不时出现"抬龙女""捉旱魃"等小插曲。人们将扎制的龙女抬着游街，再抬入庙内，供奉在龙王面前，以此娱神娱众。随后，人们将预先躲藏于店铺角落里的"旱魃"（以人装扮）捉来，"钉"在庙宇的龙柱上示众，以示惩罚旱魔。这种娱神、惩魔活动既是群众对干旱感到焦虑的表现，也是对天降甘霖的一种企望。据说，此举求得了一点毛毛雨，把地表湿润了一下。《铜梁县志》记载：这年"收成大减，米价陡涨……世上几无米出售"。

舞菜龙一般在腊月二十三灶王生日进行，以示祭灶。菜龙是由萝卜或白菜连接而成的，也称萝卜龙、白菜龙。因菜龙的菜较鲜嫩，舞菜龙时相对较文雅。

舞扁担龙喻意下力者出门平安，特别是码头搬运工万事顺遂。扁担龙是用家家户户常用的扁担，两头稍加装饰成的。舞扁担龙时可随意创造套路，多人连绵、回旋而舞，风格粗犷遒劲。此种龙舞与板凳龙大致相似，其高难动作是人与扁担搭叠如高台，造型变化多端。

草龙用稻草、麦草、茅草等制作而成，是一种原始形态的龙具。舞草龙主要是庆丰收之乐，用途广泛，常与其他龙组合在一起游舞。

抢龙宝和扳龙角

龙珠也称宝珠、龙宝，在民间被视为光明兴旺、兴丁旺族之珠。如能获取龙宝，人们就得到了一种心理安慰，预示往后的日子必然顺畅，子孙也会兴旺发达。

安居舞龙有"抢龙宝"的习俗。龙灯的灯与"丁"谐音，民间赋予龙灯"龙丁"的含义，即强壮、阳刚的男子，寓意为人丁兴旺。龙宝被视为"人生之宝"，寓意为生殖之源，故抢龙宝具有更深层的含义。每年元宵之夜，舞龙临结束时有一个"烧龙抢宝"环节。每当熊熊大火烧龙时，舞龙头的大爷将龙宝往大火上空一抛，立刻就有多人蹦出来抢宝，人们齐声鼓劲喝彩。

安居还有扳龙角藏之于室的习俗。元宵夜舞龙结束，烧龙前，有的人没抢着龙宝，就争着扳龙角。安居人认为，角是动物用来御敌的有力武器，扳来供在屋里，可镇宅避邪。

烧　龙

龙灯会要大玩火龙，人们也特别爱看刺激性极强的火龙舞。玩火龙结束后，就要烧龙。

烧龙也称化龙，是安居龙灯会玩火龙的一个重要环节，预示尽情疯狂之后灯会即将结束。玩火龙过程中，焰火喷放，铁水钢花喷溅，龙和舞龙人不停地跳跃、腾舞。那熊熊的焰火满场喷放，滚烫的铁水轮番喷溅，群情振奋，满场喝彩。尽兴后即将结束时，舞龙手直接用大火焚烧龙具，风风火火，神龙"涅槃"，寓意为升天归位，来年继续为天下百姓兴云播雨，兆望丰年，吉祥平安。

元宵节舞龙烧龙，是安居的传统习俗，至今仍盛传不衰。

/ 龙在家乡 /

铜梁龙舞

梅 洁

我一直在怀疑：铜梁人为什么称铜梁为"龙都""龙乡"？

一个表现民族集体意识的图腾之物，怎么就成了遥远渝西人独有的文化名片？

中国城乡春节无处不有的"龙舞"，怎么就让铜梁的"龙舞"独占鳌头、成为国家级非物质文化遗产？

巴岳山下，一个有月色、星光的夜晚，我开始探寻铜梁人的文化密码。

铜梁人说，龙文化是铜梁移民文化的结晶，四百年前"湖广填四川"时，四面八方迁徙而来的"湖广人"带来了四面八方的"龙舞"。四百年的岁月走过，铜梁人把"龙舞"舞成了经典，这是移民文化和铜梁文化杂糅后的精髓呈现。

铜梁人说，仅"龙灯"的品类，他们就有十几种：气势恢宏的大蠕龙，端庄威严的正龙，激越火爆的火龙，古朴豪放的稻草龙，灵秀多姿的荷花龙，敲击有声的竹梆龙，以及彩龙、鱼龙、板凳龙、滚地龙……

啊，铜梁人说到了"湖广"，这让我心里"咯噔"一下。从明成化十二年（1476年）起，我的故乡湖北郧阳做了205年的湖广巡抚驻地，抚治的郧阳以都御史驻之，经略楚、豫、陕、川四省边区，辖六府、六十余州县。从1476年至中国帝制结束的1911年，"郧阳府制"长达435年！"抚"与"府"并存，这是一个古老而辽阔的郧阳，更是一个古老而辽阔的"湖广"！

啊，"湖广填四川"！我明白了，我们的先辈们曾跋山涉水地来到被"孽战"血洗了的四川，来到同样血泪斑斑的铜梁，那时，"十室九空"。湖广先辈的血脉与铜梁人的血脉连在一起已有数百年。

我倏忽之间感受到了这片土地别样的亲情。

巴岳山下,"火龙"进场了!

威严、辉煌、精美、壮丽,我找不到更好的词语来描述夜空下逼真的两具庞然大物。那分明是两具来自天庭或海底的神灵;是我幼年在郧阳府城,年年正月都会在大街小巷里追着、挤着看的火龙。

锣鼓、唢呐、打击乐声声撼魄,月色、星空都有些颤抖了。围坐在高高观景台上的我们,被突然"哗哗"飞向我们的铁火金花,惊吓得逃窜一般连连后退。后退时,我闻到了头发被烧焦的气味。是的,我分明看到金色的火花向我飞来。"没事,没事!是福呢是福呢,求之不得呢!"重庆作家李明忠在人们的惊笑声中喊话。"梅洁头发被烧了,就一根。"重庆诗人金铃子后来就在她的诗《我的龙王》中把我这点"福"给张扬了。

龙舞开始了!

早已烧沸的铁水被两位农民击打出漫天金花,恰如礼花在夜空炸响,纷纷扬扬,金光灿灿。火红、灿烂的铁花如雨如注,不断从夜空飘洒而下,飞向龙体,飞向裸着上身的舞龙人。而两具金碧辉煌的"铜梁龙"正在燃烧的火树铁花中飞腾、翻滚、盘旋、缠绕、穿越、咆哮……

原本坐在观景台石阶上的我站了起来,我突然觉得,看这样的"舞"是要站着看的,因为这是磅礴壮烈的生命之舞,更是灵魂浴火重生之舞。

始于明清("湖广填四川"年代)的"龙舞",已走过几百年了。

几百年里,铜梁人把天地护佑、龙神敬畏、生命崇拜、幸福祝祈一并在铁火银花中舞成了大美,舞到了极致,以至三次舞到了天安门广场盛大的节日队伍里,舞到了美洲、欧洲、东南亚,最终舞成了"天下第一"。

长达十几分钟的铁火神龙的狂舞之后,所有的呐喊、尖叫、口哨声、欢呼声成为对裸身舞龙人的问候。那一刻,我发现了舞龙人血肉之躯被烧灼的伤痕,新伤叠旧伤,斑痕隐隐可见。

"疼吗?"望着一千多度的高温化铁炉具,我有些不忍。

"不疼。"舞龙人粲然一笑,额头浸满了汗水。

"能穿一件防火材料的衣服吗?"

"不能。祖辈们都是这么舞的……"

是的，世世代代，祖祖辈辈。

铜梁人在祖祖辈辈的传承中把一种遍布中华大地的民俗演绎成了独一无二的文化奇葩，又在这样的文化奇葩中让生命的激情如花绽放。他们世世代代传承着民俗，民俗也世世代代照耀着他们洗去泥泞、洗去辛劳的生活。

除却强悍、坚韧、智慧、忠贞、勤劳、隐忍……我们还应怎样诠释铜梁人乃至中国农民生存与生命的密码？

诗情画意壮心飞

李明忠

观赏龙舞，有三个境界，依次为视觉愉悦，感受欢乐；心领神会，游目骋怀；物我两忘，情思飞扬。

鲜活颀长是铜梁龙最显著的特征，舞蹈套路设计抓住其长，展示绘画之美。龙舞是动的艺术，依赖舞龙手的身韵、姿态、节奏等要素抒发思想感情，表现社会生活。而绘画是静的艺术，它将流动的舞蹈瞬间凝固为静态的画面。舞蹈成画，就是用一个个造型表现内在的节奏和意蕴，在缓慢而紧凑的旋律中突然定格，将急促与舒畅结合，奔突与凝滞相映，静中有动，变化多姿，顾盼生辉。我们看到，表演"巨龙出宫"的套路时，龙睛眈眈，流鬃飞扬，鳞甲闪烁，巨龙忽左忽右地曲线穿梭、盘旋、腾挪。待到完全出场后，龙身上下起伏，缠绕旋转，摆出"龙菊花开"的造型。随即龙头向前望，舞龙人欢快奔走，拉出长长的、亮闪闪的龙身。突然，巨龙回首静立，前身盘旋，后尾高翘，定格出"双起塔"的画面。此后的"大立圆螺旋跳""梯形亮相""连环套""高盘龙""行走快舞龙""直躺快舞龙""单膝跪""单侧舞"等套路先后以宝塔形、梯形、螺旋形、蛇行状等构图表现欢快激烈、柔和徐缓的律动，在起伏腾挪中不断变化。一张一弛，极具韵味，给观众神龙百变、眼花缭乱的审美愉悦。

观舞品技，赏心悦目是第一境界，而由形得神、心领神会就渐入佳境了。由此看来，鉴赏龙舞，还得有文学素养，有生活的体验。只有具备文学的想象能力、对社会生活有丰富体验的人，才能深入体味其意蕴。

我们看到，铜梁龙灯出场时，四盏牌灯款款而来，紧随其后的演员举着云牌、水牌，营造出沧海云天的氛围。唢呐尖利鸣叫，大鼓隆隆奏响，云腾

/ 龙在家乡 /

烟沸，雷鸣电闪，一群鱼鳖浮游过来，一对鲤鱼摆着敏捷的尾巴，在波涛的激流中艰难地腾跃，跃向静穆的龙门。顷刻间，乐声消歇，烟飞云敛，一条条火龙扑腾翻飞，迎着亮闪闪的火阵，一路狂舞。这就是对"鱼跃龙门"传说的深情演绎。对此，《三秦记》中有这样的记载："河津一名龙门，水险不通，鱼鳖之属莫能上，江海大鱼薄集龙门下数千，不得上，上则为龙也。"千百年来，读书人渴望收名定价于君侯，为的是一登龙门，身价百倍，青云直上。可是，登龙门之途，风紧浪恶，落魄多，得意少，就连潇洒出尘的李太白也不能幸免。他在诗中写道："黄河三尺鲤，本在孟津居。点额不成龙，归来伴凡鱼。"遥想当年，诗仙名播海内，依然书剑飘零，皇皇大唐岂可野有遗贤？玄宗尊重人才，赐宴召见。在君王面前，李白的头高高昂起，他只想尽展雄才，不愿摧眉折腰，于是被赐金放还后，游历天下名山。他叹息："大道如青天，我独不得出！"他渴望："长风破浪会有时，直挂云帆济沧海。"自古以来，鱼跃龙门多艰险，而艰难之途却又魅惑地向人招手。铜梁龙舞深刻传神地表现了这样的意蕴，形象生动，耐人寻味。

龙舞的鉴赏中若融入了感情，则意味着鉴赏者进入了最高境界。

试想，一条绢绸扎制、彩墨藻绘，没有生命、没有灵性的铜梁大龙，怎么会舞出灵秀诱人的意境，达到娱人耳目、震撼人心的境界呢？

观赏铜梁大龙舞，往往有这样的感受：全然忘了舞龙人！因为，龙与人珠联璧合，相得益彰。大龙舒爪亮鳞，腾挪盘旋，翻卷着昂昂烈烈的傲世雄风；演员奔突旋转，疾走静立，释放出气势磅礴的情思意蕴。这得益于铜梁大龙的独特神韵。龙舞是线条的艺术，那色彩斑斓的龙身印刻着具有弹性和张力的彩墨线条，将奇险万状、忽轻忽重、刚圆遒劲的结构图，将翻江倒海、起伏奔腾、不可遏制的情态气势，变幻成倏忽之间变化百出、令人心旌摇曳的惊喜感叹。我们来看看表演的场景：大鼓声起，模拟出雷电交加、风云际会的气氛，锣声耷然，恰似激流飞卷。龙出宫，抖须，舔项，悠然自得。龙头高昂，雍容华贵，宛若天子出巡，威严无比。演员的眼神身韵、低眉垂睫无不与舞蹈的情节息息相关。龙身的左缠右绕、上跃下滚与表情达意紧紧相连。那圆，给人柔和、圆润、无限延伸的视觉效果；那缠，人依龙，龙恋人，俯仰盘旋，天翻地覆；那滚，人与龙扭结迸发，贴地如螺旋前行，舞天似云卷云舒；那腾，凌空驭风，逶迤绵延，逍遥遨游。这真是神龙百变，眼花缭乱。舞龙汉子在行云流水的节拍中情意绵绵，在激烈奔放的旋律中翻江倒海。人成了飞旋的龙，龙成了有生命的人。物我两忘，情韵飞扬。

  铜梁大龙把中国传统重旋律、重感情的线的艺术推上了一个崭新的阶段。以线塑形，以线抒情，以线补虚实，以线挥洒万千气象。那敲得人心快要迸出来的川戏锣鼓，那把双目炫得亮闪闪的龙身，那大场面、大道具带来的大惊喜，常使人产生大感动：投入舞龙队伍，舞出超越腾飞、纵横万里的渴望，舞出黄皮肤、黑头发的向往——击水三千里，破云十万重，腾飞，向着那茫茫海天……

工匠精神引领全球龙舞发展

宗和云

自"铜梁龙舞艺术"2006年被列入首批国家级"非遗"名录以来,铜梁区人民政府在上级文化行政主管部门的关心支持下,在上级业务主管部门的指导和帮助下,集全区之力,扎实开展"铜梁龙舞艺术"保护工程,在龙舞艺术发掘整理、龙舞档案及数据库建设、龙舞生态保护、龙舞传承人保护与扶助、龙舞艺术全民普及、龙舞品牌打造、龙舞节会赛活动开展、龙文化理论研究、龙舞精品剧目打造、龙舞对外展赛与交流、龙舞产业化发展等各方面取得了巨大的成就。

10余年来,铜梁先后发掘、整理、创编出龙灯舞蹈品种30多个,打造出"二龙戏珠"等全球瞩目的龙舞品牌5个;公布各级代表性传承人近100名,组建舞龙队伍250多支,常年保持龙舞演员2000余名;大力实施全民龙舞艺术普及活动,开展龙舞艺术进机关、进校园和出铜梁、出重庆、出中国等"九进三出"活动,累计普及人数15万余人次;坚持开展龙文化理论研讨,举办论坛或研讨会10余次,收集整理理论文章150余篇;积极开展龙舞展演赛活动,坚持举办"春节龙灯会""中华龙灯文化旅游节""国际舞龙争霸赛"等节、会、赛系列品牌活动,群众受益率达到95%以上;全面恢复龙舞生态;积极开展龙舞艺术交流活动,每年组织参加国内外展演赛活动20余次;积极推进龙舞进市场,培育民间龙舞艺术表演团队30余支,每年组织商业演出800多场次,年收入达3000万元;积极开展龙舞精品节目打造,先后打造《龙乡放歌》等龙文化主题剧目3个,实现景区定点演出,年受益游客20余万人。

经过各方努力,"铜梁龙舞艺术"十年保护规划目标全面实现,完全摆脱濒危状态并走上健康发展道路，继明、清两代的繁荣后，再次书写了铜梁龙文化历史上光辉的篇章。

铜梁区的主要做法可以归纳为两个方面：一是政府数十年初心不改，持之以恒地发挥主导作用，实现了铜梁龙舞艺术的全民普及；二是以工匠精神打造艺术品牌，引领全球龙舞艺术的普及与提高，实现了龙舞的产业化发展。

一、政府主导初心不改，全面实现保护目标

（一）建立组织机构

1. 成立局际联席会议。随着《国务院办公厅关于加强我国非物质文化遗产保护工作的意见》（国办发〔2005〕18号）的出台，铜梁区紧跟时代节奏，于2006年成立了"铜梁县非物质文化遗产保护工作局际联席会议"，整合相关部门资源，统筹推进全区"非遗"保护工作。

2. 成立"非遗"保护中心。铜梁区于2011年7月成立非物质文化遗产保护中心，与区文化馆实行一套班子、两块牌子工作机制，进一步明确了全区"非遗"保护工作机构及其职能职责。

3. 成立研究机构。2014年，铜梁区成立了"铜梁区龙文化发展研究中心"，与区文化馆、区"非遗"保护中心实行一套班子、三块牌子工作机制；同时，政府推动在"奇彩梦园"成立"铜梁龙文化产业创意研究院"，将铜梁龙文化的研究和产业实体培育同步推进，将"铜梁龙舞艺术"保护工作引向纵深发展。

（二）健全法规体系

铜梁区在认真贯彻落实《中华人民共和国非物质文化遗产法》《国务院办公厅关于加强我国非物质文化遗产保护工作的意见》和《重庆市非物质文化遗产条例》《重庆市人民政府办公厅关于加强我市非物质文化遗产保护工作的实施意见》《重庆市非物质文化遗产代表性传承人管理办法》等上级法律法规及政策精神的基础上，结合本区实际，制定了一系列实施意见，为开展保护工作提供了强有力的政策保障。

2006年至2019年，铜梁区先后出台了《铜梁县人民政府办公室关于加强

我县非物质文化遗产保护工作的实施意见》（铜府办发〔2006〕48号）、《中共铜梁县委、铜梁县人民政府关于加快龙文化产业发展的意见》（铜梁委〔2007〕49号）、《铜梁县非物质文化遗产代表性传承人扶助办法》（铜府办发〔2011〕29号）、《重庆市铜梁区人民政府办公室关于印发铜梁区以龙文化为魂加快文化旅游业发展工作方案的通知》（铜府办发〔2014〕19号）、《中共重庆市铜梁区委办公室、重庆市铜梁区人民政府办公室关于印发〈铜梁区龙文化产业发展工作方案〉的通知》（铜委办发〔2019〕47号）等多个文件，明确了我区非物质文化遗产保护工作的目标、方针、重点、体制、方法。

（三）落实保护经费

1. 落实了"非遗"保护中心和龙文化发展研究中心工作经费。2012年，铜梁区"非遗"保护中心成立后即由财政每年预算工作经费10万元，工作经费做到了逐年增长。

2. 落实了传承人扶助经费。从2011年开始，铜梁区对各级"非遗"代表性传承人落实了资金扶持，对区级代表性传承人予以每人每年2000元的传承扶助，省级和国家级传承人再享受区财政每人每年1000元的补贴，调动了传承人开展传承活动的积极性。

3. 落实了项目保护经费。按规划和计划配套落实了"铜梁龙舞艺术"保护工程项目经费，从2006年至2019年，中央财政共拨付我区国家级非物质文化遗产保护专项经费181万元，我区配套经费超过5000余万元。专项经费全部用于铜梁龙舞的普查建档、节会赛活动、宣传展示活动、培训教习等，确保国保工程顺利实施。

（四）实施全民普及

铜梁区对"铜梁龙舞艺术"的普及做到了全民普及、成效显著，措施上有"九进三出"。

开展"九进"，即进机关、进事业、进企业、进社区、进村社、进校园、进军营、进广场、进景区。铜梁28个镇街均成立了机关干部舞龙队伍。区级部委办局分党群、政府、宣传、政法、农林、财贸、发改、经商"八大口"分别组建舞龙队伍，公、检、法还各自组建了警察舞龙队。全区共组建机关干部队伍 39 支；规模较大的医院、学校等事业单位共组建职工舞龙队 25 支；文化类企业以及普通大型企业组建职工舞龙队伍 15 支；条件成熟的社区组建居民舞龙队 35 支；驻铜部队、武警中队组建官兵舞龙队 2 支。

进村社、进广场、进景区是铜梁普及龙舞艺术的三大亮点。铜梁的巴川街道、东城街道、南城街道以及高楼镇的村社自古以来爱玩火龙。政府通过购买演出、拓展市场等措施引导当地农民共组建了 20 余支舞龙队。他们除了能玩火龙，还学会了大蠕龙甚至竞技龙等多个品种。为普及龙舞艺术，铜梁文化部门创编了"小彩龙""小金龙""板凳龙""竹梆龙"等广场舞蹈，通过培训领舞骨干进行推广普及，铜梁的广场舞龙队共有 18 支，队员上千人。铜梁在安居古城、奇彩梦园两大景区都有龙舞表演项目，白天有街头和广场龙舞，晚上有龙舞主题晚会，所有演员均为当地的居民和农民。

进校园是铜梁龙舞艺术普及成效最为显著的措施。2006 年以来，铜梁组织专家先后编写了《铜梁龙舞艺术》和《铜梁龙灯》校本教材，该教材已被纳入全区中小学体育教学。从 2008 年开始，铜梁政府又命名了一批大、中、小学为铜梁龙舞艺术传承实验基地，由此培养了一批数量可观、质量优良的舞龙队员。2006 年至 2019 年，铜梁接受龙舞艺术知识普及的中小学生累计达到 15 万人次，基本掌握舞龙技艺的中小学生近 1 万人，常年保持学生舞龙队 50 支左右，诞生了铜梁中学舞龙队等 5 支全国竞技舞龙冠军队伍。

实现"三出"，即出铜梁、出重庆、出中国。铜梁龙舞艺术始终保持全球领先，拥有上百人的教练员队伍。凡经铜梁教练教习的队伍，水平都是出类拔萃的，参加本地区比赛总能取得优异成绩，因此，邀请铜梁龙舞教练便成为重要的举措。每年均有 20 多名龙舞传承人奔赴区外、市外甚至国外教习龙舞。重庆市大部分的区县以及国内的四川、贵州、云南、湖北、新疆、西藏等省区，都活跃着铜梁龙舞艺术传承人的身影，泰国、土耳其、澳大利亚等国家也有铜梁人教习的舞龙队伍。

（五）重视宣传展示

铜梁区重视铜梁龙舞艺术的宣传与展示，在国内外获得了较高的影响力。

1. 利用多媒体宣传。自 2006 年实施保护工程以来，为扩大、宣传铜梁龙舞的艺术价值，通过互联网、电视台、出版物等多种媒体动态持续地宣传铜梁龙舞艺术。同时，通过"文化遗产日"等纪念日，开展了丰富多彩、贴近群众的宣传活动，使铜梁龙舞在国内外有了较高的知名度和美誉度。

2. 实施"五个一"工程。从2006年开始，铜梁区深入实施了以铜梁龙为主题的"一首县歌、一部小说、一部电影或电视剧、一部理论文集、一台精品节目""五个一"工程，已完成县歌一首（《铜梁龙，中国龙》）、小说2部（《灯火阑珊处》和《铜梁龙舞·巴岳玄机》）、理论文集2部（《铜梁民间龙舞集成》和《亘古一龙腾——2016首届巴岳山·中国龙文化研讨会论文集》）、精品节目2台（《龙乡放歌》和《中华第一龙舞》）。微电影《铜梁龙》与电视剧《大龙舞》尚在拍摄中。

3. 参加展演赛交流。2006年以来，随着国家级文化品牌地位的确立，铜梁龙舞对外交流展示的频率日益提高，常年活跃在国际国内重要庆典活动的舞台上，先后参加第29届北京奥运会开幕式前暖场、新中国成立60周年首都国庆文艺晚会、第十二届亚洲艺术节开幕式迎宾等表演；参加各种龙舞（舞蹈）大赛屡创佳绩，先后获第六届全国农民运动会舞龙比赛2金4银、首届浙江·中国非物质文化遗产节民间舞大赛金奖、第二届中国秧歌节最佳表演风采奖、奉化国际舞龙邀请赛展示组金奖、第十届中国民间文艺山花奖舞龙展演金奖、第十届中国民间文艺（表演类）山花奖、第十八届"群星奖"；对外交流日益频繁，屡受官方派遣或民间邀请赴亚洲、欧洲、美洲、大洋洲等30余个国家开展过文化交流。

二、工匠精神铸造品牌，引领全球龙舞发展

（一）铜梁龙舞道具成为全球典范

全球华人热爱舞龙，各地自有扎龙人，龙具形态各异，价格高低不一。相比之下，铜梁龙造价不菲，但世界各地每年购买铜梁龙道具超过千条，自然是奔着铜梁龙的精美、好用而来。铜梁龙有五个方面的优点：

龙头威严大气。这是铜梁龙造型最成功之处，铜梁龙一改传统的"哭龙""恶龙"造型，改鳄鱼头、巨蟒头、马面等为雄狮大张口造型，龙角高耸，面

阔嘴短，口含宝珠，再加上曲唇翘颚，鼓目扬腮，长髯飞鬃，神态威严而又不失慈祥，极具亲和力。

龙身浑圆壮实。其造型采用硬栋支撑，软栋联结，显得丰满圆润，伸缩自如，舞起来活灵活现。

龙尾美感突出。铜梁龙尾造型为五或七分叉的金鱼尾，而非单一的蛇形尾或多分叉的毛虫尾，遒劲高翘，极具美感。

彩绘鲜艳夺目。铜梁龙做工极为细致，用亮片镶嵌龙身，龙鳞金光闪烁；主要用红、黄、蓝三原色彩绘龙身，色泽鲜艳，借以彰显其富丽堂皇、气势磅礴之态。

整体轻巧耐用。铜梁龙骨架采用竹篾、细钢丝等做造型，竹篾削得极薄，以绵纸搓绳捆扎固定，龙身使用化纤布料，因此整体质量控制得很低，舞起来非常轻巧；竹篾虽薄但韧性极强，所以龙具既轻巧又耐用。

正是因为铜梁龙具有上述特点，契合了中华民族心目中最美的龙的造型，因而广受欢迎。1984年，铜梁龙被选作新中国成立35周年首都国庆盛典舞龙道具；1994年，铜梁的中型蠕龙被国家体育总局确定为全国竞技舞龙的标准道具；2019年，铜梁龙又以全新姿态参加新中国成立70周年首都国庆晚会表演，接受党和国家领导人的检阅。

铜梁龙的造型并非与生俱来，它历经了30多年的不断改进，倾注了一大批民间艺术家和美术专业人士的心血。

（二）铜梁龙舞套路成为全球经典

铜梁龙舞套路丰富，动作优美，快慢结合，起承转合，舞起来既有雍容华贵的闲庭信步，更有翻江倒海的夺人心魄。但早期的铜梁龙与各地龙舞一样质朴简单，较常使用的套路只有"龙出行""横8字""螺丝绞""龙抱柱""之字拐"等。20世纪80年代以后，经过民间艺人和龙舞专家们的多次加工整理，其艺术性、观赏性和娱乐性得到很大提高，主要经历了五个阶段：

1. 传统的恢复。20世纪80年代，铜梁文化部门对铜梁龙灯进行了历史上的第一次大普查，初步整理出"龙出洞""之字拐""三点头""拜四方""龙舔项""下钻洞""上翻身""横8字""大盘龙"等大龙的旧式玩法。铜梁龙灯在重庆首次区县龙灯会演中一举夺得冠军。

2. 关键的提升。1988年，铜梁应邀参加北京国际旅游年全国舞龙大赛，决定以具有代表性的龙舞节目《蠕龙戏珠》参赛。文化部门组织民间老艺人、文艺骨干以及重庆艺术馆舞蹈干部研究创编，把戏剧舞蹈的基本功融入龙舞中，增加了"三环套""龙摆尾""舞天花""双起塔""马步回宫"等新套路，同时借用戏曲台步，要求舞龙队员讲身段、带感情，尽可能地抒发出人与龙所共有的神态与情感。《蠕龙戏珠》在比赛中力挫群雄，一举夺冠，捧回铜梁龙舞历史上的第一座金杯。

3. 精彩的定型。1991年，铜梁以《双龙戏珠》参加重庆市广场民间舞表演大赛，舞蹈艺术家们又创编了"双龙出洞""双拜四方""双龙戏珠"，以及"二龙抢宝""黄龙滚浪""双龙献瑞"等10多个套路，再加上20个云牌姑娘的配合，舞式更趋完善，气势更为宏大。该节目一举夺得赛前并未设立的"特等奖"。同年，该节目参加第二届沈阳国际秧歌节民间舞蹈大赛获得最高奖。

4. 极致的发挥。1994年是中华竞技龙在铜梁诞生之年。铜梁龙为跻身体育竞技场，将大蠕龙龙身适当缩减，以适应竞技性舞龙；同时在龙舞竞技自选套路的技巧上大进一步，新增了"高低步""矮子步""太极行""侧身翻"等20余个套路，夺得福州"佐海杯"、北京全国体育大会舞龙比赛和广州增城国际龙狮赛冠军。1999年，铜梁龙创新了多人组合玩舞技巧，出现了"挂腰式"（Y式）、"悬背式"（反Y式）、"撑伞式"（K式）等高难动作，在群英荟萃中独占鳌头，一举夺得"国家舞龙队"头衔。

5. 系列的升华。进入21世纪，在大龙和竞技龙舞蹈艺术登峰造极之时，铜梁的艺术家对火龙舞又进行了艺术提升，创编了"金龙吐火""火龙现形""吞吐云雾""火阵飞龙""火龙升天"等18个套路。

铜梁舞蹈艺术家们以工匠精神精雕细琢，又坚持不懈地创新发展，使铜梁龙舞始终保持着全球领先水平，获得过民间舞龙和竞技舞龙两大领域所有类别赛事的最高奖项，成为全球经典之作。

(三) 铜梁龙舞品牌成为全球最爱

铜梁在龙舞艺术的发掘整理和传承发展工作中，先后打造了一批全球瞩目的龙舞品牌，常年活跃在国内外重要展演赛活动的舞台上。铜梁龙舞主要有五个品种：

1. "二龙戏珠"。这是铜梁大龙的经典作品，由两条各长50米的大蠕龙配合云牌、牡丹等对称性玩舞，包含"双龙出海""龙菊开屏""龙起双塔""双涌龙门""单侧舞龙""双龙回宫"等数十个套路，以酣畅的动作、精美的造型、磅礴的气势和铿锵的音乐将神龙翻江倒海、叱咤风云的神韵完美地演绎出来，给人以极大的震撼，是广场舞蹈的上品。该节目获得过包括文化部群星奖、中国民间文艺山花奖、国际秧歌节等所有民间广场舞蹈比赛的最高奖项。

2. "龙凤呈祥"。此舞蹈系铜梁参加新中国成立50周年首都国庆文艺晚会创编的节目，以龙、凤、牡丹组合舞蹈，龙飞凤舞、雍容华贵，在《中国新世纪》的音乐中演绎着"龙凤呈祥、国泰民安"的主题，得到了首都观众和海内外嘉宾积极的肯定。此后，该舞蹈多次应邀参加各种庆典活动，均获好评。

3. "铜梁竞技龙"。它是民间龙舞与竞技体育结合的龙舞品种，既有快节奏、高难度，又有起伏跌宕、连贯流畅的舞龙韵味，很难把握。铜梁舞龙人凭借天赋与努力，把竞技龙演绎得尽善尽美，不仅被国家体育总局确定为竞技舞龙标准套路，而且在历次的实战比赛中，一直保持着全球领先水平，金牌从未旁落。铜梁竞技舞龙队多次受文化部派遣参加中外文化交流。

4. "铜梁火龙"。它是铜梁龙舞中最具特色、最受欢迎的品种之一。舞蹈过程中始终伴随着打钢花、喷焰火，舞龙人赤裸上身，奔走于炽热的钢花、焰火中，人在火中舞，龙在火中飞，气氛极其热烈火爆，场面蔚为壮观，是百看不厌的舞蹈极品。铜梁火龙每年应邀在国内外演出达数百场。

5. "龙把子"。这是一个不用道具却极具魅力和震撼力的舞蹈。它是以铜梁传统龙舞动作套路为题材创作的男子群舞，运用了最高级的编舞技巧，没有高难度的舞蹈动作，仅仅通过简单的肢体语言把龙的形象塑造得活灵活现，把龙的精神表现得淋漓尽致。该舞蹈赢得了社会各界人士的一致好评,从全国1000多个舞蹈作品中脱颖而出,一举夺得国家文化和旅游部开展的第十八届"群星奖",该作品受邀在全国各地展演数十场。

(四)铜梁龙舞文化产业茁壮成长

近年来,铜梁龙舞四个品牌并驾齐驱,催生了广阔的龙文化市场,龙文化产业在积极探索中不断发展,逐步形成了一定的产业规模和基础,为进一步发展积蓄了巨大力量。铜梁龙舞文化产业主要有三个方面的特点:

1. 两大门类基本形成。全区龙文化产业已形成表演和彩扎两大门类。彩扎类产品除了有表演用的道具外,还有用于营造庆典氛围的大型灯组以及作为礼品或装饰品的工艺品。表演类最受欢迎的热门节目有大蠕龙、竞技龙、荷花龙、火龙、猪啃南瓜、鲤鱼跳龙门等,约10个品种。目前,全区有注册从事龙灯制品生产销售的厂家及商家6家,常年从事龙灯制品生产和销售的师傅、工人、中介等约100人;注册从事龙舞培训和展演的团体和企业共有10家,注册资金超千万元,常年从事龙舞展演的教练、导演和演员约2000人,有训练场所、办公用房、生产厂房等建筑10000多平方米。铜梁龙文化产业直接经济效益年产值近6000万元,其中龙灯产业和龙舞产业年产值都在3000万元以上,成为铜梁文化产业的一股重要力量。

2. 骨干企业初步形成。铜梁从事龙文化产业的企业均属民营企业。从事彩扎业的太平新艺扎龙厂、铜梁龙灯制作中心、安居彩扎工艺厂,以及重点从事表演业的重庆铜梁龙文化发展有限公司、重庆高楼火龙文化传播有限公司、重庆市祥瑞龙舞艺术演出有限公司等已成铜梁龙文化产业的骨干企业。这些企业有较强的管理和技术人员,有较为固定的生产和训练基地,在业界享有较好的声誉。

3. 实作能力突出。铜梁的艺术家对龙文化的理解极其透彻,创作的艺术品很有灵性。龙具彩扎方面,铜梁有中国民间文化(铜梁龙灯彩扎)杰出传承人1人,有省级工艺美术大师5人,有省级非物质文化遗产代表性传承人5名,他们的作品遍布大江南北,多次走出国门为国争光。舞蹈方面,铜梁有国家级"非遗"代表性传承人1名,省级"非遗"代表性传承人8名。他们

创编铜梁龙舞作品众多,教习学生无数,业绩一片辉煌。铜梁龙灯彩扎和龙舞作品进入市场广受欢迎,市场占有率在全球遥遥领先。

"长风破浪会有时,直挂云帆济沧海。"志存高远的铜梁人下一个目标更加宏伟,他们决心借助各方力量,打造全球龙文化理论研究、艺术品创作、行业标准创建、龙文化产业发展等核心基地,把铜梁打造成全球华人寻根问祖的旅游目的地,为弘扬中华龙文化做出更大的贡献。

山水知音

巴岳：蚕丛辟后惊苍莽

张顺之　蒋厚道

一岳横天

巴岳山原名奴昆山，因为峰顶巨石形似香炉，所以又叫炉峰山，至宋代始称巴岳山。宋南渡以后，"巴岳"已有记载。宋孝宗时礼部侍郎、县人庹正作《巴川社仓记》，文中记载："吾乡之士慕而为之者三：赵飞凤兄弟行之龙乡，景元一等行之巴川，陈孜等行之巴岳之下。"宋淳熙丁未年（1187年），蓬州牧冯炎作《东岩罗睺寺记》碑文，曾三次提及巴岳，有"倚峙巴岳，旧有佛岩""况系耸巴岳之奇""而罗睺计都二星位于巴岳之旁"等句。宋合州进士李元信作《惠寂院记》，亦有"巴岳南峰，山冈对峙如揖"的叙述可以为证。铜梁今城为古巴川县治所在，巴岳山在城南约七公里，渝绵公路经行山下，永铜公路顺东麓南上，至玉口山下，再折向东南，越过铜梁东山的箕山咀而达永川。西麓子山以外为淮远洞河，河外浅丘平坝上有铜大公路穿越而过。淮远洞河发源于玉口山西面，向北流经大足的十万、万古、雍溪等地，入县境，循山下，过福得桥（即傅家桥）出东郭，收巴川河水，转而向东注入小安溪，然后北入合川境，汇于涪江。巴岳山峰峦奇秀，洞壑幽美，林青茂密，泉水清澈，地在古巴川县之近郊，故名巴岳。明代曹学佺《蜀中广记》说："川曰巴川，以水绕其治前如巴字矣，山曰巴岳，以峰高出云表如岳势矣。"

山川形胜

巴岳山由三十五峰组成，为铜梁西山起始，南连玉峡，北止于盘龙咀，突兀挺拔，绵亘约30里，均高700余米，东与铜梁东山遥相对峙。主峰香炉峰海拔778米，山脚至峰顶高570米左右，势若插云。故清代历任清苑、南宫、新城县令，本县举人黄鹤峰有诗状其景曰："天风吹下昆仑山，走入中原落翠鬟。卧虎跳龙收不住，一峰直上青云间。"接着他又写道："巴岳之名留天壤，蚕丛辟后惊苍莽。大不似衡山，七十有二峰；高不似太白，三万八千丈。"明朝隆庆年间蓟辽总督、兵部尚书、"嘉庆七子"之一、本县人张佳胤游登巴岳的诗句中亦有"巴岳三十有五峰，面面削出金芙蓉"等句，描出全山轮廓。

巴岳山全山旧有寺庙庵观九座，今存四座，其余都被拆除改建，山岭垦种已有近半个世纪，辟有巴岳茶场，场部设在峰顶原玄天宫，公路直达。登巴岳山，出铜梁城循绵渝路向东南行，过桐梓园迤逦往右，跨田沟，沿山脚左旋而上到达徐家坪，沿徐家坪左穿山咀继续上登，盘旋数折，路分为两条：右绕西麓，至胜泉寺社办煤窑，再进可达县办人民煤矿；左绕东麓，山路再分为两条。左行顺山弯入县党校（即巴岳寺大禅院），右行盘岗而上至红土地，即入茶场界。又迂曲四折，顺山斜上，过云雾峰达场部。左旋右旋，殊途同归。沿路侧，茶园与林地穿插交错，梯土层叠，茶丛整齐，环山如带，路边松杉掩映，景色清新。右边峰岭峙立，藤树遮覆，苍翠欲滴，登山者心情为之一爽。

玄天古观

玄天宫在主峰顶，为茶场场部所在。庙观肇建于晚唐，兴隆于宋代，重建于明朝成化中，补葺增饰于清初康熙和道光中期。观前停车，拾级而上即至旧山门，入为一狭长天井，左廊已改建为茶场办公楼，右廊仍系旧时平顶屋，今为动力车间。前角有古罗汉松一株，茎围364厘米，胸围295厘米，高10

余米，苍劲挺拔，树冠如盖，古意盎然，稀世少有，为建庙的历史见证。穿天井，再登十数石级，为一横长台坝，外向左前跨沟连办公楼前廊，中升数级为下殿。右无耳房，现为职工洗衣处。左留小巷，顺巷横列一楼，为解放初期建筑，连同下殿屋宇皆为职工宿舍。右前角壁上，嵌有两碑，其一碑文为康熙五十六年（1717年）丁酉科解元、本县高承元所撰，即《县志》所记高解元碑。碑为石灰所糊盖，今已不可悉读。从殿侧穿左边小巷升左阶，入为一三合大院结构。中为大坝，石板平铺，上方为大殿，旧供真武像，故称祖师殿。殿内有后进房，地基略高尺余，别为一殿，旧供三清像。道观变为僧居后，改塑佛像。今因其旧有屋壁，辟前为大会议室，后为贮藏用房。殿前檐柱有道光五年（1825年）铜梁县令杨得质所书楹联。两廊均宽阶，各有房七间。左为宿舍，前连下殿左侧宿舍楼，右为子弟小学教室，右廊有后门直出庙后，左廊有侧门，出外为园土，下为巉崖，直落深涧，竹树所封，难窥其底，但从竹树间可遥俯城郭郊野。整座寺庙建于山巅岭阜，右侧坡度平缓，辟为大片茶地。右岗下有新建食堂，可容百人进餐。后岗顺岭东西循，新建三层宿舍楼一幢，附设有医务室、小卖部、招待室等，可以承接上百人的会议。东侧一坝，可供职工活动。坝外亦为广阔茶圃，茶树成行，绿草如茵。单丛似球，连片如毡，煞是好看。楼西留数尺空地，外临深谷。如夜登楼，凭窗远眺，城中灯火，闪烁灿烂，美景如画。

群峰耸翠

岭后辟有车道，上下屈曲蜿蜒于诸峰岭间。循路南行，经鹞子岩、一碗水，可达三队宿舍。从一碗水反向北下，可至场办煤窑。该矿有工人十四，日产煤两三吨，足供全场所需。窑门正当宿舍大楼南后斜下，窑后辟小径，凡十三折如攀陡梯而上，交岭上车道。三队宿舍新建为三合院式楼房，位于一碗水南岗之山嘴，反山而向。门前高峰之顶，拟建较大水塔一座，现已筑好塔基，自山脚提水而上，供应全场。登上水塔峰，亦可眺全山。远望已垦群峰，状如青螺，未垦诸峰，锐者若笔尖，钝者似覆钵，绿浓翠浅，各尽其妍。

过三队宿舍为石板旧道，不再通车。南下一湾至石朝门，为三队旧居，现为该队蔬菜组住地，先前是山民住房。附近土质肥沃，未开垦前即已种茶。门前一峰名栀子坡，据该处八十高龄的老女工说，旧时满坡栀子，花开时雪白如棉，香风吹遍附近群山，宛如仙境。现已垦种茶树，数十女工正采秋茶。自此下行，可达林场宿舍。再穿岭南行，可至五队所住之慧光寺，抵玉峡口，则巴岳后山尽矣。

云山一气

香炉峰巍峙玄天宫前，峰顶巨石屹立，外临绝岩，石下洼陷若窟，略肖香炉，前人因此以香炉名峰。窟壁上刻有神佛像，犹留部分残迹。旧日南北两端，地势险峻，荆棘丛封，无径可通，必须从石脚一小洞蛇行而入，其地仅容数人立，今一端辟径，人可绕至此处。东面岩壁上题有"真武山"三个大字，为前清翰林、太原府知府、本县吴鸿恩的手书。石上凿有足穴，可攀附以登，石顶平坦，能纳数十人，传为明初隐逸、技击练气名家张三丰焚香礼斗的地方。嗣后有寺僧竖杆点灯其上，因数十里外亦可望见，故群众呼此石为天灯石。登临眺望，一派奇观，群山奇峰起伏，如游龙将举，岭脊古道绵延，似"长城"飞来，时而晴空万里，俯瞰原野，田园山水，尽收眼底，锦绣河山展现出一幅巨画；时而山风骤起，薄云浓雾，顿生足下，登石游人宛然凌驾虚空。

本县孝廉黄启心有诗句咏曰："北望宕渠何处是？云山一气同纷纷。"碧空无云时，放眼极目，可见合川白塔和大足宝顶。是以县人张佐周氏登此后歌之曰："我来登临到绝顶，放开眼界入霄炯。宝顶、龙游览无余，缙云波仑谁与等。"西面悬崖百丈，下临深壑。炉峰东面，右出为两坡。前为柏树坡，下为柏子崖，现为茶场二队宿舍。邻近有晶子石，自然生成，形若砻谷之晶。柏树坡顶建有圆形贮水塔，隐约出于林表，撼之亦饶别趣。后一坡已被削平，新建为一楼一底，为筛、分、贮放成茶用屋。炉峰前岭下，右为揉烘车间，前为粗茶车间，中间形成一坝，已辟为晾茶场。过岭即至寨子坡。

寨子坡旧名云雾山，因常为云罩雾封而得名。旧即多茶，清代咸丰十年，李兰起义军入铜梁境，富绅等入山择险处建寨自保，名为保生寨，山上老茶多被毁，该峰遂因有寨而易名。坡之东下山隅内即巴岳寺，为茶场七队，宿舍建于山门外。巴岳寺右后为茶场二队，宿舍在崇兴公司，房舍初建于1935年，崇兴垦殖公司开发此山，故名。左后为八队，宿舍新建于峰下前垭，外连登山公路。

场部粗茶车间后，伸出一咀，上建变电站。此处有盘曲旧道可下，名曰九道拐。再下，过独岭曰天生桥。经此再下，可达茶场四队驻地静广寺。寺后峭壁之上即昆仑三洞，古人称"下有昆仑三洞府，石炉含烟守龙虎"。其地正在炉峰西面之绝崖下，一名昆仑洞，张佳胤游后有《昆仑洞赋》咏其胜，全文见《县志·艺文》。一名三丰洞，相传为张三丰隐居坐卧处。明代张佳胤曾以诗记游访时之情景，曰："洞门叩问双玉童，汝师可是张三丰。道翁仙去丹灶冷，竹枝生苔叹遗踪。"一名火食洞，有石仓可储粮。以前偶有游方道士栖居，洞前不远处孤峙一石，上大下小，陡不可攀，上有棋局，可供人弈，俗称棋盘石，传为张三丰与杨禅对弈处。一九二四年左右，有合川道士张一清来此，托称三丰后裔，四处募化，于洞外建庙楼，并作木桥通石上，香火渐盛。一九五三年老道士去世，时年九十余。庙楼毁于"文革"中，今基局犹存。

静广禅寺

静广寺古名庆寿庵，传为朱姓捐建于康熙中期。《县志·艺文》收有清廪生朱修诚《夜宿静广寺》五律二首，有"老树春痕淡，晴霞霁色妍""峭壁鸣悬溜，幽花暖夕曛"等句，颇能形绘其景。一九三六年前后，朱叙伦步崇兴垦殖公司后，将该寺庙地辟为果园，多植橙柚，名曰协生农场。新中国成立后属于茶场四队，今已改建为新的砖木结构四合大院。从此处出山，越小桥，外端合路处有一古榕树，气根下贯入地，形若一门，路即从中穿过，群众呼其为黄桷门。外出平坝田畴间，合周家湾出山公路于福德桥。

胜泉小刹

胜泉寺在寨子坡的西麓，地不为茶场所管。今庙宇尚存，此处办有社办小煤窑，可通公路。寺后有泉，水亦清冽。寺中有无字古碑，不知镌竖于何时。清代有本县诗僧真空寓此，曾夜吟该寺之胜曰："胜地重游似梦时，峰峰凭眺展双眉。探成画意山皆好，觅得源头水尽奇。雾镇灵岩藏面目，泉分香积沁心脾。欲知兰若何年创？古碣今成没字碑。"寺后石壁上亦有一石洞，架梯可登。清代本县廪生吴堃俊兄弟，咸丰间避战乱藏此，有诗记其事，现尚刻留于洞壁。山脚为一较宽漕地，名施家漕，外有子山横亘，漕长五六里，水从周家湾沟口出，今于其处筑坝，水没漕长之半，构成一顺山小水库，水山相映，极为妩媚。

巴岳寺

巴岳寺在巴岳山寨子坡峰下半山隅内，主峰东分两脉，左右相抱构成一大山湾，十峦九谷环峙若椅，寺位于正中的一岗上。后仰高峰，林木蓊蔚，云封雾锁，鸣泉飞泻；左右山谷环拥，竹树葱茏，入帘庭青；临前俯瞰，小丘罗列，嵌镶如绣；麓脚梯田，外连水库，水光山色，相映成趣，游目而弛，可达数十里外原隰。谈昌达氏所吟"四围苍翠落庭隅，羡煞僧庵俗气无。绝好林泉开画本，一重山有万云扶"之句，令人犹怀同想。今置身其中，清幽之感，油然而生。人车喧嚣之烦，顿为岭寂松风所代。尘烟弥漫之苦，早被山花绿树所涤，幽邃之美，不失为本县名胜之区。

巴岳寺原名普门寺，宋为宣密院。曾有高僧显嵩居于此，足不出户者三十年，年八十余作偈而逝，事载《县志》。巴岳山之名起于宋（引证见前），寺名之起始于明。明永乐六年（1408年），寺僧宝峰拓地改建，明宣德中始正名，巴岳庙方具一定规模。迄于清代，重加修葺，结构略仿重庆华岩寺，遂成名刹。丛林之胜，邻邑罕有其匹。该寺拥有山麓田土千余石，富裕之极，为全县寺庙之冠。庙殿四重，依其山势高下而建。寺庙周围，旧时多合抱樟楠，两侧山谷，松杉参天，修竹翳蔽，入山不知寺之所在。自抗战起，铜梁被炸，正谊校迁中学部于此，辟寺前平地为球场。新中国成立以后，初为二野炮兵屯驻，继交地方为收容劳动服刑人员宿地之一。一九五八年后，创设福利小学，收养孤儿，一九六五年撤校。之后，茶场建工人宿舍于广场下。现于永铜公路上，可以遥见屋瓦矣。

庙前广场外为大山门，下有石梯百余级，广场两侧原有南、北两小山门。南山门外有石坊，坊上有名书画家手迹。门内有碑亭，集中了历代名人雅士的题咏镌刻。从广场拾级而登，入寺，两侧旧有耳楼，中为水府三官殿，配塑四天王等神像。穿殿而进，有条形天井，两侧耳房亦为楼，与第一进僧楼相连。居中拾级十余步升阶为灵官殿，中塑灵官，反向塑韦陀。殿前石柱有道光十五年（1835年）芜湖拔贡沈廷贵所书楹联。穿殿再进，为石板海面大天井，三方均宽廊。两庑，左为客堂，内供祖师，右为斋堂，僧食之所，皆一破前后两进。左前角紧接灵官殿，屋有阁楼，为钟鼓楼，其余侧房皆系僧居。右后地较宽阔，斋堂后面另构天井，周围结屋为厨房及僧舍。大坝正上，条石砌成一台，高寻尺，上构大雄宝殿，层楼飞檐，砖脊筒瓦，规制雄伟。殿前三方绕以宽廊，砌以石栏，雕镂精湛。石梯分列左右，梯间依势做成花台，茶花两株植于其上，花具三色，称"三学士"，为罕见名种。大殿十八楹，皆青石为柱，细工凿成，有邑令沈廷贵、杨得质、杨利川和同治间翰林、本县人吴鸿恩等人书写的楹联，书法各擅其长，镌工精湛。中塑佛像，极为庄严。穿殿而进，佛后反向塑九品众生群像。降阶为一横长甬道，右通孔雀殿直达酢房。穿两升阶为花园，植有九蕊名茶花两株，一红一白，以及罗汉松等花木。两边有廊房，正中为藏经楼，楼下分为前后两进，正中为客厅，两侧为僧室，后进反向正中为亮厅，两侧为客舍。再后为后花园，中有一栏石榭，砌就小池，深四五尺，可养鱼。池后即山岩，后垣建于岩上，有古榕树一株，枝叶可覆全园，树根下有一涧，岩隙中有清泉滴注，下有一井，贮泉水，水甘冽，饮之令人暑气全消。园中有罗汉松两株，干约碗口大小，白茶花一株，为难得的名贵品种。左端为方丈室，直抵后岩。右端无房廊，岩壁外前角处，窟中竖有妙高和尚自撰《巴岳寺出家记》碑文，文可全读，为清末邑文生冷天才所书，铁石镌刻。紧邻一角门，外出藏经楼右，即右边耳廊。方丈室后为石槛。自藏经楼左出，左下石阶入药师殿。药师殿为一独立院落，前有花园，有大黄桷兰一株，径约五十厘米。左端有平房，花园右前角门出外为客堂，即大雄殿之左廊。孔雀殿为一独立小院，在藏经楼右上方，隔以廊房，前面阶下即大殿右廊僧斋。殿中塑孔雀明王佛，殿后一池，正当石岩下，岩壁上凿有龛窟五，内塑佛。殿右亦有耳房，与藏经楼之耳廊相呼应，再右下为酢房，右后玉版泉水飞下，淙淙作响。寺垣跨涧而筑，泉水穿右侧园土而出，与寺前左侧山涧流经水观音之水相汇下泻，出山为漱玉溪。"玉版鸣泉"为巴岳八景之一。右后园土中，旧有木莲树，花不常开，相传开花之年县内必有入登乡科者，其数常符于开花之数，故邑人珍视之，誉为科名树。明清两代邑人多有吟咏之句。"木莲异种"亦为八景之一。可惜树在咸丰、同治年间枯死，寺僧伐其木以为钵杖，事载《县志》。此盖旧日庙制之大概，计其建筑面积有五千余平方米，可见其雄。

宝相庄严慧光寺

叶作富

在铜梁城之南十公里的土桥新田村1社,双碾林场、巴岳茶场西南5.5公里(原巴岳茶场五队队部)交汇处有一寺,曰慧光寺。其地势雄杰,背巴岳,面神龙,而列岫回环。宏厂一庙,巍峨洵为邑之宝刹,故胜地哉。

慧光寺始建于明代,明末遭火烬之。清康熙时重建。乾隆六年(1736年),古崇龛县之龙兴寺僧心月,上通下合为徒,受祖师三秀之命,师徒来到慧光寺,与开山僧天池与徒义松,陆续培修旧有殿宇。除力耕之,外栽竹种茶,铢积寸累俟,充裕有余。乾隆十九年(1754年),义松因盗案牵连,出外未回,香火颓落。乾隆二十五年(1760年)重修楼屋,楹柱数十根矣,礼佛新换旧像,则妙丽庄严天光一堂辉映矣。以后在乾隆三十六年(1771年)、嘉庆二十五年(1820年)、同治三年(1864年)均进行过维修,现正殿、东西厢房、后观音殿均为清同治年间建筑。2005年,为了开辟旅游资源,增加新的景点,新田村投入110多万元,重新维修,形成今之雄伟建筑,气势巍峨。

从山嘴拾级而上,越十级上八字平台,上23级梯步入半月平台,梯道两旁和半月平台边安砌有青石雕花栏板,平台中东西各一株古银杏树,树龄约300年,根深叶茂,高大挺拔,被县林业局挂牌"珍稀古木",列为保护树木。平台宽46米,进深14米。平台中再上14级梯道,进入山门。山门面阔五间,通长18米,进深9.3米,通高5.8米。悬山顶式,小青瓦屋面,搬鳌坐脊,廊宽3.4米,明间为通道,次间两侧分别置一佛龛。山门后一平坝,进深约6米。进入天王殿。天王殿面阔五间,通长19米,进深10.3米,通高6米,小青天瓦屋面,悬山顶式,搬鳌坐脊。明间为通道,次间两侧各置一佛龛，备塑四大天王神位。

天王殿后有一平坝，坝长23米，进深13.6米，用60×30厘米的青石板铺成。上6级阶梯踏道，入正殿（大雄殿）。正殿为石木结构，单檐悬山顶，抬梁式梁架，九架椽层五椽栿，前后乳栿搭牵用四柱，面阔五间15.3米，进深三间8.5米，通高6.8米，素面台基高0.9米，宽2.5米。明间石柱楹联为：指月明禅心香飘玉座，雨花说佛法地涌金莲。明间一佛台，长4.2米，宽1.7米，高1.45米。台上为佛龛，龛高215米，龛上置石刻佛像三尊。三尊佛结迦伏座，坐于须弥座上，中佛高1.5米，左右佛高1.3米，肩宽60厘米，佛身穿金，花冠及座均彩绘。佛像两侧各置圆雕石刻阿南、迦叶，中佛须弥座前置一块"今皇帝万岁万万岁"九龙镂雕牌位。龛壁有浮雕云纹背光，侧壁有壁画。佛龛两侧石柱楹联为：云影霏香妙莲影里金容观，顶光结盖宝网光中绀像明。佛像两侧置圆雕石刻十八罗汉像。佛像左后侧置碑二，其一为大清同治三年（1864年）重修慧光寺碑记，其二无字。佛像右置碑二，均无题记。正殿后背右刊碑二，其一为乾隆三十六年（1771年）辛卯岁维修功德碑，其二无字。正殿两侧为东西厢房，为石木结构悬山顶，穿斗梁架，七柱五间，面阔三间7.2米，进深三间8.5米，小青瓦屋面，搬鳌坐脊。

左殿后有一棵古罗汉松，高约15米，胸围1.2米，树龄约300年，被县林业局列为"珍稀古木"并挂牌保护。

正殿后一条形天井长26米，宽1.5米，越过天井到平坝，坝长26米，宽4米，阶梯踏道15级上观音殿（后殿），仿石木结构，抬梁式梁架，悬山顶。面阔五间长18.3米，进深5米，素面台基高2.6米，宽2.6米。小青瓦屋面，搬鳌坐脊。

观音殿左后山崖上有一石窟，窟高2米，宽3米，进深2.5米，窟正中壁上刻一睡佛。

观音殿后山崖巨石上刻一"佛"，为清同治六年（1867年）仲冬月住持僧饮山题。"佛"字高、宽1.3米，字径18厘米，字体为行书，苍劲有力。

慧光寺气势宏伟，三面环山，前临水库，绿树掩映，碧波荡漾。建筑具有浓郁的民族风格，搬鳌坐脊，雕梁画栋，实为邑之旅游胜地也。

巴岳初游记

王我师

昔读谭友夏拟游南岳并三游诸记,未尝不叹惜痛憾于山灵也。

大造既鼓炉冶铸此名山大川,奇峰异壑,不使可作城郭,不使可作陇亩,不使可作庐舍冢墓,此天地之甚爱惜此山川峰壑也。又生此昂藏磊落之人,使能读书,使能作字,使胸可罗天,量可吸海,而不受束缚羁绁,又天地之甚爱惜此昂藏磊落也。既为两相爱惜,必两相合而不离,聚而不散。

夫既生南岳,又生谭子,吾意天地必使谭子可其游,壮其游,善其游,畅其游而后快。夫何故作纡曲险难,一阻洞庭之浪,再失伯敬之约,再返渔泛之棹,而峻绝于其间,势不得不叹惜痛憾于山灵耳。

予于吾铜之巴岳,亦神游三十余年,而未得一登临者。盖予游之癖,必得人以助游兴,得天以敞游目,得时以快游心。今壬子初夏,游时也;新雨之后,游天也;得陈子济清昆仲,全子位上竹林,游人也。遂振岳游之兴。

历东郊,过龙门堤,憩郭侍卫柏林,栽禾馈饷者,填畎亩而绕阡陌,宛然作息天民,非复尘寰俗尚,盛世休风,犹幸在我田间也。

渡福德桥,读朱孝廉碑文。已而至山足,全心斋指予曰:"由庆寿庵西上,路稍险,可游三丰洞、火食洞、昆仑洞,寻径陟巅,无返顾劳。"余观东路蜿蜒,询敬宜,答曰:"吞吐烟岚,岩石崟崎者飞升阁,祭酒高公读书处。古碣琳琅,宜朝登,不宜晚眺。"

始由中路,可里许,喘嘘汗浃。坐松根片时,复鼓气登,历可里半,得平石一隅,五人团圞坐。俯视邑治,烟火迷离,庐室鳞砌。字水屈曲生情,凤山翱翔作态。双峰挺秀者,罗睺、计都也。连珠绵亘者,登高西泉也。益信东山小鲁,泰山之小天下矣。

前愈陡峻，全子朗诵"山从人面起"之句。复作秦音呜呜之歌，倦气忽振，争相先登。瞥然千山尽紫，万壑流丹，返照入林也。由石脊左折，寻瀑布逆上，谷风倒卷，寒色侵人，不敢如前停立，贯鱼拾级，得山顶矣。

陈子遥数曰："聚族百家者，虎峰场；林木蓊蔚者，崆峒观；接大山者，立石垭；近田畴者，桐梓园。"罗列指掌中，此山南之形胜也。

至观音堂，不能瞻礼。饭后，游茶园，观古杉五株，相传按五星屏翰县治也。上元天宫，读高孝廉碑文，始知劫灰后，鼎建重新，可鉴和尚开山也。

未几，献晚膳，进灯火，啜茗品泉，议明日游计。或云，先寻洞壑，而后历广栈。或云，早登峰顶，而暮憩招提。期三日返，则游事庶乎尽。相与枕藉禅关，共听子规叫月，依稀游梦将投，倏忽风声破户，再则雷轰轰然，电烁烁然，溜涓涓然，再则翻盆大作矣。呜呼，山灵故如是之顽且劣也耶！昔为谭子而叹惜于南岳者，今吾侪转痛憾于巴岳矣！五人拥衾坐，数滴沥声至晓。午后，犹淙淙不绝，予决作归计。全子曰："山灵能阻我辈之畅游，不能阻我辈之独游也，炉峰不一登，不几为造化所笑乎！"因复停山房。

十八日晨兴雨止，有霁色状。饭罢，与僧别，至香炉峰下，得棋盘迹，观化生洞，已而手足并用，扳附至顶，视前所经目者。但见白云两涧，飘忽奔驰，反不得纵概。举头放眼，东望缙云，南瞻宝鼎，西顾波仑，北眺龙游。或勤去国怀乡之思，或逞游目骋怀之志，或奋焉眷庙廊之近，或倦焉放江湖之远。一时之间，而心与境驰，神与兴会。几不知用舍孰为得失，行藏孰为顺逆，羽化登仙，昔人良不我欺也。所谓止有天在上，更无山与齐者，兹峰之真面目也。

天风四发，相率而下，由新茶园出山门，寻独松峰而东。日光正明，宿雾齐收，如火如硃。袅娜于山巅路旁者，土人呼为映山红，盖杜鹃花也。

路盘曲，挽袂彳亍而下，可五里，得巴岳寺。观木莲树，相传以花数决科名数云。玉版泉出岩下，岩前镌古佛形，泉漱莲根，而折入寺。相顾徘徊间，全子得蓍一丛，如衍数。陈子得观音莲一本，由寺后殿入，坐西廊下。全子又偕往读李尚书碑文。余曰："嘻嘻！自十六日入山，三读碑文矣。惟此以长明灯故，与前夕元天僧所持万年灯疏文，朱明经作，同一事，而各极其胜。而朱子点染灯，实更雅驯，谁谓后人不远驾前人也！"两山夹寺，水声松风争响，新竹抽篁，催耕布谷齐鸣。

下石磴，渡小桥三里许，至金子汝南馆，相顾而笑曰："巴岳之游乐乎？"语之故。金子曰："吾固知游之不乐也，吾又甚庆山灵之厚期吾子也。天下事，一览而即穷其蕴者，其究必浅；一入而即探其微者，其本不深。必以其深力经营惨淡，百虑而不得一合，千谋而不得一聚。又迟之久远，始得一顾盼焉，一照耀焉，而后一期会，一浃洽焉，其味淡以永，其情精以专，其享受可流连咏叹，而传之于无穷。南岳故甚爱谭子也，谭子拟游后，有三游岳记。使吾子一游，而罄得巴岳之藏，山灵不如是之懵懵也，其故作绝之者，正加意招之也，何不记其初游乎！"予领之，笔其事，附赘数章，订初秋游。

畅饮两日，夕而返，归来则二十日也。

作者简介：

王我师，字文若，重庆铜梁人，康熙岁贡。雍正初年辅佐岳钟琪西征，入青藏、川藏地区五年，后任华阳训导、彭山训导。著有《岳留偶记》《马上吟》《藏炉总记》等。

好一座安居城

唐道伏

古城安居，地处水陆要冲，经1500余年发展，码头经济活跃，移民文化交融，以至设县治邑，辐辏明清山地古建筑群，书院文化炳耀当今……"绿涛东西南北水，江霞九宫十八庙"，是其山川形胜和人文景观的生动写照。随着现代旅游业的兴起，古城应时而动，在修旧如旧中浣手梳妆，打开小巷深处的雕花木门，恭迎寻找乡愁的游子。国家级AAAA旅游景区、"2014中国最具文化魅力古城"等殊荣，是安居异军突起的标志，安居成为重庆市首批历史文化名镇中的翘楚。

山川形胜地

史载："安居依山为城，负龙门，控铁马，仰接遂普，俯瞰巴渝，涪江历千里而入境，与筇溪、琼江、乌木溪水汇于城下，绕城三匝陷为深潭。"寥寥数语勾勒出安居的山川形胜。

涪江从松潘出发，串联江油、绵阳、遂宁、潼南等市县，途经1400里与琼江、乌木溪交汇于安居。先民临水筑街，因水成市，便有了"危城三面水"的江城景观，历来是取道涪江的要塞，北宋时即为铜梁所辖十二重镇之一。作为上溯川北、下达重庆的重要口岸，舢板、双飞燕、安岳船往来穿梭，酒帮、盐帮、藻扎帮、屠宰帮、织布帮、染帮等行会林立，码头经济十分繁荣，在水运为王的时代为巴渝经济发展提供了有力的支撑，以至明成化十七年（1481年）至康熙元年（1662年）设县治邑。便利的交通，使古城成为"日有千人拱手，夜来万盏明灯"的繁荣富庶之地。

以化龙山为主体，跨乌木溪，面滔滔两江，以葫芦形格局（葫芦嘴正对东方紫气门，迎接紫气东来）营城筑垣，城高一丈八尺，开城门九座遥相呼应：东为东城门、紫气门，南为星辉门，西为安庆门、西城门、挹爽门，北为引凤门、承恩门、迎龙门。古城北面黑龙嘴、琵琶岛、鼓楼山渐次毗邻两江，山低江阔，大江日夜流，构成了浑莽天际线；东为月宫山、飞凤山，南为化龙山，西为冠子山、清凉山。古城依山面江，坐南朝北，被群山环抱，具有典型的山地古镇风貌。

由于丘陵起伏、河流盘曲，少有平整且具规模的用地，安居古城在聚落布局和营建上顺应地形和坡度，街道依山而走，民居依岸而建，"无法为法，乃为至法"，创造出与山水聚居的和谐。于是，从琼江岸边的上大夫第到西街、会龙街、下紫云宫，吊脚飞檐，壁立江岸，在一派碧波映衬下更添江岸景观的壮丽。迎龙门、承恩门、游客码头踏阶入水，沟通主街和涪江，又引导江风入城，形成了街道的节奏感。科甲坊至火神庙街至大南门街至星辉门，随化龙山脊线蜿蜒蛇形，既增强了古城的空间感，又增添了含蓄美。高低起伏的坡道和台阶使街巷从平面空间变为三维空间，古城于是有了错落丰富的层次感。

伫立于文庙或者玄天宫，向北眺望，三江之水尽收眼底。琼涪二江环抱琵琶岛，状如二龙戏珠；每到夏季涪江涨水，浑黄洪涛滚滚而至，势大力沉，潜入碧绿的琼江江心，再层层翻卷而出，清者自清，浊者自浊，绽放出姿态万千的"琼花献瑞"；两江一番携手交融后，波宽浪急地涌向黄家坝，融入国家湿地公园……而回望群山，苍翠山体是古城的背景，好比油画的底色，使这山川佳秀地统一在"山得水而活，水得山而秀，城得山水而灵"中，铺展令人叹为观止的安居八景：化龙钟秀、飞凤毓灵、波仑捧月、紫极烟霞、关溅流杯……

古建博物馆

安居古城自然融入重峦叠翠的山水空间，创造了"虽为人作，宛自天工"

的人居典范，其随机生长，留下了"一纵一横四片区"明清古建筑群：一纵为科甲坊—火神庙—大南街民居带，一横为西街民居带，四片区分别为小南街片区、万寿宫片区、东岳庙片区和南华宫片区。这些古建筑群体量巨大，体系保存完整，堪称巴渝明清古建筑博物馆。城门老街、宫观会馆和名人故居是其精华。

原九座城门现存有三。城南星辉门耸立山巅，规模雄伟，城门厚重，虎首衔环，城楼起阁，洞察天地；城北引凤门，斑驳风化，青苔落脚，恍如沉醉于时光的老人，悠悠过往写满了每一道皱纹；迎龙门形制为过街骑楼，往下为古码头，传说因迎接流落于此的明建文帝朱允炆而得名。

传统老街纵向为街，横向为巷，整体呈枝状罗列，街巷宛转又相互渗透，形成灵活多变的线性空间。街道处于山地，建筑比邻相生，其界面的宽高之比大都小于1，这样的界面尺度具有邻里交往意味和民风淳朴的亲切感。踏着青石板，街道在连续曲折的变化中以不同视角进入视野，移步换景中是柳暗花明的惊喜。街巷的转折处又生出景观节点。如西街与城隍庙交界处，穿过牌坊是一片赶庙会的空地，前有依山而起、半月展开的城隍庙山门，右边是琼江如练，天宽地阔，让人印象深刻。再如处于十字街口的引凤门，左右两条巷道与主街交会，面对尺度适宜的城门洞，如同身处历史的迷宫。

安居宫庙众多，以"九宫十八庙"著称。这些宫庙汇聚儒道释，网罗华夏诸种建筑风格，或置身市尘，或罗列山腰，或雄踞山顶，精雕细刻又规模宏大。宫庙主要有：江西风格的万寿宫（江西会馆），徽式风格的天后宫（福建会馆）、禹王宫（湖广会馆），体现儒家文化的文庙，代表道家文化的玄天宫、东岳庙，崇奉佛教的波仑寺，供奉阴司主宰的城隍庙，诉求舟楫平安的下紫云宫（商船公所），纪念周敦颐的濂溪祠……择其要详述一二：

波仑寺，踞于金字塔形的波仑山巅，可俯瞰安居全景，始建于唐朝天成四年（929年），为重庆市文物保护单位。清安居知县胡乘《波仑纪兴》诗曰："闻说波仑寺，川东第一禅。山云随衲住，海鹤伴松眠。石佛生成像，危楼咫尺天。凡来登眺者，胜是十洲仙。"大殿右侧点头石，为历代名人留墨或拓刻,有韩愈"鸢飞鱼跃"、米芾"第一山"、明知县唐应运"水色山光"等,琳琅满目,为寺之瑰宝。

大雄宝殿之中,如来佛像镌刻于岩石上,体态雍容,右臂下垂,左手捧念珠齐胸,双目凝视。中秋之夜,皎月凌空,月光透过窗棂圆孔,直射佛祖手心,宛如捧月——这便是安居八景之一的"波仑捧月"。《铜梁光绪县志》记载为:"黄昏至寺,忽觉清光大来,涧鸟惊鸣,水镜冰轮,月光似从山顶涌出,飞挂于老树虬枝间,寺后山石嶙峋,高不胜寒,下方仰视,又疑巨灵伸指,捧出白玉盘也。"

禹王宫,即湖广会馆,始建时间不详,清光绪年间重修,为抬梁式、穿斗砖木结构。入口利用立柱、斜撑、屋顶等大尺度构架,塑造整体高大形象,石狮左右峙立相望。主体空间依次为前殿、正殿和后殿,左右厢房环抱,形成中轴对称两进院落。前殿两层,上为戏台,正对正殿大厅,两厢为客房。庙坝之上为正殿,采用大开间抬梁结构,营造出开阔肃穆氛围。往后,为后殿和带小天井后院,属于精致小巧的生活空间。戏台恢宏壮观,有川剧定时演出;栏杆石雕题材丰富,构图精美,有"十二生肖""麒麟送子""二十四孝"等。在其中可品茗看戏,也可欣赏收藏丰富的各式家具。整个建筑庭、院、台、殿,布置严谨,枋柱斜撑,古朴凝重,既有会馆的风格,也有庙宇的堂皇,是传统湖广建筑与巴渝山地建筑艺术结合的产物。禹王宫与毗邻的天后宫和齐安公所构成庞大的建筑群,鳞次栉比又风格协调,所沿袭的华南、安徽以及江南风味,是文化融合的见证,又宣示着湖广移民和商人雄厚的财力。

在名人故居中,以吴翰林院(吴氏宗祠)、王翰林院(王家大衙门)、曾翰林院(曾氏宗祠)、举人周际同周家大院和朱斗南大夫第,为别具地域特色的清代院落。吴翰林院是翰林吴鸿恩的祖宅,在化龙山麓,前临乌木溪,沿四级地基,为四进深四合院,现檐檩上仍留有道光三十年(1850年)房屋建成时吴鸿恩的题款墨迹。从科甲坊上文庙,经翰林院后墙过一小院,即王翰林院。王家从王恕开始,到子侄辈和孙辈,在康熙和乾隆两朝,11人科甲题名，其子王汝嘉参编了文化巨著《四库全书》，有"只有王家科第胜，街头高耸木牌坊"的说法，现在火神庙街口所立"科甲坊"即源于此。王翰林院呈四层进深的四合院格局，为挑枋斗拱的砖木结构建筑。大门外原有泰山石和上马石；门厅和三层厅堂有三个天井，两廊连接右边三个小院厢房，后面和左右三方均有封火墙。朱斗南大夫第处于上河街，因其子官户部员外郎封赠奉直大夫，故称大夫第。从河街上十余级台阶，为石库门式大门，上嵌门匾，砖砌花窗；大门两侧为上下两层廊房，外为徽式山墙；进大门经天井，便是客厅，后面是四合院内宅。整个院落雕饰典雅，在绿荫掩映中分外清幽。与朱大夫第相邻的周家大院，是连贯两个四合院，青砖黑瓦则是别样趣味。

不论是为信仰而募建的庙宇，因移民而强化地缘的会馆，因血缘而建立的宗祠，因入仕为官而兴起的府邸，还是为公益而建筑的书院，建造者都处于社会的主导地位。他们出于"以壮观瞻""泽被后世"等理念，选址风水吉地，占据古城中心，吸收先进的建筑工艺，所营造的院落成为簇群空间的标志，被推崇和模仿，产生集聚效应，经过世代发展，安居由此形成了明清古建筑博物馆的大观。

地阜人文盛

《礼记·王制》认为："广谷大川异制，民生其间者异俗。"不同的自然地理影响着人文的不同走向。安居地处巴渝山地，以农耕为主，因江河之利，物资在此集散，船运、钱庄、盐号、力行、餐饮、手工业等商贸业态得以发展，成为经济重镇。随着"湖广填四川"移民浪潮袭来，安居商贾云集，市井繁荣，种种文化在此发展交融。安居的人文景观就呈现多样化色彩。

在学而优则仕的主流观念下，安居书院文化极其发达。宋代有龙门书院、乐活书院，明代有棠文书院、文庙，清代有琼江书院、崇德乡学、玉堂书院、青藜书院、玉成乡学、丛桂乡学、琼林乡学、三味乡学等。千年书院孕育了200个举人、23个进士、4个翰林，王恕、王汝璧父子翰林，吴鸿恩为翰林院

编修,曾毓璜为翰林院庶吉士,王、吴两家世代书香传为佳话。这些科举成功者又因种种机缘回乡开馆讲学,反哺乡梓。吴鸿恩父亲通程朱理学,潜心家塾课徒,鸿恩兄弟五人皆有功名,铜梁龙灯中的"十八学士"就源于当地民众玩"群鱼灯"到吴府祝贺"五子登科",沿传至今。吴鸿恩在奔父丧告假回乡期间,执掌琼江书院五年,书院门风斐然一变,门下人才辈出。

大量出仕为官的安居人遍布天南海北留下政声,交游广阔,识见高远,从而把安居的视野引向了中国主流世界,创造的文章勋业,炳耀古今。仅以官衔不高的周际同为例,就可一窥安居人的胸襟抱负。周际同,乾隆五十七年(1792年)举人,选名孝廉,历任叙永等地教谕。他为人慈善,济危扶困,修补路桥,造福乡里。嘉庆初年,川北贼乱,他以为"文士能兵,仁者有勇",劝抚乡民留守家园,从容谋划,筑城筹饷,教民以战,遴选精壮千人组成团防,渡江巡逻,声威赫赫,致使贼兵望风退走。他以《化龙钟秀》为题写道:"山灵已化龙飞去,尚有风雷护此山。势挟岷峨腾浪起,雄盘巴蜀待云还。珠跳崖瀑泉常吼,香润苔花石不顽。奇气于今钟我辈,好将霖雨济民艰。"一句"好将霖雨济民艰",是他的心声,也是他一生劳绩的概括。

迨至抗战时期,黄埔军校13至17期驻训安居5年,培养抗战英杰6594人,蒋介石、冯玉祥、蒋经国到此宣传抗日,安居在民族危亡之际留下了浓墨重彩的传奇。

安居的移民文化除了积淀在"九宫十八庙"这些物质载体中,众多民间传说同样能揭示其五方杂处的包容性。如叫花头刘瀛子,讨来米粮孝敬母亲,是古城传说中的名人,但其身世不详,据说为上河人;家世同样不可考证的有神人枯草青,据说他在张献忠血洗四川时从成都云游到安居。民谣传"枯草青,医术精,单方胜过李时珍;怪毛病,疑杂症,一号二吹就断根","枯草青,是奇人,长生不老胜真神;三百岁,还长身,头发白了又转青"。直到1991年枯草青逝世,人们对他的神秘仍充满了恭敬。

码头经济催生码头文化。安居码头文化以"闹麻麻"为特征,体现出巴渝的喜乐精神。码头从业人员有数千人,就是到了20世纪70年代,船工也有2000余人，搬运工500余人。庞大的人群使茶馆、酒肆、客栈林立，跑摊艺人带来各色杂耍、说唱，小商小贩游走其间吆喝买卖，人声鼎沸：饮酒划拳，八仙过海；堂倌报菜，近似戏剧韵白；吆师（旅馆服务员）喊话："楼上客，楼下客，听我吆师办交涉……"江边则有号子声声："清风吹来凉悠悠哇，嘿着！嘿着！联手推船下涪江哦，嘿着！嘿着！"种种声色情貌，让人想到沈从文笔下的辰州、沅州。

民俗文化在安居内容丰富，活动众多。以龙为主题，正月初九龙出行，元宵之夜抢龙宝、扳龙角，周末街头龙舞表演，重大节日则办龙灯会。在水上则有龙舟游江、抢鸭子彩球。在街区则有城隍出巡、划旱船、妈祖祭祀等活动。其他如川剧坐唱、金钱板书场、补锅表演，无不古韵悠然，生机盎然。

精品旅游城

山地古建筑与自然山川和谐相生，历史脉络与现实发展彼此映照，厚重的人文与当代生活水乳交融，种种不可复制的因素叠加形成总量效应，把安居打造成具有立体感和层次感的"古城"。

它是有历史记忆的古城。197处市、区级文物古迹星罗棋布，触摸历经风雨侵蚀的木石构件，就触摸到了饱经沧桑、沉稳安详的历史质感；70%的原住民栖居其中，保持着原汁原味的生活，它的生命一直在延续。

它是穿越时空的古城。秧歌队、腰鼓队、龙舞队、莲箫队、彩旗队、迎亲队载歌载舞，县令出巡、城隍升堂、妈祖祭祀等活动依次上演，置身其中，如同徜徉在千年前的古城岁月。

它是内涵丰富的古城。2000多亩的黄家坝湿地公园，芦苇荡森然成阵，鹅卵石天趣纵横，成群的水牛在草地上"溜达"，设帐露营、篝火晚会、越野赛车、真人CS……盎然的野趣契合都市人放牧心灵的诉求。

它是气魄宏大的古城。从3平方公里古城核心区景区，将扩大到13.2平方公里，内含黑龙嘴、琵琶岛、黄家坝、波仑寺等文化旅游功能区块。

它是特色美食丰富的古城。小吃以古城凤爪、太守麻花、翰林酥、哑巴锅盔著称，菜品以古城野生鱼、古城水煮肉片、古城红袍鳝段、乔巴菌炖鸡传名，餐饮名店则有两江渔船、半月楼、迎龙客栈、强尊电影主题酒店、安居大酒店等等。

它是处于旅游黄金节点的古城，距铜梁城区17公里、合川城区23公里、重庆主城66公里，渝遂高速公路少云互通口下道车行3.5公里即可到达。它还是大足石刻、合川钓鱼城、潼南杨氏故居等渝西旅游环线的中心节点。

安居古城，是记住乡愁、安放乡愁的地方，是非去不可的旅游精品之城。

/ 山水知音 /

安居会馆与移民

戴 明

在四川的移民历史中,"湖广填四川"这样大规模的移民运动有两次。一是元末明初,因红巾军起义战乱纷争不断,四川人口锐减而引起的移民运动。二是明末清初,张献忠、李自成等起义的多年战乱及自然灾害,造成四川各地"民无遗类,地尽抛荒","地虽有而无赋可征,官虽设而无民可治"的状况,从而引起的"湖广填四川"。

据清光绪版《铜梁县志》载:"顺治三年,诏天下编审人丁,凡军、民、驿、灶、医、卜、工、乐诸色人户,并以原报册籍为定。康熙三十二年(1693年)审定""安居(包含所属场镇)人丁四百二"。至雍正十三年(1735年),"安居造报花户一千三百七十五户,人丁一千五百八十五丁"。又如康熙年间,"合州城仅一百四十余人"(《合川县志》载)。故在康熙三十二年(1693年)颁布《康熙皇帝招民徙蜀诏》,谓:四川"土地未辟,田野未治,荒芜有年,贡献维艰。虽征毫末,不能供在位之费,尚起江西、江南助解应用",因而"招民徙蜀,凡有开垦百姓,任从通往,毋得关隘阻挠,并奖励招民有功人员,移民入川后,实施插地为界,更名田","奖励开荒,缓行土地丈量,减免赋税牛租"。因此,湖广地区大量移民入川。

湖广省原包括省治鄂州(即今武汉),辖湖南、贵州、广西三省大部,湖北省南部,还包括海南。而明代设湖广布政使司,则包括湖南、湖北两省全部和河南省南部一小部分。

由于两次大规模的移民,四川人口随之繁衍。以维护同乡利益、互相帮助、济困扶危为目的,异籍人士在当地组织了同乡会,并各自修建了会馆。在清代中叶,位于内陆的安居城,就修建了福建会馆天后宫、湖广会馆禹王宫、广东会馆南华宫、江西会馆万寿宫、湖南会馆濂溪祠。会馆都选在交通方便、商业行会集中的地方，一般都设在神庙中，有神殿、议事厅、戏台、厢房和供服务用的院落，以"迎麻神、聚嘉会、襄义举、笃乡情"为宗旨，供奉当地人崇敬的神灵。

如明代曾任都察院左金都御史、河间知府的王俭，其先祖胜宗，原籍江西南昌宁县（今九江修水县），历有显宦，遭元季兵燹，避乱徙家入蜀，驻安居。胜宗子四人，父道通有八子三女。长子王佐，次子王佑，三子王俭，四子王佩，五子王伟，六子王儒，七子王修，八子王亿。孙辈男三十人，女十五人。可谓儿孙满堂。如王氏江西籍人士，在安居形成了聚居区，遂于乾隆三年（1738年）集资在安居化龙山西北台地，修建了江西会馆万寿宫。它东接文庙，南、西、北均临溪谷，向西可远眺琼江，是安居有代表性的会所建筑之一。

万寿宫是江西民居建筑与巴渝山地建筑相结合的典型范例，兼有宗祠建筑庄严肃穆的气派与山地民居细腻空透的风韵。万寿宫采用了普通建筑中少见的官式建筑的做法——如意斗拱。同时，各地会馆的相互交流，造成了建筑造型融多种风格于一体的地域特色，选用悬山顶抬梁与穿斗相结合，院落非对称格局，别具一格。整个殿堂恢宏大气，两侧厢房则细腻小巧，其建筑装饰上艺术造诣颇高，从精致的祥云莲花柱础到檐下五层如意斗拱、额枋撑弓、驼峰上的花卉人物雕刻，均华美精致；斗拱采用造型十分独特的象鼻形木雕，具有东南亚异国风味。结构表面现虽已斑驳，但驼峰上残留的金黄腚青仍彰显着当年的风采。万寿宫现已被列为市级文物保护单位。

大南街的天后宫，又名妈祖庙，与禹王宫比邻而建。它是福建人士聚会、祈祷神灵保佑的宗教性建筑。

妈祖庙是我国东南沿海及海外华人供奉的保护神，源于道教《太上老君说天妃救苦灵验经》，太上老君封妈祖为"辅斗昭孝纯正灵应孚济护国庇民妙灵昭应弘仁普济天妃"。有关妈祖的记载约起于北宋。妈祖原是都巡抚林愿之女，名默娘，生于宋太祖建隆元年（960年），殁于宋太宗雍熙四年（987年）。林默娘出生时，红光满室，异气氤氲。由于生而弥月，不闻哭声，故名默娘。默娘 8 岁入私塾读书，喜烧香礼佛，13 岁得道典秘法，16 岁观井得符，能布席渡海救人，升化以后，有祷辄应。自宣和以后，两宋年间先后被敕封 9 次，南宋光宗绍熙元年（1190 年）由"夫人"晋爵为"妃"；元世祖时，又晋爵为天妃；清康熙时晋封为"天后"，至清嘉庆年间，妈祖封号累计达 28 次。故妈祖庙是我国沿海一带常见的庙宇。

那地处内陆的安居为何也有妈祖庙？据考证，18 世纪中叶，福建水运十分兴盛，部分福建客家人溯长江而上，发展贸易。不少人在此居住下来，人口逐渐繁衍，在涪江边的安居形成了一定规模的聚居区。如翰林学士吴鸿恩的祖父吴恂就是随其祖父吴赞西自闽入蜀，先住铜梁城西望仙门，于道光年间迁往安居，修建吴氏宗祠。吴恂有三子：谦福、谦吉、谦亨。谦福有五子：鸿恩、鸿惠、鸿慈、鸿烈、鸿懋。可谓子孙绵绵。

安居吴氏宗亲与定居于此的福建籍人士，集资修建了天后宫，做福建会馆，作为客居他乡的一种心灵依托和庇护，也是聚会的场所。

福建会馆的建筑布局和格式有着严格的要求，但因地域的不同，风格和规模有所差异。安居妈祖庙自福建湄洲岛妈祖庙分灵而来，清康熙年间培修时，更名天后宫。其构造独特，平面组织精妙。亭、院、台、殿布局严谨，徽式马头山墙，青砖白瓦，高低错落，别有风味。装饰雕刻，题材丰富，八仙过海，飞禽走兽，花鸟静物，应有尽有；殿前石刻砖雕，精细柔美；台枋柱撑，雕有草龙麒麟、吉祥异兽，构图精美。刀法有高浮雕、镂空雕和浅浮雕，托峰斗拱、瓜柱等都进行了装饰彩绘。在我国内地，妈祖庙十分少见，尤其是具有徽式建筑风格的妈祖庙，更是稀有。因此天后宫具有建筑文化的代表性，有较高的研究价值。

王家科第盛

戴 明

　　神龙一见便潜藏,别狗当年事渺茫。
　　只有王家科第盛,街头高耸木牌坊。

　　　　　　　　——清代·谈昌达《安居竹枝词》

　　在铜梁安居古城会龙街文庙的街口,原有一座木牌坊,即"科甲坊"。上面记有清康熙年间翰林王恕一家几代人的科甲题名:王恕,康熙辛丑科进士,子王汝嘉乾隆壬辰科进士,子王汝璧乾隆丙戌科进士,弟王慧雍正壬子科举人,侄王汝舟雍正癸卯科举人,王汝听雍正癸午科举人,王汝梅雍正丙午科举人,王妆翼雍正丙午科副榜,王汝弼乾隆辛丑科举人,孙王赓嘉庆庚申科举人,侄孙王卓嘉庆庚申科举人。

　　这说明王恕一家,世代书香,科甲满门。可是他们几代人出世,都因前辈为官两袖清风,至后辈人出世,家道中落,陷入困境。如王恕曾祖王吉士,曾官居南宁知府,两袖清风,后辞官回乡务农。王恕幼年读书时,因"家贫不能继烛,夜燃竹自照",只得去龙兴寺借读。后王恕考中进士,授翰林院庶吉士,历任督粮道,广东道监察御史、按察使、布政使,后升福建巡抚,为官20余年,后转浙江布政使仅一年,即病故于浙江任所,享年61岁。由于他为官清廉,身后萧条,家人甚至无力搬尸回蜀。

　　当时汝嘉5岁,汝璧才1岁,母子住在化龙山下的一个小院,仅靠其母做女红针黹度日。噩耗传来,母子相向而哭,哀声感动路人。后幸遇尚书钱文端,钱文端感与王恕有同僚之谊,又见汝嘉兄弟勤奋好学,慨然相助,购房给他们居住,并将女儿许配给汝璧,还亲自教兄弟俩读书。汝嘉乡试喜中头名——解元，又中乾隆三十七年（1772年）壬辰科进士，授翰林院检讨，高宗钦命敕修《四库全书》。

王汝璧中乾隆三十一年（1766年）丙戌科进士，补吏部郎中，授直隶顺德、保定知府，官至安徽、江苏巡抚。约在乾隆三十五年（1770年），汝嘉兄弟俩才将原住小院扩建为相连接的两院，前面再依地势建三层进深厅堂、花园、廊房、朝门，四面围上封火墙，门口有上马石和泰山石，建成前临乌木溪、后齐文庙坡的整幢宅院，人称王家大衙门。此时王恕的兄弟王慧，侄儿汝舟、汝梅、汝翼、汝弼，孙王赓，侄孙王卓等都先后有功名并在各地为官，可谓王家的极盛时期。后王恕玄孙（王赓孙，汝嘉曾孙）王瓘，字孝禹，历任刑部主事及江苏劝业道，工于金石、书法，精鉴别，富收藏，是清末民初的书法家，其事载于《清画家诗史》《益州书画录》。

清四川学使潘光藻在《重修安居乡儒学记》中评："安居自明成化年间，至道光元年，百余年中累有由进士甲科致通显，其贡拔萃诸科，人士尤多。而前中丞楼山王氏，父子兄弟，联翩翰苑，出领封疆，文章勋业，炳耀当代，如日月经天，江河行地。"这充分显示了安居人文荟萃，地阜物殷，也表明了王家家风清白，书香门第，修身立品，治国平天下，情怀宽广。

安居吊脚楼

邱礼彬

老安居的西街全长两百多米,一端通往琼江的迎龙门码头,另一端延伸到涪江的北门码头,这条街当时是镇上主要的商业街。商铺鳞次栉比:酒楼、客栈、糕点铺、鞋铺、陶罐店、裁缝店、布店、杂货店……凡是日常生活中需要的物资,在这条街上都能找到。自古以来,西街商贾往来频繁,终年热闹非凡。看似一条平常的街,却是先辈们用智慧和辛勤建造而成的,历经百年风吹雨打,坚实古朴,它始终保留着商埠大镇的繁荣风貌。

这条街原本是一条险峻而狭窄的山脊:一面是三十多米高的陡峭山崖,直逼两江(涪江和琼江);一面是乱石荒草遍布的山沟溪流,两边形成险峻野逸之势,将这蛮荒的山脊紧紧相夹。这本是最不适合居住的地方,然而安居的先辈们不惧自然带来的不利条件,智慧而巧妙地将恶劣的地形变为有利的生存环境,在江边修建码头,在陆上修筑公路,便利的交通推动了商贸快速发展。更为精妙的是,聪明的先人善于扬长避短,建造出了具有特色的民居建筑,那就是显示安居不凡气象的吊脚楼。

临江一面的房屋都建造在陡峭山崖边上,造房时为了给街道留出足够的空间,大多数房屋的后部不得不悬置在山崖上空。为了房屋的牢固,悬空部分用木柱接头支撑,木柱凌空飞斜,一端固定在山崖上,另一端托着房屋的悬空部分。这些支柱如同房屋长出的脚,人们就形象地名之为吊脚楼。

由于吊脚楼依山就势,吊脚部分自然有长有短,有垂有斜。有的吊脚就近找不到支撑点,就将柱子任意接长,直到在接近崖底的地方才立住脚,远远望去,纤纤细脚,一线悬空,让人忍不住产生摇摇欲坠的担忧。其实一点也不用担心,它奇巧的构架非常符合力学原理。时间就是最好的检验,有的房屋经上百年的风雨剥蚀,陈旧得东倒西歪,它也依然稳固地屹立在峭崖上,在这吊脚楼的历史上,还从来没有发生过房屋垮塌造成家毁人亡的惨事。

经安居人民多年的努力,一排两百多米长的吊脚楼,逶迤在峭崖上。从宽阔的江面望去,众楼嵯峨,形态万千,与江中的木船相互映衬,构成了一幅凝重的风景画。一些吊脚楼的主人,在房屋空余处种树或植藤蔓,年岁一久,古木苍劲、藤蔓缠绕,吊脚楼掩映在绿丛中,与自然融为一体,可谓天人合一。安居吊脚楼,不论从气势还是构成上,都可以说是中国民居建筑史上一件不朽之作。

若楼下崖壁上有凸出的石台,房主就将楼底凿一个洞,顺着崖壁,凿出一条蜿蜒曲折的小道,通到石台。石台周围砌以护栏,安放石桌、石凳,成为下棋喝茶、观光乘凉的好地方。更有甚者将石台用柱子连接到楼底,再建成一间楼下楼,这样的妙想,无疑又给吊脚楼增添了雅趣和风采。

走进豁达好客的吊脚楼人家,临窗而望,又是另一种不凡气象:江面宽阔平稳,远山青黛连绵,舟楫密集如织,水鸟展翅掠空……由于视觉是俯瞰的,天、地、人同为一体,让人顿生登高望远的驰骋胸怀、气壮河山的豪情壮志。

若与朋友坐进吊脚楼的酒楼里,靠窗对坐,把酒临风,听着船桨有节奏的击水声、纤夫铿锵有力的号子声,心境是何等的惬意,亘古悠久的诗意油然而生。

若是晨时坐船下行,江面薄雾弥漫,船一拐过魁阁湾,透过雾霭定睛一望,横江一障耸立于眼前:吊脚楼与山崖浑然一体,像铮铮的铁兽,耸着脊,卧睡在江面上。船渐近码头,抬头仰望,吊脚楼经过岁月的洗礼,自然形成的斑驳的痕迹,让人可以大胆地想象出各种画面:有硝烟弥漫的古战场,有喧嚣热闹的街市,有高山大海的轮廓,有老人、小孩的嬉闹……这海市蜃楼一样的神秘景象,又滋生了安居人多少的想象力呀!

若是黄昏,船泊河岸,如林的船桅排列在吊脚楼的下边,与延伸而下的吊脚叠交成富有节律和动感的线条,恰如一幅自然天成的抽象画。夜色朦胧,河岸到处船灯点点,三五成群的船工相互吆喝,陆续登岸。吊脚楼的夜市也

明灯亮盏,橘红色的灯光,映照在江水上,荡漾起粼粼金波。夜深人静,不知谁家"吱呀"一声推开了窗户,一声清脆的竹笛声传出,继而美妙的旋律在江面上回荡,在船桅间萦绕。此时会有醉醺醺的船工蹒跚在码头上,听到笛声也附和着高歌起来,此时情景难以言说,只有身临其境才能真正感受其美妙。

时代的风土变迁,岁月沧桑,现在的模样和往昔相去甚远,但她那曾经有过的历史风貌——一山一水、一街一巷仍然保留在这块土地养育过的一代又一代的安居人心里。

蒹葭畔，有安居

强 雯

一个古镇的妙处，在于它有多少让人沉迷的清香。这种清香悠长绵密，是翰林酥的面粉味，是书院的青灯烛影，也是灰墙青瓦上悬挂的一盏灯笼，这味道或显或隐，串起了古镇的前世今生。

安居古镇，始建于隋朝，现位于重庆铜梁，顾名思义，安得此居，居有所安。涪江和琼江环抱此镇，滔滔不息，它如小朝天门，向天而祈，俯瞰巴渝。

好的古镇，是让人在停与行之中，找到百转千回的理由。

横穿戏台下，看一出半截戏，花红柳绿的人头马面粉墨登场。叫一杯盖碗茶，或坐石梯，或立桌端，"凡事莫当前看戏何如听戏好，为人需顾后上台终须下台时"。记不清戏曲，只觉川剧"闹麻麻"中，唱的是哪家长短，教化得众生展颜大笑。

古镇店铺林立，随处可见切刀嚓嚓，小方块似的翰林酥正在出炉，像读书人的头巾，也像他们伏案的身影，敦实可爱，若见那时明月，功名嘈嘈向人心。太守麻花金黄憨厚，宛见衙门事端，公案层叠，太守执法铜牙铁齿，倡节孝，讲忠义。只有鸡蛋面粉的味道，回荡在古镇的上空，那是人情和世俗的味道，也是青灯沽酒的味道。

古朴的民风是小镇的魂魄，他们凝聚在安居的文庙里、书院中。崇文重教之风延绵不绝，这里曾孕育了 200 名举人、23 名进士、4 名翰林，这些以读书人为名的吃食，寄托着"吃啥补啥"的美好愿望。

如今，古镇的吃食又多了现代的趣味，天蓬猪蹄、安居第一蛋、古镇酸辣粉……点心铺和食店是古镇上的小珠和大珠，遗落在青砖灰瓦间。

生猛的鳝鱼在澡盆里奋力游动,早有食客迫不及待地候着"红袍鳝鱼"。山城人多爱吃鳝鱼,而土鳝鱼常潜伏在泥洞或石缝中。红袍加身,那必然是泡椒当道,佐以泡姜、花椒,光是看一眼,就鲜辣生猛,夹一块鳝鱼,肉质鲜嫩。老板娘却只管在一旁得意地笑,"我们的辣椒巴适得很"。

若是还没有辣到过瘾,还可点上古镇水煮鱼片,古镇上的鱼都是大河鱼。凡靠江之地,都离不了鱼。安居古镇处于琼江、涪江交汇处,唐人曾有"危城三面水"之称。这两江中的鱼,肉质细嫩不散,河鲶鱼、鲫鱼、江团,辣椒铺满盆,想起重庆夜夜不息的排档,时间从未真正流逝。

庙宇巍峨,三五步就能看见一座,但夜深时分,更能感受其精妙宏大。影影绰绰中,天后宫的脚下水波不兴,"海潮有信水不扬波"。"万世永赖"的湖广会馆,木门吱嘎,斑驳光影中,只觉商贾穿行,觥筹交错。独自祈福安康,不再遭受兵燹与火灾的火神庙,隐匿于古镇一角;齐安公所的飞檐如刀如剑,大门紧闭,但供奉的天、地、水三宫仍幻化成缕缕魂魄,盘亘在古镇小道上,借着幽幽灯火,仍可观牌坊上的挑担、船夫,树荫下有人在店铺里张罗。万物生长,天赐幸福,地赦罪过,人行其间,善莫大焉。

鬼神不用问,心远地自偏。夜晚的庙宇之游,无惧无喜,人好像乘坐在明清朝代的一丝游魂上颠簸,蒹葭假河畔,随遇而安。

倏忽又停落到大户人家的门口,望楼阁错落,灯火辉煌,苍老的匾额上书"德寿可传",耄耋老人的威严,老家族的规矩森严可敬。侧耳倾听,那是一个时代的秩序,一个民族最基层的文化素养,不觉敬仰几分。

科甲坊俊秀当道,仰头流连,依稀叹吴鸿恩在此地大兴文教,育人培根固本,受教者数百人有成就,吴鸿恩父亲立下的"教思无穷同归于善",成为家塾楷模。

漫卷诗书之后,且过引凤门,公子不在,一笑而过,落座评书坊里听一段金钱板,笑一场"王八戏",灯火阑珊,酣酒卧眠,滔滔江水枕耳畔,安抚着惆怅的远行客,安居可颐。

/ 山水知音 /

凤兮，凤山

陶 李

一

一座城，要解放被低处黏附的目光，最好有山。

一只飞凤，从地质史翩然而来，化而为山，如蹲似踞，蔼然穆穆，静候着我们与它遇合，与它共度华年。它就是凤山。

登上凤山一舒眼界，其中的惬意，老乡陈昌的表述尤其让人追慕。他以清朝国史馆誊录官的笔力，洗练地勾勒出这样一张画图：

其地高旷而空灵，自六赢山逶迤而来，蜿蜒扶舆，迂回磅礴。至登高寺西折入城，月湖绕其前，罗睺计都两山左右环列，如拱如卫。远望巴岳三十五峰，拥翠飞青，历历可数，泂城中一大观也。

而今在山顶极目四望，巴岳山的黛绿成为长镜头里的一抹远景，悬浮在天高地远处。扑面而来的，是一座城市的速度和高度；细看也是一幅工笔重彩，米黄、蓝灰、淡紫、梅红，提染的建筑花束交错展开，卓然挺立的高层电梯房像花蕊翘首蓝天，分割着视野，烘染的云山在天际含霞饮景，轻轻勾连。而六赢山如游龙潜海，罗睺、明月等山川已融入参差人家，杳然难寻了。

如果能与陈昌先生在时空中交会，我想请教他，环列凤山的桂花长廊、蔬菜基地、西郊绿道、小北海度假区……如拱如卫的城市组团，如何对他原有的七十余字进行畅、雅、达的置换？

物换星移,凤山是时光不变的亭台。它放任我在风中,把青衫步履下的牧歌大地,作为另一个版本的清梦,也放任我穿越到同治宫廷,看陈先生在纷纭案牍中展卷150余年后的故乡,看他阅读这东拓南扩的铜梁城,眼中尽是怎样的惊奇?

二

城市在生长,在"负气"争高,正跃跃欲试地与凤山比肩而立。

在我们的心里,山不在高,栖凤则灵。

在山脚,一壁卷草凤纹浮雕活灵活现,左右鹄立的,已分不清是牌灯还是汉阙了,青苔爬上去,绣着古艳动人的凤愿。我们对凤不渝的深情,再上台阶,让吹箫引凤的汉白玉雕塑矗立山腰。吹箫女在绿树花丛中侧首莞尔,与身旁的凤,四目相对,其情款款,寄意遥深,大概只有我们这个民族最懂,只有一半渴望着另一半的人最懂。

登攀至山顶,学府的墨香里,飞出了刘雪庵《长城谣》的凝聚力,飞出了郭汝瑰独钓龙潭的传奇,飞出的女状元傲里夺尊、名动川渝;同在凤山之巅,大手笔的开阔地属于邱少云的大精神,蝶嗅芳菲,鱼戏莲叶,绿荫匝地,对弈的对弈,打羽毛球的打羽毛球,幸福祥和当是烈士梦寐中的生活吧?走进纪念馆,总忘不了助人而导致自己伤残的儿时伙伴,他站在少云纪念碑前对我说:"来趟不容易,就给我多照一张。"

在这山上生活着我的朋友,有的从机关回归讲台,有的素心守志,砚田耕耘不辍。不需在他们身上附丽更多的形容词,一个"亲切"足矣,我懂得他们的砥砺奋进。

上下这栖居着人中龙凤的山,我爱从民主路出入。林木与古城墙夹道而行,依傍沧桑的城墙前行,有意无意间,目光都在浏览岁月的断代史。调皮又勇敢的,是藤萝、夹竹桃、黄葛树这些家伙,它们要么飞檐走壁,动作惊险;要么倒挂金钩,姿势夸张;要么招摇携手,摸摸你的脑袋亲切地致意。如果恰逢上、下学时段,人头涌动,步声哗然,浩荡其波,青春逼人……

寓言与现实呼应的山，历史与青春共振的山，交相叠加，是凤山在我心头巍然的立面。

三

但站在东桥头，已看不见凤山。走到它身前，不过两百米左右的距离，却要穿过簇拥它的一应机构网点，穿过现代生活编织的堂皇中心感。

我们急切地要投入它的怀抱，在上山路口架上人行天桥，涌溢的人流与步行街贯通，山林和都市就这样交融，从而一座山成为公园。我们是太爱凤山了。

这样的山，必定是转圜局促的，也是内容丰富的。

这一切，依偎在山下的广场向你做了无声的预告。八座小龙字柱碑呈弧形排列，拱卫着喷水池中草体的大龙方碑；水池后的假山在天桥下俯伏迤递，在逼仄的空间营造天地无边的纵深；曲水流觞从假山中曲折而出，注入池中，仅三五米流程，意到为止。

天桥之上，是石膏画的天地。扎堆的人群握住笔管，凝神静气，在童话人物或美丽的城堡上涂涂抹抹、勾勾点点，用色彩打扮好心情。摊位满员时，站着欣赏的是恋爱中的男子，打帮手的是孩子们的父母。与石膏画争宠的是游乐园。乔木荫翳之下，赶鸭子、旋转木马、淘气堡、海盗船、过山车、卡丁车，种种欢乐大本营依山就势，在足以容身的地带安营扎寨，交织的乐音里频频传递出重金属的撞击声。

或许你嫌它嘈杂，觉得人贪图热闹的本性改变了山的静穆。那就看看人群之外吧，比比皆是的合抱之木，不是生命的奇迹是什么？那些从石栏杆孔洞流泻出来的根须，在石壁上肆意地创作抽象画，你在谁的画室里见过比这更有想象力的杰作？

古旧的青条石列列抬升，垂青的薜萝流注淡然有味的时光；红砂石承托着欢呼声的碰撞，如土地爷背负稍有蛮力的小孙子，咧嘴笑了。石头一梯梯一列列，往复回环，通达上下，踏步徐行，你已是不忘情古典又纵身现代

的你。

凤山的热烈有凡尘的真意,它的山林之乐涵容和光同尘的智慧。

四

向着幽静的更幽静处走去,红墙翘檐的武庙到了。

关羽捻须,手不释卷,岳飞膝上是《武穆遗书》。我恍然大悟,文化香火才是崇圣之祠里最宝贵的,由此也懂得了在文庙的旧址上建起武庙不冒犯孔子,祭祀武圣的礼仪如孔庙也不唐突斯文。

在飞檐流丹之下,独对一庭花树,忽然听见钟鼓梵唱,看那朝着泥塑金身盥洗跪拜之人,肉体凡胎向庄严境界靠近,动人得很。寻找浮动的暗香,仰头看见黄桷兰在绿色波涛中,袅袅沐风,正一苇航渡。正殿前冕旒沉静,九龙出海的深浮雕低调地提醒你,为人当"蔽明",须洞察大体而能包容细小的瑕疵。转至二龙戏珠屏风前,镂空石雕翻江倒海,雄风豪迈,而创作它的王合清老师已作古,斯须二十年,石头就成了文物,他更多的作品以不具姓名的美存在,四处装点此江山。山门前,一只石雕幼狮不知何时从母狮脚下脱落,一年前就看见它依伏在母亲身边,顽童没把它抱走,它生活在爱的摇篮里。

从武庙的角度进入凤山,静与不静都是偈语,目光流连处,"挑水砍柴,无非妙道",处处都可自我启悟。看着香炉里的灰烬簌簌颤动,前段时间欣赏过的句子涌了出来,如果时间久远些再想起,我会认为是武庙赐予我的福至心灵:

在慈悲的神前站久了
我的身影,也似乎沉入了无边的宽厚
只留下一个寂静的轮廓——

五

  从武庙出来,又一次踏进了民主路,又一次在山脚看见瘦癯的理发老者,一个保温瓶,一架面盆,延续着千古的营生。他的折叠凳布绷下垂,做了布招,上面墨写的"男剪剃修,女剪削修",其当行本色,并不比霓虹灯箱上的广告卑怯。

  回望凤山,眼前仍不过是隐然深秀的一角,原本它就不是孑然独立的,它的背后山连山,没法指认哪段起伏是凤山或者不是凤山。它是具体的,也是抽象的,它终归是完整的,它以凤的精神、山的启迪坐落在我们的意识与潜意识里。

  我们离不开凤山,凤山与龙都的耦合,就是龙凤的呼应互补,二美并具才有龙凤呈祥的天地。对身处龙乡的人,就不必摆开架式说众兽之君如何灵异飞腾、羽族之长如何优雅起舞了,即使舌灿莲花,大伙也觉得絮叨。

  且去龙灯盛会一沐龙翔凤翥的奔腾欢歌好了,因为我们的民风如此;

  且如人中龙凤一样生机勃发吧,因为我们就在这样的追求中生生不息。

龙城三水

池华策

"上善若水,水善利万物而不争。"水是生命之源,无论何时,一座城市与水都是鱼与水的关系,城市依恋于水,水也因城市的映衬而更有活力和灵性。

龙城"三水"——西郭水库、玄天湖、小北海,印证着家乡的发展变迁。

厚重的西郭水

在我刚到铜梁县城读小学的第二年,发生了一件大事。

为了满足日渐增多的居民用水和灌溉用水的需要,当时的永川地区批准修建铜梁西郭水库。1976年,两千多民工浩浩荡荡地开进所选库址,热火朝天地干了起来,那场面可真是震撼,当时很多机关部门经常组织人员参与义务劳动,我的父亲也参加了。于是幼小的我就跟随父亲来到工地上,那是我第一次看到这么多的人在一起劳动,好奇心驱使我满工地到处跑,看新鲜、看热闹。

两个多月后,听说挖到了什么东西,好像是各种动植物的化石,民工们把化石当成稀奇玩意儿拿走不少,当时我也捡到一块核桃般大小的牙齿化石,光滑黑亮而又坚硬,那块化石成了我喜欢的玩具。随着化石的大量出土,此事惊动了县、市文化管理部门,于是相关部门组织考古人员开始专业的勘探发掘。奇迹出现了,大批器型标准的石制品——旧石器出现了。考古队员们惊喜万分,整个工地沸腾了!随着发掘的深入和不断的清理、分析,考古工作者把情况向中科院汇报,经相关部门的专家深入研究、鉴定和论证,这一发现被命名为"铜梁文化"。

当然，民工们拿走的化石得上交，我也不例外，那颗爱不释手的牙齿化石也被父亲交上去了。

西郭水库蓄水后，宽阔的水面、清澈的水质、高大壮观的堤坝吸引人们常去游玩。碧波荡漾的清水，不仅滋养了县城居民及周边农民，还涵养着具有厚重历史的"铜梁文化"。西郭水库，因此而知名，铜梁龙城，因此有了更深的内蕴。

浓情的玄天湖

相伴三十年，龙城人民对西郭水库有着深厚的感情，但随着时代的发展和人民生活的需要，严重的缺水矛盾成为亟待解决的问题。

于是，一座集农业灌溉、城市供水、防洪及生态环境保护的中型水库出现了，这就是玄天湖。

美丽的玄天湖似一位外表端庄优雅、内心热情似火的女子，她与巴岳山相依相偎，山前有水，水中有山。浓情的玄天湖，成了人们乐而忘返、心心念念的好地方。

多少个家庭，老少融洽，在湖边漫步，他们唠着家常，赏着美景，在湖光山色中，尽享天伦之乐——有嬉笑打闹的，有娓娓而述的，有开导子女的，有劝慰老人的，更有指点山水眉开眼笑的……

多少对情侣，心心相印，在湖边倾诉，他们彼此相依，山水为证，在情意绵绵中，乐享二人世界——有窃窃私语的，有面红耳赤的，有牵手而行的，有促膝而坐的，更有追逐挑逗笑骂不绝的……

多少位健儿，朝气蓬勃，绕湖走或跑，他们酣畅淋漓，以脚为尺，在生命律动中，丈量这片土地——有快速冲刺的，有徐徐慢跑的，有回眸一笑的，有纵情嘶吼的，更有彼此鼓励咬牙坚持的……

多少名雅士，各施技艺，为湖添风采，他们慕美而来，以心为镜，在物我合一中，自成一道风景——有忘我高歌的，有痴痴而吟的，有挥洒画笔的，

有潜心摄影的,更有独立岸边凝神静思的……

多少队勇者,高调亮相,迷你马拉松,他们激情四溢,男女老少,在轰轰烈烈中,实现自我价值——有志在夺冠的,有相伴不离的,有放飞自我的,有感受氛围的,更有重在参与自我陶醉的……

玄天湖,大自然的时尚美女,你浑身散发着青春气息,引得众生为你聚集。有山顾着你,有地捧着你,有天映着你,更有人不断打扮呵护着你,幸哉!美哉!

野趣的小北海

如果说玄天湖是时尚美女,那小北海就是个性型男了。

作为湿地公园和特色旅游度假区,小北海保留了粗犷、豪放的原生态特色。

在堤坝上极目远望,看不到水的尽头,那一湾亮色曲折蜿蜒,若隐若现。低头下视,不少野生的水葫芦聚集在坝基,密实得如同地毯一般,细赏之下,猛然发现一奇:两条蛇在水葫芦中翩然游走,潇洒自如,时而露头,时而现尾,时而隐没……我想,这怕是本地原住民吧,水位上升后,它们在寻找新家?抑或是有了新的觅食乐园?

绕着湖边的景观公路行走,是最惬意的事,不过你得准备两样东西:你的毅力和时间。这十几公里的路程要走下来可不是一件容易的事,而且你至少要给自己留足三个小时的时间,当然,那些健跑者例外。

假期中我很奢侈,有大把时间挥霍,我就环"海"慢行,花五六个小时又何妨?我得看细了、看够了才行。

整条环湖路傍水而建,顺形顺势,尽量不做地貌上的改变,所以在这条路上行走,总有数不清的观景角度和光影层次,让你目不暇接,倍感新奇,哪里还觉得累?

湖边,水草丰茂;岸上,田园风光;稍远处,是高低起伏、层层叠翠的山坡。水很清澈,常有鱼虾翻跃出水面,因此我得以欣赏到鹭鸟的风姿:静则立于水边石头或树枝上，把自己站成一尊洁白的雕塑，等待着鱼虾进入它的法眼；动则迅疾扑下，尖喙刺入水中，猎物转瞬即到了嘴里。但它不会马上吞下，而是享受一会儿鱼虾鲜活的挣扎，然后将其抖两抖，顺一顺，再合口吞入腹中，看得我不自主地抹了抹胸腹：畅快呀！

继续前行，公路不知有几十道弯，转得我都有些迷糊了：时而林木幽深，凉风习习；时而坡陡岩峭，溪流声声……好在景致各异，绝不至于审美疲劳。

再往深处走，我渐渐有了一些遗憾：要是能多几人同行，岂不可以指点评述、畅意抒怀？这等美景，一个人欣赏太可惜了！何况一双眼睛哪里看得过来？别人眼里，能看出更多风景呢。

忽然，我听到水面传来异响，那绝不是鱼儿扑腾的声音。离开公路，轻轻摸索到水边，拨开几棵灌木，猜我发现了什么？野鸭窝！就在离岸三米左右，在茂密的水草中间。两三只野鸭已经游到二三十米外了，窝边居然还有一只幼小的野鸭在衔草嬉戏，见到我，它居然不跑，还摇头晃脑地卖萌！这可深深地触动了我，一定得记下来！于是在接下来的路途中，我花了些时间，凑成了一首小诗：

> 游湖哪知美景多，目不暇接难放过。
> 迷醉之中闻异响，细看居然野鸭窝。
> 二三已在远处游，一雏玩草戏清波。
> 咫尺之遥弄脖颈，笑看行人莫奈何。

天色渐晚，我这环湖速度实在太慢，好风好景，好山好水，留待下次再看吧。

为梦想着色的奇彩梦园

王晓婧

如果让你为梦想着色,你会选择哪种色彩?西北高原的人或许会说——黄色,漫漫黄沙就是西北人梦想开始的地方;江南水乡的人或许会告诉你——绿色,绿色的田园、绿色的河流,绿色是水乡人希望所系;而当你来到铜梁,来到这个盛满鲜花的地方,你或许会说——彩色,在奇彩梦园,梦想有了无限的色彩、无限的可能。

说是小镇,其实这里更像是一个日出而作、日落而息的村庄。清晨的霞光唤醒了煮饭洗衣的居民,袅袅的轻烟、湖边的嬉笑声,都在宣告着梦的苏醒。人们或挥锄劳作,或绕篱浇水,乡村居民幸福生活的梦想就在这朴实的一笔一画之间展开。

走进万亩花海,首先感受到的是一个色彩的世界。淡粉、桃红、玫红、深红、紫红;淡黄、中黄、土黄、橘黄、橙黄……整个大地成了一个巨大的调色盘,各种色彩在里面恣意飞扬。薰衣草、波斯菊、醉蝶花、鸢尾草、向日葵、虞美人……或严阵以待,或三五成簇,或昂首骄矜,或低眉含情,数十种花卉在乡村园艺师的巧手下大秀风姿,拼成各种各样的图案和文字。夺目的花阵之下,虚掩着青色的茎和叶,这是它们拥抱褐色大地的手臂。一阵风吹过,彩色的花阵如流动的花瀑,闪烁着、奔流着、欢笑着,携着夺人的芳香,直扑过来,让人觉得满眼、满口、满心都是无限的甜蜜,仿若梦想绽放时的幸福,生命中只余下美和眷念。巨大的香潮更引来无数的弄潮儿,彩蝶纷飞,蜜蜂起舞,一个个忙碌而欢快的精灵,挥动着七彩的薄翅,在花瀑间或戏水、或潜泳,到处都充满了奔放、自由的勃勃生机。

能滋养这样色彩夺目的花海,除了当地村民们的巧手,还有奇彩梦园里四大湖泊——春花湖、夏语湖、秋月湖、冬雪湖的功劳。四大湖泊或四季鲜花环绕，或湖岸垂柳依依，或如弯月在花海里穿行而过，或敞开胸怀把花海拥抱。一阵风吹过，湖面微波荡漾，大地上花儿娇俏，远处巴岳巍巍，一切美不胜收，让人仿佛走进画卷之中。

　　或许有人会说，花海属于阳光下的美景，夜色来临，一切美丽将不复存在。然而，奇彩梦园的夜晚却会带给你更多的惊喜。在七彩的灯光掩映之下，花海展开了一场色彩的饕餮盛宴。淡雅的粉变成夺目的蓝，高贵的黄变成了妖艳的紫，白日里静默的茎和叶也穿上了斑斓的外衣，高大的树木们也纷纷抛下矜持，或如铠甲闪闪的战士，或如彩衣翩翩的少女……整个奇彩梦园仿佛举办着一场盛大的化装舞会，亦真亦幻，似梦似真，让人不由自主地陶醉其中。如果运气好，你还能在夜晚欣赏到享誉海内外的铜梁火龙表演。飞溅的火树银花中，两条火龙时而旋转，时而腾跃，让人目不暇接、眼花缭乱。更刺激的是火龙喷火，随着一声令下，铁水四溅，火花一朵朵盛开，两条火龙在火光的渲染下更是使出浑身解数，时而滚地，时而升空，时而盘旋，时而并舞，节奏热烈得仿佛能听到火龙高亢的吟啸。而当一切喧嚣归于平静之后，拥有万亩花海的奇彩梦园又变身为那个温婉娇美的女子，仿佛人生最初的梦想有了无限的色彩、无限的可能。

　　漫步在这静谧而充满风情的花海，心中油然而生的是对设计者的巧思和乡村居民们的勤劳的赞叹。几年前，这里还只是当地若干个普普通通的小村庄之一，青年们外出打工，老、弱、病、残留守在贫瘠的土地上为温饱艰辛劳作。令人意想不到的是，短短数年时间，在大胆创新的规划下，在振兴乡村的思想的引领下，村民们改变思维，青壮年们纷纷返乡，大家齐心协力浇灌这万亩花海，努力寻找多种发展契机。新思维带来新变化，村民们不仅学会了园艺设计，也学会了如何发展经营乡村旅游，还学会了把当地农产品搬上互联网远销海内外。昔日老无所依、幼无所靠的死寂乡村仿佛被注入了神奇的力量，焕发出了生机与活力。

　　用乡村居民们的话来说：家园更美丽了，经济更宽裕了，日子更甜蜜了，何乐而不为呢？是啊，天更蓝了，水更绿了，人们的笑容更灿烂了，乡村居民们的中国梦就更容易实现了。

心扉之上有荷田

张凤鸣

铜梁之南的土桥镇，有一大片荷塘。塘，或天然而成，或人工挖掘，本义是指面积不大的池子。我不吝用一个"大"字，因了荷，夏日里有铺天盖地的辽阔，冬日里有不动声色的积蓄。

印象中2011年儿子小学毕业起，我年年都会去好几次。很熟悉了，熟悉得哪儿有个拐角，哪家乡亲门前有棵核桃树，我都清清楚楚。世间依然拥挤，想让所有的焦躁不安与车水马龙里的生活握手言欢，我们与荷，自是不该失之交臂。

这些开在城市边缘的荷，开在乡村怀抱里的荷，摇曳在乡亲窗前屋后的荷，令无数人心心念念。小荷一露角，蜻蜓就与它耳语——荷塘有梦，原乡有梦。

荷从《诗经》中崭露头角后，一路袅袅婷婷地踏着凌波微步，间或羞羞答答"闻歌始觉"。当然，遇上三闾大夫，那是大放异彩了。"制芰荷以为衣兮，集芙蓉以为裳。"屈原胸中有别才，眉下有别眼，把荷披在身上，与荷无限贴近，然后将荷高高举过世俗的目光。

看，荷和原乡的"望荷桥"深谙此道——荷是要仰望的。池塘河湖，我们观荷少不得远望赞叹，美而睿智的那朵似乎总在荷塘的水中央，与人保持着距离。近处的这一朵触手可及，平视，俯视，鼓足勇气与荷同框，却怎么都捉不住荷溢出的美……其实，荷，一直静静地盘踞在我们的景仰之上。

我总是喜欢带着儿子去看荷。有时是雨后清晨，趁着露珠儿还在，屏住呼吸，蹑手蹑脚地拍几张图片，生怕脚步声吓得露珠儿滑落。有时是晚饭后，夕阳下手机拍照已经不忍直视，但乡亲摆起的龙门阵是很吸引人的，偶尔方言听不懂也不要紧……遇见新鲜的玉米、豇豆、西瓜正好买回家。我厚着脸皮想要一片荷叶试试煮粥,热心的乡亲就跑去自家门前的水塘里摘给我……

每一朵花的开放都是不一样的。荷在文字里更是姿态万千,仿佛一抬脚就踏进某个朝代,一转身就拾起一片文明,承载着诸多供后来者探究的蛛丝马迹。周敦颐的《爱莲说》,让荷登上一个高处,荷从此"出淤泥而不染",七种品质一路大写,成了无数人源源不断的精神滋养。

所以送儿子去清华园上学时,我特意跑去看了朱自清先生笔下的荷塘。北京八月的太阳也晒人,水波潋滟,风动花香,那一刻我的心却很静。说起来,我看过不同地方的荷塘,还看过游太空的种子回到地球开的荷花,脑子里轮廓最清晰的,还是荷和原乡不忧不惧的荷花——与我同在一片天空下,呼吸同一种空气,被星光照拂,被蛙声拉长,被蝉鸣提到柳枝上。

现在的人们其实比李白、杜甫、王维任性多了,手机的智能辅助让寻常日子的小确幸"有图有真相"。蜻蜓绕着荷花飞舞时,我们的目光在水上;阳光穿透花朵时,我们的目光在荷叶的荫翳下。风一吹,荷香浸入左心房、右心房,谁会觉得唐突呢?

生活在荷和原乡的乡亲,也许不会去过问荷如何行走于唐诗宋词里,不会去过问荷如何开在明清水墨画卷上,不会去过问荷在朱自清或者余光中笔下的模样……他们背着装满背篓的藤草回家喂兔子,看我拍花就善意地笑着说,"哎呀,有啥子好稀奇的嘛,今年的荷花还没有去年开得好呢",然后有一搭没一搭地跟我说山更绿了,水更清了,下雨天出门也不会踩一脚泥了。房前屋后饲养的家畜归栏了,花台里的花儿高过竹篱了,自家卫生搞好了凭积分还可以到村里兑换奖品哦。坡上的菜一茬一茬地拔节了,经年的淤泥让荷塘的藕开出花了,荷塘的藕丰收了……

鸟飞,鱼游,腐草为萤。微风传送着花草的清香,柔软而坚定。诗人说,有人在文字中辨识尘土,有人在尘土中看到锦绣文章。如此动人的心愿,荷塘怎么不微微荡漾?

荷的头上是云朵,荷的脚下是生活。我总喜欢给儿子提到"荷花定律"——假如一片荷塘的荷花三十天可以开完,那第二十九天也才开一半。

行百里者半九十，从铜梁的荷塘到清华的荷塘，只是一小步。人生需要温暖的向往、忍耐的力量。乡土仁慈，我们该如何相报？

但愿静对荷时，我们都能将杂念揉碎，揉进荷塘，揉进莲子，为我们与这个世界的藕断丝连做个美丽的注解。

荷塘的梦无限循环，荷塘边的时光可以一过再过，借傅天琳老师赠诗《那日与凤鸣在土桥》，年年与荷相认——

一行白鸟行走于烟波
一湖意象滚动，洁净、典雅
出污泥而不染。并不刻意
我们就一起做了一回荷花派诗人
时光停在最美的焦距上
我拍荷叶，凤鸣拍我，水塘清清
拍下凤鸣的倩影。荷花节还早
大面积花苞来不及打开
我们已一步跨入果实的房间
土桥直说不急不急
那叫莲蓬，七月再来

清晨，喷薄而出的红日惊起一群鸥鹭，巴岳山、玄天湖从宁谧中醒来。青山绿水，白草绿树红花，一条彩色跑道从绿野中飘然而出，绕湖一周，隐入山村尽头。一列长跑健儿飞奔而来，兴奋的人群沿路加油助威——这是中国·重庆铜梁原乡风情马拉松赛的一个镜头。被网友誉为"史上最美赛道"的铜梁区50公里绿道由此揭开神秘的面纱。

原乡晨曲
——铜梁区乡村振兴西郊片区掠影
真研仁

党的十九大送来乡村振兴的浩荡东风，吹绿了龙乡大地，搅活了一池春水。铜梁区深学笃用习近平总书记关于实施乡村振兴战略的重要论述，区委主要领导担任乡村振兴领导小组组长，突出抓好基础设施、基本产业、基层组织"三基"工程，把顶层设计与实践探索、为了群众与依靠群众结合起来，激发乡村振兴内生动力，引领85万龙乡儿女共同谱写"原乡风情·大美铜梁"新时代乐章。

基础设施先行

乡村振兴是一篇大文章，在铜梁1340平方公里的广袤土地上如何切题、破题？经过深思熟虑，区委提出"串点连线、成片扩面"的思路。全区着眼于基本面，不撒胡椒面，整合涉农资金"补短板"，因地制宜地打造50公里西郊环形绿道，集中交通线、产业线、健身线、旅游线功能。充分借助绿道，激活"人、地、钱"诸要素，实现以山水为"脉"，以绿道为"链"，以产业为"珠"，串起龙乡春、夏、秋、冬四时美景，畅通现代城市与美丽乡村融合发展的血脉，带动 5 个镇街 13 个村（社区）携手共进，走出一条"原生态"与"新发展"相得益彰的乡村振兴示范片建设路径。

立足"原乡"，臻于"大美"。秉持依山塑形、见山见水、内外兼修的理念，用好"梳理"手法、下足"绣花"功夫，保持最大敬畏之心，力求以最少投入、做最小改动，取得最佳效果。发动群众村道两旁、房前屋后栽花种草，精心呵护一花一草、一石一木。把乡愁文化元素融入其中，形成独具特色的乡村景观，处处彰显自然美、野趣美和生态美。置身绿道，望得见山、看得见水，处处可寻乡愁；徜徉其间，一步一景、移步换景，让人美不胜收、心旷神怡。

把政府引领与群众参与结合起来，向人居环境"闹革命"。农房风貌改造、改水改厕、垃圾集中清运、美丽庭院建设，村民以前闻所未闻的事，如今都在变成现实。人改善提升环境，环境也在影响提升人，在这片生机勃发的大地上，涌现出市级美丽宜居村庄 3 个、市级绿色示范村庄 18 个。走在绿道之上，到处可见黄发垂髫怡然自得的和谐画面，共建、共治、共管、共享，一幀天人合一的"巴岳山居图"在龙乡铜梁徐徐展开。

基本产业支撑

形胜于外而业兴于内。围绕绿道建绿网发展绿道经济，串联形成生态经济圈。铜梁坚持产业为先、产业为重，成功探索出向闲置土地、闲置产业、流转土地、农村电商、大户带散户、产业融合发展要集体经济的"六要路径"，深入推进"三变"改革、"三社"融合，建立"三位一体"利益联结机制，让村集体有了收入、经营主体增了效益、农民群众得了实惠。

大力建设国家级农业科技园区、农产品质量安全区，深入开展"品牌建设年"活动，绿色高效发展成为共识。携手京东集团"聚总量、聚总部，创模式、创品牌"，全国首个"神农大脑"应运而生。"爱在龙乡"电商平台遍布每个村庄，智慧农业为城乡融合提供加速度。原乡小艾、铜梁龙柚等一批特色农业品牌实现"小船结队出海闯市场"。

如今，乡村振兴西郊片区呈现"绿链串珠、衔山萦湖、支脉渗透、绿意绕城"的奇丽景观。巴岳山玄天湖景区、荷和原乡、桂花博览园、西部农林大世界、奇彩梦园、牧堂纯基地、果苗世界、新陆有机农场……20多个特色产业基地、乡村旅游景区，3万亩精品花卉苗木、特色经果、生态养殖、绿色蔬菜等特色产业，错落有致地分布在绿道两侧，初步实现"建设一条绿道、美化一片山村、发展一地产业、富裕一方百姓"的目标。

基层组织引领

夜幕降临，村庄尚无睡意，灯火通明的便民服务中心里，洗脚上田的庆林村的党员们抓紧时间学习充电。便民服务中心本着整合资源、集约功能、方便快捷、共建共享的原则，除了设有村支两委办公室、党员活动室，还设有组织群众学政策、学技术的乡村振兴讲习所，为村民办理日常事务的办事大厅，为游客提供服务的接待中心。像这样小而美的便民服务中心，绿道沿线实现全覆盖，成为党员的阵地、村民的课堂、群众的家园、游客的驿站。

乡村振兴，关键在人。铜梁区持续实施"领雁工程"培养农村致富带头人，开展人才回引和"把老乡留在老家"行动，打造爱农业、懂技术、善经营的新型职业农民队伍，把现代农业的种子撒向希望的田野。绿道沿线收运垃圾、栽花种草、维护秩序的工作，"少云志愿者"全程参与。全面推行农村社会治理积分奖励机制，村民参与"家园美化"行动可获得积分、兑换奖品，内生动力充分激发，形成自觉干、争着干的氛围。

乡村振兴，既要塑形，也要铸魂。作为中国最具文化魅力的城区，铜梁着力传承发扬龙文化等优秀农耕文明，如今，镇镇建起舞龙队、村村争创扎龙村，周周上演火龙秀、年年都有龙灯会。成功举办第十三届全运会龙舞比赛、国际龙舞争霸赛、中华龙灯艺术节、原乡风情马拉松赛等品牌赛会。铜梁以文化人、成风化俗，将千年龙舞文化淬炼成"靠得住、顶得起、过得硬、容得下"的铜梁龙脊梁精神，原创舞蹈《龙把子》一举摘得全国群众文化最高奖——群星奖。常态化地开展"五风浸润"工程和"新乡贤·好乡亲"评选。中国人民志愿军特等功臣、一级战斗英雄邱少云，著名音乐家刘雪庵，以及新时代涌现出来的全国道德模范"包子婆婆"陈淑梅、中国好人"拾荒校长"吴定富等先进典型，激励和感召着乡亲们。

在党组织的引领下，村民的素质、村庄的颜值、原乡的气质得到极大的提升，村民群众听党话、感党恩，坚定不移地跟党走。铜梁被确定为中组部基层党建直接联系点、全市乡村组织振兴试验示范区。

"我们的家乡，在希望的田野上。"踏着新时代的鼓点，今天的铜梁正深学笃用习近平总书记视察重庆重要讲话精神，不忘初心、牢记使命，奋力谱写乡村振兴这篇大文章。龙乡大地处处涌动着蓬勃发展的新动能，扑面而来的是浓浓的春天的气息，"农民富、农村美、农业强"的梦想不再遥远，乡村振兴正当时，乡村振兴走进春天里！

人物英华

你不知道的铜梁 TONGLIANG

礼部侍郎庹正

王万明

庹正（1167—1235），字周卿，又字伯周，号性善。南宋著名理学家，为朱熹高足，绍熙元年（1190年）庚戌科进士。先后在遂宁、广元、成都、嘉定（今乐山）、怀安（今金堂）、重庆做地方官，后至京师任职，官至礼部侍郎，致仕后卒于故里。

庹正于南宋乾道三年（1167年）出生于潼川府路巴川县乐活镇（旧址在今铜梁少云镇龙归村，明代为安居县辖地，东距安居城区仅十里）一户较富裕的农民家庭，如他自己说："春秋自耕稼，亦足糊其口。中年或水旱，采蕨充饭糗。"庹正少年时期，天资聪明，勤奋好学，"日记数百言，勇气摩星斗"。十六岁时，他获县学推荐，从家乡到合州进入郡庠（府学）研习经学，专攻《周礼》，"以妙年明经，屡冠诸生，声誉赫然"。其诗词著述，常以"巴川庹正""乐活庹正""山阳庹正""濮阳庹周卿"等署名。

淳熙十六年（1189年）八月，庹正参加科举考试的州试，获得顺利通过。州试也称发解试，虽是宋代科举考试中的初级考试，却是学子起步至关重要的一级考试门槛。只有发解试合格，士子才有机会参加乡试（省级）乃至于会试、殿试。就在通过发解试这一年，他响应潼川路转运判官赵善誉的倡议，协助羊溪镇（今白羊镇）华藏寺的僧人晓聪修筑义冢，出力掩埋蜀中大旱时当地遗留下来的众多无名死尸，事成后应邀撰文《华藏义冢记》以记其事。

绍熙元年（1190年），庹正满怀豪情壮志，乘船经三峡远行，至京师临安参加会试、殿试，又如愿登上金殿进士榜。他在《殿中复考进士》一诗中抒发了他的抱负："交戟重门闻九阍，彤庭紫殿切星辰。能来此地连宵直，即是骖鸾驾鹤人。"殿试结束，即沿长江返回四川。途中，他跟随同宗庹伯谦（善甫）游学，听说夷陵郭忠孝（理学家程颐的学生）的才学声望很高，便多次乘舟前往，谦虚地请教学识，深得孟子性善理论的真谛。

绍熙二年（1191年），庹正以进士资格任资州（今四川资中）司户参军，次年即在参军任上主持了本州科举的发解试。

庹正追求理学之真理，矢志不渝。庆元二年（1196年），他任遂宁府司户参军，掌户籍、赋税、仓库交纳等事。次年夏，因调职回临安，他被朝廷任命为利州教授，掌管州学课试等事务。赴任之前，他特地冒着酷暑前往闽中建阳拜见罢官闲居故里的朱熹。朱熹先生得知庹正远道而来，感其壮志之高、诚心之切，且表里如一，于是热情接待、特别关照他，把自己毕生的学说都传授给他，让其心领神会，并传授下去。朱熹倾其所学，谆谆教导，不遗余力。庹正钻研理学，"言行修饬，学问精深"，他自己也说这得益于朱熹先生。

庹正继任国子监丞，主管国子监内部事务。时士大夫大多明哲保身，怯懦怕事。开禧二年（1206年），韩侂胄北伐失败以后，曾配合宋军作战的山东带兵宦官李全暗中招兵买马，积极筹划谋反。当时，朝中大臣对此虽有所闻，但畏李全其人而不敢言。庹正为此十分愤慨，毅然"上书直言，其言鲠亮激切"，极力建言皇上高度重视，积极预防，并"献毙全之策"，表现出刚毅正直、光明磊落的气概。不久，李全果然叛乱，带兵渡过淮水直逼长江。宋宁宗对庹正能言人之不敢言而倍加赞赏，遂赐官军器少监，为负责制造军器的主管。

嘉定元年（1208年），庹正出任成都府学教授。嘉定三年（1210年）四月，他任成都府华阳县令。在任华阳县令期间，他曾受派遣前往嘉定（今乐山）劝降马湖蛮，使川西南少数民族归顺中央王朝。因劝降有功，他被升为奉议郎，为宫中顾问应对、充当宫殿门户无须轮流当值的守卫职官。

嘉定五年（1212年），庹正任嘉定（今乐山）通判，从八品。通判为州府的副职，是兼行政与监察于一身的中央官吏，其职责除监州外，凡兵民、钱谷、户口、赋役、狱讼听断之事，皆可裁决，但须与知州通签文书施行。

继后,庹正升任西川路怀安军(与州府同级,下辖金水、金堂二县,治所在今四川金堂淮口镇)权知军事。宋代在军事重地设"军",修建城墙、门楼,屯重兵戍守。在四川怀安军任上,庹正见军城日益残破,便上书朝廷,建议重新修葺,增设箭楼。修葺后的古城"高一丈五尺,厚一丈六尺",加强了防卫设施。

接着庹正任重庆府知府,勤于职守。他主张合并行政机构,减少行政耗费,"以宽民力,以应军用";奏请朝廷下放财权,减轻税赋贡纳,以"培植根本"。在军事上,他主张加强"寨"的建设,从农民中招收寨丁,寓兵于民,亦兵亦民,以巩固和加强巴蜀地区"上流重镇"的战略地位。同时,他提出各项"便民"措施,实施"劝农桑""兴学校""宽赋役""表廉隅""省刑罚"等一系列政策。他的主张和施政措施,在随后以重庆为中心的抗元斗争中取得了显著的成效。

庹正回京任职后,受宁宗召见,宁宗亲自问策。他又以孔孟修身齐家治国之论对答,极言治国必先治家,再次受到皇帝嘉许,旋升太常少卿(正四品),掌管宗庙礼仪、祭祀。不久,宋太庙不慎失火,皇上认为这是天意,关系王朝兴亡,故惊惶失措。庹正又结合宋朝庙制和朱熹的理学之论,打消了皇帝的顾忌,令群臣折服。宁宗赐予他代理礼部侍郎兼右郎官之职,并充任国史实录院修撰。不久,他正式擢升礼部侍郎,正二品衔。

端平二年(1235年),庹正年届七十,按例致仕回乡,因病卒于故里,归葬乐活镇龙潭子。《宋史》有《度正传》以记(度,姓氏,今为庹)。

在思想学术上,庹正为著名理学家朱熹的门徒,学问精深,名望甚高,被称为朱熹高徒第一人。著述有《周(敦颐)子年谱》《性善堂文集》《太极图说》《性理纂》以及《周濂溪年表》等,曾参修国史。

/ 人物英华 /

名儒阳枋义薄云天

彭 强

阳枋（1187—1267），南宋著名理易学者，字正父，原名昌朝，字宗骥，号字溪，潼川府路合州巴川县（今属重庆市铜梁区）后觉里人，生于巴岳山字溪小龙潭老宅。

阳枋自幼聪慧，九岁九经诵毕，皆能强记，后随父阳景春仕宦难江（今四川南江）、南平南川（今重庆南川）等地。先后从邑贤陈晔由，朱熹高弟虞正、涪陵暖渊游，皆得理易真传，名噪巴蜀。端平元年（1234年）冠乡选。淳祐元年（1241年），以蜀难免入对，赐同进士出身。淳祐四年（1244年）为四川安抚制置使兼知重庆府余玠举荐，历昌州（治今大足区）酒正，大宁（今巫溪县）理掾，改大宁监司法参军，为广安州绍庆府（治今彭水县）学正兼摄通判，曾任涪陵北岩书院山长等职，晚以子夔州路节度使推官阳炎卯贵，加朝奉大夫致仕。咸淳三年（1267年）卒，年八十一。有诗词、讲义等十二卷，已佚。清四库馆臣据《永乐大典》辑为《字溪集》十二卷，附录一卷。阳氏学说承启宋元之交，意义深远，后世门人尊称其为大阳先生。有关阳枋的事迹广为流传，其中义救刘三郎一事，体现出淳朴人格，着实感人至深。

嘉定十三年（1220年）春，阳枋之母冯太孺人身患重病，正在成都石室读书的阳枋，辞别了恩师成都府教授兼华阳知县虞正，回到了故乡合州巴川县，他的家就在巴岳山麓小龙潭对面的山坪上，后依石崖，不远处有一山坳，直通山林的深处。阳枋的父亲阳景春早年担任过巴州难江县（今四川南江）尉，由于他为官清正，去世后家徒四壁，除了几间草房以外，没有其他什么值钱的东西。母亲冯太孺人出自普慈（今四川安岳）名门，善能持家，父亲去世后,她含辛茹苦地抚养兄弟三人,不知道吃了多少苦,落下了一身的病。眼见吃了很多服药都不见效果,母亲的病情越来越重,宅心仁厚的阳枋心里十分着急。他听闻巴川城南普泽庙供奉的神灵十分灵验,便前往普泽庙为母亲祈福消灾。这神灵还真有些来历,相传唐代大历年间,巴川令赵延之六战六捷大败蛮夷,保卫了一方平安,县西六嬴山因此得名。后来,他拜在县东庐伽洞修炼的黄冠子为师,追随师父在璧山茅莱山点化成仙,被朝廷封为璧山威烈灵君建庙祀之,成为一方的保护神。阳枋在普泽庙里虔诚地膜拜,声泪俱下,请求神灵显圣。当天晚上,阳枋梦见神灵对他说,念其一片孝心,巴岳西麓九龙山巨石下有千年灵芝,速去采来割股和药,母病遂愈,原来,神灵是在考验他的孝心与勇气。第二天一大早,阳枋独自一人穿越密林,登上九龙山采来了千年灵芝,并瞒着家人割下了小腿上的一片肉,制成汤药给母亲服用。说也神奇,冯太孺人服下汤药后,精神大有好转,三天后便能下床走路了,十天后,病已痊愈。

母亲的病已痊愈,阳枋着实放下心来。他担负起家里农活的重担,还要利用空闲时间来教儿子阳少箕、阳炎卯、侄儿阳炎巳启蒙识字。不久阳枋接到了庹正的来信,得知恩师已升任重庆知府,要他去重庆谋职。阳枋念及母亲年老需要有人照顾,便婉拒了恩师的聘请。八月初,附近的山中出现了猛虎,为此县衙张贴了捕虎的悬赏告示,巴川县尉崔俊率领兵勇,多次组织猎户前去围捕,谁知猛虎却没了踪影。阳枋决定把母亲妻儿送到山下哥哥那里暂住,自己留在山上的家中专研程朱理易学说。中秋节阳枋下山与亲人团聚,傍晚时分他返回山上,当他快要走到家门口的时候,望见屋后的石崖上有动静。"我的天",阳枋差点叫出声来,一只白额猛虎正蹲在石崖上,两眼发出阴森的绿光盯着他。阳枋飞奔进屋,迅速关好院子外的木栅栏后,拿出了山里人对付野兽的牛角号,牛角号发出的呜呜声吓跑了猛虎。阳枋这才松了一口气,回过神来。第二天,他便请来乡邻对院子外的木栅栏做了加固,还让猎户在家的附近安上了捕猎套。他借来了哥哥家中的大黄狗,一来与他做伴,二来可以及时发现情况起到预警作用。令阳枋最欣慰的是,他找到了当年父亲做县尉时所使用的弓箭,父亲是有名的神箭手。在父亲的施教下,阳枋的箭法虽说不能连发连中，但十发九中是没有问题的。阳枋在箭头上涂上了猎户秘制的毒药，定叫那猛虎有来无回。奇怪的是，自从阳枋做了一切准备后，猛虎竟然失去了踪影。

转眼到了腊月，母亲、妻儿都回到了家中为过年做准备。腊月十六，天刚蒙蒙亮便飘起了鹅毛大雪，下到傍晚雪才停息，地面积雪足有半尺厚，天上出现了皎洁的月光。夜已深，大家都已入睡，阳枋借助天上的月光在窗边读书，突然院子中的大黄狗汪汪大叫起来，借助月光，阳枋看见了一个黑影，在院子外的木栅栏边晃动。正当阳枋试图辨别那黑影的真实面貌时，山谷中传来了寒鸦凄惨的叫声，原来叫得很凶的大黄狗，也夹紧了尾巴发出了呜呜的哀鸣声。阳枋意识到一定有情况，他顺着山谷方向望去，那一双阴森恐怖的大眼睛在山谷中格外显眼。是猛虎又出现了，阳枋清醒地意识到，那木栅栏外的黑影正试图翻越栅栏入院，而且猛虎在他身后不到十丈远。眼见事态紧急，阳枋大声呼喊"猛虎来了"，只听见扑通一声，黑影掉进了院子里。真是幸运，已冲到木栅栏外的猛虎扑了空，发出愤怒的咆哮声。黑影吓得屁滚尿流，手足并用，与惊慌失措的大黄狗一道，连滚带爬地窜进了屋里。此时阳枋已登上了屋顶，手持弓箭向木栅栏外的猛虎射去，只听见"嗖"的一声，箭射到了木栅栏上。那猛虎真是饿极了，咆哮着不顾一切地向木栅栏上扑去。紧接着，阳枋射出了第二、第三箭，一箭从猛虎耳边擦过，一箭射中了虎爪。猛虎中箭跌下了木栅栏，哀嚎着向山谷逃窜而去，雪地上留下了一串带血的足印。

看见猛虎受伤离去，阳枋长长地舒了一口气。那黑影向阳枋跪地请罪，原来是一个壮实的年轻人，阳枋把他扶了起来。经过一番了解，阳枋知悉此人名叫刘三郎，江津人氏，只因去年到安岳走亲戚，遇到了莫简的红巾军作乱，被裹胁参加了他们的队伍。六月，朝廷派四川宣抚使安丙率重兵，将红巾军包围在安岳的茗山，莫简企图凭借茗山的险固与官军对抗。安丙命令各军合围，截断红巾军砍柴、担水的路，断绝供给，又调骁勇善战的沔州都统张威、团练使李贵等人领兵前来助战，结果官军攻上了茗山，莫简等人被擒获。刘三郎因害怕身份暴露被追查，一直流浪在外以盗窃为生，家中尚有七十岁的老母无人照顾。这大雪天又冷又饿,见阳枋家处在偏僻的山中,盗窃容易得手,因而来此。刘三郎感激阳枋深明大义地救了他一命,阳枋教导他要安分做人,回家孝敬母亲。阳枋修书一封写明刘三郎被裹胁参加红巾军的缘由,让刘三郎回家时交与其好友江津县令邓清之,这样官府就不会再为难他。次日一早,阳枋送别刘三郎,还将自己的棉衣送给他御寒,刘三郎感激其救命之恩,再三表示一定不忘先生的教诲,随后挥泪而去。

二十年后,阳枋在夔州再次见到刘三郎时,他已经是夔州路节度使夏贵手下的一名校尉,得知刘三郎当年的这段经历后,大家都十分钦佩阳枋。

/ 人物英华 /

河南巡抚胡尧臣

王万明　彭　强

　　胡尧臣（1506—?），字伯纯，号石屏，明代四川重庆府安居县（今重庆市铜梁区安居镇）人。嘉靖十七年（1538年）戊戌科三甲第一百二十九名进士，授大理寺评事，历浙江按察司佥事；以擒杀海贼巨寇功迁湖广按察司参议，升副使兼摄永衡兵备道，回调浙江布政司参政；抗倭屡建奇功，升浙江布政使，官终副都御史、河南巡抚。在任中，胡尧臣智救海瑞，参罢伊王，干事精明，除暴植弱、为政清廉，民以"古道清风"颂之。卒祀乡贤。

　　嘉靖四十一年（1562年），因屡次剿灭倭寇有功，胡尧臣升任浙江布政使，成为一方大员。当时海瑞为浙江淳安县县令，海瑞一向以清廉守法著名，从来不会看上司的脸色来行事。有一次，当朝宰相严嵩的干儿子，钦差大臣、都御史鄢懋卿前来浙江巡视，一路上威风凛凛，到处贪污索贿。各地道府州县的大小官员，纷纷备下了山珍海味、奇珍异宝争相献媚。海瑞对此非常厌恶，他写了一封信派人送给鄢懋卿。信的大意是，我听闻钦差大人曾发出通告，此次奉皇帝之命，南巡浙江查办贪腐，为不扰地方官民，一切从简。可是各地官员没有按照大人的通告执行，大操大办搞得地方鸡犬不宁。老百姓有很大的怨言，严重影响了大人的声誉。如果大人来到淳安，我一定按照通告所说的那样，一切从简地接待大人，以维护大人的声誉。鄢懋卿看了海瑞的来信，气得暴跳如雷，却拿海瑞没有办法，决定绕道而行。上司们也十分怨恨海瑞，使他们失去了巴结钦差大人的机会。后来，鄢懋卿因为海瑞的事，对总督胡宗宪大发雷霆，搞得胡宗宪非常尴尬。胡宗宪便在海瑞的考绩上做了手脚，让他得不到升迁。

　　一年夏天，总督胡宗宪的公子带着一帮家丁来到淳安县驿馆，要求驿丞

为他准备冰镇的西瓜汁,这小小的淳安县哪能与总督府相比,没有冰窖也就拿不出什么冰块。胡公子见所愿未遂大为不满,便指使家丁吊打驿丞。海瑞闻报来到驿馆,假意示弱将胡公子一行带到县衙。一到县衙,胡公子一行便被拿下,胡公子对海瑞破口大骂:胆敢对总督大人的公子无理!海瑞一拍惊堂木,大声呵斥道:"你们是哪里来的无赖泼皮,竟敢冒充总督大人的亲属,还不从实招来。"胡公子从来没有受过这样的对待,便在公堂上撒起泼来,企图与海瑞对抗到底。胡公子还真是低估了海瑞的能力,海瑞扔出红签,命令官差将家丁各打四十大板,霎时间将这帮平时作威作福的奴才打得哭爹叫娘。而那位胡公子则被掌嘴四十,脸肿得像地瓜一样。在堂外围观的百姓纷纷叫好,海瑞还将胡公子携带的五千两银子收缴入库。海瑞亲自押送胡公子一行到总督府,见了胡宗宪。海瑞说道:"总督大人一向治家严谨,提倡清廉,爱民如子,决不会有这样的儿子。这个人一定是假冒的,所以下官把他抓了起来,送交总督大人发落,以维护总督大人的声誉。"胡宗宪听海瑞这么一说,心里又急又恨,急的是儿子太不争气,恨的是海瑞一个小小的七品知县,竟敢当众让堂堂的封疆大吏出丑。胡宗宪又不好发作,只得暂时作罢。

不久,胡宗宪抓住海瑞未按时完成抗倭征粮一事,企图陷害海瑞,他召来浙江各位大员进行商议。大部分官员对海瑞早就不满,便纷纷附和胡宗宪的意见。鄢懋卿的门生、巡盐御史袁淳甚至提出趁机杀掉海瑞,这正合胡宗宪的心意。但是胡宗宪更想听取浙江最高行政长官胡尧臣的意见,而胡尧臣早就钦佩海瑞为官正直清廉、守法不阿。他拿定主意,一定要让海瑞化险为夷。胡尧臣环视一周,对胡宗宪等人说道:"各位同僚,海瑞这个人只知道按规矩办事,从来不会看上司的脸色行事,虽然许多同僚都不喜欢他,但我认为海瑞的确是一位千古难得的好官。各位同僚都建议总督大人杀了海瑞,你们仔细想过没有,你们这样是为总督大人好吗?如果杀了在百姓当中声誉极高的海瑞,只能为他赢得万世美名,而列位大人将被老百姓视为衣冠禽兽,人人唾之。总督大人将被推上舆论的风口浪尖,留下千古骂名。那么总督大人何必成全海瑞,而糟践自己的名声。"胡宗宪听后不由得倒吸一口凉气,他一把拉住胡尧臣的双手说道:"石屏一席话句句在理,直击利害。我为一己之私被冲昏了头脑,到最后受损的还是自己的前程与名誉。罢了、罢了,就依石屏之见。"就这样,胡尧臣凭借他的正直与机智,救下了至今名誉天下的"海青天"。

　　胡尧臣在河南任巡抚期间,非常关注地方安宁,以利百姓安居乐业。嘉靖四十二年(1563年),朱元璋五世孙朱典楧,在河南袭封伊王已二十九年,长期贪婪而淫暴,作恶多端,危害一方。他强行勒索钱财以充王库,强夺民舍以扩宫室,强行闭城选美以供淫乐,关押良民数十让其饿死,甚至凌辱、笞打朝廷命官,长期勾结"掖廷"(宫中旁舍,宫女居住的地方)宦官和严嵩父子,内外联手,沆瀣一气,累进谗言陷害忠良,干尽种种坏事。历任大员皆无可奈何,任其横行霸道。胡尧臣偏不信邪,会同河南巡按御史颜鲸商议对策。重申朝廷规定:宗室不得违制多买田宅、滥受投献,王府于邸第之外不得私置房宅,其贫民卖田王府者须先将田粮数目及佃户姓名一体报官,违者以投献论。奏疏上呈,嘉靖帝赞赏地说:"从胡尧臣议也。"鉴于伊王有刁悍府兵上万,为防不测,胡尧臣一面托言防寇,暗中派兵分屯关防要地,严防府兵和爪牙为非作乱;一面向朝廷呈文参奏弹劾,历数朱典楧抗旨、矫敕、僭拟、淫虐等十大罪状。嘉靖帝览奏,十分震怒,废伊王为庶人,削其世封,将其禁锢于高墙之内;同时命胡尧臣查抄王府,没收其资产。就这样,贪赃枉法的伊王终被铲除,胡尧臣为河南除了一害,人闻之,皆鼓舞相庆。

湖广巡抚王俭

彭 强

王俭（1410—?），字用节，民籍，四川重庆府安居县（今重庆市铜梁区）万安里人，明正统四年（1439年）进士，曾以都察院左右佥都御史出任直隶巡抚、湖广巡抚，为天顺年间重要封疆大吏，官终广西布政使，安居复县筑城出力尤多，致仕在籍造福桑梓，卒祀乡贤。

王俭少有大志，聪慧过人，尤为其父所看重，成年后，父亲让他随堂兄、巴东县（时属湖广省）训导王纲学习四书五经及八股文写作。王俭学习勤奋刻苦，不负大家的期望，于宣德七年（1432年）考中壬子科湖南乡试举人，正统七年（1442年）又高中壬戌科进士，官授刑部主事，迁河间府知府，在任期间政绩卓著，造福一方百姓，颂声四起。天顺元年（1457年），王俭因拥护英宗皇帝复位，升任都察院右佥都御史。天顺三年（1459年），他支持朝廷铲除石亨势力有功，奉旨以都察院左佥都御史巡抚湖广。

天顺四年（1460年），广西苗族首领李天保背离朝廷自封武烈王，势力日益强大，率众掠扰各州县。各地士绅、百姓苦不堪言，纷纷要求朝廷派官兵进剿，消除祸患。王俭决心铲除这一祸根，在他的亲自指挥下，兵分四路，凡大小十余战，重创苗兵。双方最终在苗兵老巢清水坪展开对决，官兵集中优势兵力猛攻，苗兵土崩瓦解，李天保企图突围，未果，被官兵生擒。王俭奉旨把李天保交部议处，旋即押赴北京秋后问斩。但有部分苗兵残部在杨昌富的带领下突围逃窜，并乘防守空虚占领了西全县等附近地区。朝廷严令王俭务必剿灭残党，并加派官兵助剿，于是总兵李震率指挥使庄荣、王俭率兵备副使沈庆等合围进兵，大败杨昌富，并攻破各处苗寨54个，俘获苗兵数千人，一举平定了苗变，稳定了广西的局势。

成化元年（1465年），荆州、襄阳一带发生了刘千斤流民起事，刘千斤原本是一个和尚，因能举起寺庙前的石狮，故得此绰号。此人在该地区有一定的名声，故能一呼百应，聚众闹事。荆襄地区在元朝时就曾发生过大规模流民起事，一直持续到元朝灭亡也未能平息。此次刘千斤聚众万人攻打襄阳，守城将官邓升等20余人阵亡，朝廷十分震惊，为防止事态扩大，即任命白尚书为总制，又令王俭协理进剿。王俭一面调兵扼守各要塞，一面派人安抚流民，采取分化瓦解、各个击破的办法，很快便平定起事之变，擒杀了刘千斤。为了长治久安，王俭上奏朝廷，建议采取增设寨堡城司、加强流民管理、减派杂役等措施，以应万变，以利民生。

当时朝廷在各军事要冲设有都司、卫所，屯田养兵。由于管理混乱，官员乱报士兵人数，贪污冒吃粮饷，或把关不严招收社会不良人员入军等情况十分严重，实行几十年的屯田制度已名存实亡。王俭先后查实长沙卫耿千户私造名册，贪污粮饷，大量收留不法人员危害军营；茶陵卫军士扰乱地方秩序，胡作非为；归阳都司官员乱加税赋，鱼肉地方百姓。他对相关人员、官员给予了严厉的惩处，并彻底清除了卫所中的不良人员。他还向朝廷建议修改旧制，以利形势的发展变化。

当时朝廷对僧、道人员有优厚的待遇，造成许多人未经官府批准，私自剃度到各地，以布施、消灾等借口到处行骗。一些寺庙甚至私自收留不法人员，为他们提供藏匿场所。还有的地方只要出钱就发给度牒，严重扰乱了正常的宗教秩序。王俭下令严禁私自剃度出家，一经发现，押送回原籍服杂役；严禁官民给行脚僧人布施，行脚僧人外出必须持有官府发的批文，如有寺庙藏匿不法人员的，一经发现，当地官员、乡老、僧道官一并问罪。时有宝庆府永后观牛道人，本是江湖游医，却故弄玄虚，自称神医下凡，大肆行骗，聚敛钱财，并以治病为名，奸污良家妇女，影响恶劣。王俭查实其条条罪行，即判斩立决，一时人心大快，相关包庇官员10余人也受到了惩罚。

王俭在巡抚湖广期间，发现了许多地方要员贪污不法，品行败坏。有的官员老眼昏花，贪恋官位，能力平庸，是非不分。经他派人查证，罢黜了衡州府张知府等28名官员。前任知府、现任布政使翁某在知府任上，大量私藏、隐匿库银，但有朝廷要员做靠山。王俭不畏权贵，多次上奏朝廷，力陈利弊，据理力争，终使翁某被法办。王俭又建言八事，多为民生之策，其中有轻徭役、减税赋、兴建水利、救济贫困之举。朝廷以王俭巡抚湖广功绩卓著，升迁都察院副都御史，后任山西布政使。离任之日，数万百姓涌上街头，送万民伞，焚香祷告，挥泪送别王巡抚，并在湖广许多地方为王俭建立了德政碑、去思碑，纪念他执政为民、除暴安良、严惩贪腐、保障平安的功绩。

张佳胤令滑

冯梦龙

张佳胤令滑，巨盗任敬、高章伪称锦衣使来谒，直入堂阶，北向立。公心怪之，判案如故。敬厉声曰："此何时，大尹犹倨见使臣乎？"公稍动容，避席迓之。

敬曰："身奉旨，不得揖也。"公曰："旨逮我乎？"命设香案。敬附耳曰："非逮公，欲没耿主事家耳。"时有滑人耿随朝任户曹，坐草场火系狱。

公意颇疑，遂延入后堂。敬扣公左手，章拥背，同入室坐炕上。敬掀髯笑曰："公不知我耶？我坝上来，闻公帑有万金，愿以相借。"遂与章共出匕首，置公颈。公不为动，从容语曰："尔所图非报仇也，我即愚，奈何以财故轻吾生？即不匕首，吾书生孱夫能奈尔何？且尔既称朝使，奈何自露本相？使人窥之，非尔利也。"贼以为然，遂袖匕首。

公曰："滑小邑，安得多金？"敬出札记如数，公不复辩，但请勿多取以累吾官。后覆开谕久之，曰："吾党五人，当予五千金。"公谢曰："幸甚，但尔两人橐中能装此耶？抑何策出此官舍也？"贼曰："公虑良是。当为我具大车一乘，载金其上，仍械公如诏逮故事，不许一人从，从即先刺公。俟吾党跃马去，乃释公身。"公曰："逮我昼行，邑人必困尔，即刺我何益？不若夜行便。"二贼相顾称善。公又曰："帑金易辨识，亦非尔利，邑中多富民，愿如数贷之。既不累吾官，尔亦安枕。"二贼益善公计。

公属章传语召吏刘相来。相者，心计人也。相至，公谬语曰："吾不幸遭意外事，若逮去，死无日矣。今锦衣公有大气力，能免我，心甚德之，吾欲具五千金为寿。"相吐舌曰："安得办此？"公蹑相足曰："每见此邑人富而好义，吾令汝为贷。"遂取纸笔书某上户若干、某中户若干，共九人，符五千金数。九人，素善捕盗者。公又语相曰："天使在，九人者宜盛服谒见，勿以贷故作窭人状。"相会意而出，公取酒食酬酢，而先饮啖以示不疑。且戒二贼勿多饮，贼益信之。酒半，曩所招九人各鲜衣为富客，以纸裹铁器，手捧之，陆续门外，谬云："贷金已至，但贫不能如数。"作哀祈状。二贼闻金至，且睹来者豪状，不复致疑。

公呼天平来，又嫌几小，索库中长几，横之后堂，二僚亦至。公与敬隔几为宾主，而章不离公左右，公乃持砝码语章曰："汝不肯代官长校视轻重耶？"章稍稍就几，而九人者捧其所裹铁器竞前，公乘间脱走，大呼擒贼。敬起扑公不及，自到厨下；生缚章，考讯又得王保等三贼主名，亟捕之，已亡命入京矣。为上状，缇帅陆炳尽捕诛之。

祁尔光曰："当命悬呼吸间，而神闲气定，款语揖让，从眉指目语外，另构空中硕画，歼厥剧盗，如制小儿。经济权略，真独步一时也。"

（本文选自明代冯梦龙编著《智囊全集·捷智部》，中华书局 2007 年 9 月北京第 1 版，原文题为《张佳胤》，编者改为《张佳胤令滑》。）

人物链接：

张佳胤（1527—1588），避雍正帝胤禛讳，又作佳允，字肖甫，号炉山、崌崃（一作居来）山人，重庆铜梁人，官至兵部尚书。在文学上与李攀龙、王世贞、宗臣等并称明"后七子"，著有《居来先生集》。

翰林王恕

王万明　戴　明

赤日流天阳气骄，浮云卷尽天为高。
农夫荷锄手滑滑，伛俯前却日炙腰。
雨行夏五新苗绿，野草分膏生倍速。
利刃深深剔厥根，沉浣须眉汗淋足。
非其种者蔓难图，斩刈非关老农酷。
须臾草尽苗独长，先秋预作收成想。
官税官租次等输，先祖先农早殷响。
仰顾父母俯妻儿，升平尚得营吾私。
朝餐暮粥从今始，农人苦乐唯农知。
安得寄语膏粱客，一到田中看夏畦。

这是清康熙年间，安居翰林王恕任福建巡抚时，深入民间查访时所作的一首诗《农夫词》。诗言志，这首诗是他勤政爱民、清廉为官的写照，是他发自内心的感叹。

王恕（1681—1742），字中安，清代四川安居人。因少居安居鼓楼山，故称楼山先生。

其曾祖父王吉士，字凤鬻，明崇祯九年（1636年）丙子科举人，授贵州湄潭教谕，升思南府推官，后升南宁府知府。他为政清廉，刚直不阿，常力陈时政之弊，遭人嫉，乃愤而辞官，回安居鼓楼山下务农。

王恕出生时，家道中落。家中无钱买灯油、蜡烛，他夜读只得燃竹篙照明。邻人感其勤学发奋，荐其往城南古刹龙兴寺借读，并言该处庭院宽广，竹树掩映，鸟语花香，陕西巡抚帅祥、监察御史周达幼年均曾在该寺借读，前往探求，定获应允。

龙兴寺在城东南五里的铁炉山上，明永乐年间，广安州高僧空源（号不二和尚）云游至此，见此地山顶平圆，四周岩石壁立，绿树成荫，乃建茅庵而居。龙归寺住持圆聪和尚，见空源佛学高深，遂拜在门下为徒，并派弟子明愈来侍奉起居。至成化丙午年（1486年），明愈之徒定通，募化筹资，建造木结构房屋。弘治壬子年（1492年），定通之徒惠素，将房屋扩建为四楹的觉皇殿，并增建天王祠、金刚祠。嘉靖庚子年（1540年），惠素之徒性满、性义、性一等，再拓宽地面，扩建大殿、廊、楼、坊等，庙制日臻完备。嘉靖壬戌年（1562年），安居县县令胡国源捐俸，增饰佛像金身，并为性义和尚修阅经台。寺庙规模日渐宏伟。全寺有大殿四重，前为金刚祠，进为觉皇殿、万年楼、天王楼，再进为上殿，最后为观音殿，两廊为禅堂和僧众云房。至此，寺庙金碧辉煌，后成为陕西巡抚帅祥、御史周达攻读发迹之所。至此，龙兴古刹，名闻遐迩。常有名人学士到此闲游，留下遗墨题刻。明万历六年（1578年），河南巡抚胡尧臣撰《龙兴寺碑记》，赞此寺可与江南胜景媲美。

王恕至寺求助，住持慨然允诺，辟阅经台后一隅，供其攻读。王恕感激不尽，有时助僧人抄写经书，并勤于洒扫，人品性情为众僧敬佩。由于寺内环境清幽，起居无虑，加之本人发奋刻苦，学业大有长进。清康熙四十年（1701年），王恕21岁，徒步赴省城应试，中举人，康熙六十年（1721年），中辛丑科进士，点选为翰林院庶吉士，位居安居历史上四大翰林之首。后补吏部员外郎，历任湖北、江南、江安督粮道，继授广东道监察御史，迁按察使，转布政使，升福建巡抚。王恕为政清廉，有口皆碑。王恕为感谢龙兴寺众僧当年借读关照之恩，修建牌坊一座，亲书"不二法门"四字，以垂永远。

王恕为官廉洁，治事不苟。初授湖北粮道，押运盐船赴淮时，因船户有挟私盐等情，王恕自请总督纠劾。雍正元年（1723年）三月，王恕补吏部员外郎，从五品。不久，自员外郎升任郎中，正五品。十月任贵州乡试正考官。次年任会试同考官。随后考选广东道监察御史，掌管监察百官、巡视郡县、纠正刑狱、肃整朝仪等事务。最后，转任参与军事监察的兵科给事中。

雍正九年（1731年），王恕任粮务监察，督押运艘而并治其政令的江南、江安粮道，整饬漕政，尽除漕务之弊，颇有声誉。为人器量宽宏，御下以宽，不挞一卒，人亦不敢欺。师友有急难，亦倾囊相助而不惜。

乾隆元年（1736年），王恕升任广东按察使，属正三品。他正直巡察，考核吏治，遇事秉公决断，关心和善待群僚，治狱多平反。时有归善县数人被定为劫盗，王恕察其枉，全部放人，众皆不解。不久，他认真勘验缉拿，果得真盗，众皆佩服。后因累解冤狱，王恕于乾隆四年（1739年）升任广东布政使，专管全省的财赋和人事，从二品。

乾隆五年（1740年）五月，王恕任福建代理巡抚，到任后即认真查访民风民情，注重选拔人才，奖优惩劣，抓紧治奸肃匪，不过数月即奏报："官方民俗，积储兵防，已得其大略。漳泉素刁悍，已严谕有司勤为听断，力行整刷。民俗尚华靡，督臣德沛以俭朴化民，臣更当倡导为助。合省常平仓谷，至四年岁终，共存一百三十四万，又收捐监谷十五万，委道府切实察核。"乾隆帝闻报，甚感欣慰，赞其"勉力务实"，勤政可嘉。

在巡抚任上，王恕十分重视对福建辖地台湾的政务管理。他于次年在详细地深入考察后，又奏报："台湾各县最称难治。于繁缺知县内拣选调补，多以处分被驳（否定），请嗣后调台官员，虽有经征承追各案，准予题调。"乾隆阅后，下旨表示同意。

王恕重视发展农业、关注民生，对赈济灾民、减轻赋税以及储粮备荒等提出了一系列很好的措施。鉴于福建山田多，往往以零星小块合计成亩，王恕于是向朝廷建议：嗣后民间开垦不及一亩，或虽及一亩而地角山头不相毗连者，免其升科交税，以减轻税赋，鼓励农民开垦耕种。发展生产，有了粮食，官方又得解决储备问题。他说：各乡社谷过去一向借存于寺庙，应在四乡村镇适当地方分别修房建仓，工费即以社谷拨付解决，可等到来年续收补充。为了减轻农民的负担，他还奏免崇安无田浮赋一千二百五十一顷，酌情加征无著学租，鼓励大兴教育之风。这些措施，均得到朝廷批准，由此，王恕被授福建巡抚之职（从二品）。

时有江西布政使安凝奏请赈务，乾隆下旨各督抚查阅。王恕上疏说："救灾之法有三：曰赈、曰粜、曰借。此三者，实心办理则益民，奉行不善则害政。"他有理有据地分析地方在执行中存在的一些弊端，提出了改进的办法："与其仓猝分别开争竞之门，莫如一视同仁绝觊觎之望。臣愚以为初赈似应一律散给，加赈再行分别，庶杜争端。以粜而论……臣请嗣后平粜，仍照定例斟酌办理，使灾民实沾升斗之惠，而棍徒囤户难行冒滥之奸。以借而论，动公家之银，为百姓谋有无、通匮乏，此《周官》恤贫遗法也。"鉴于借粮济民存在的问题，他又提出："若告贷银米以给口食，则必计其能还而后与之，狡黠之流遂谓官有偏私，不免造谤生事。有司不得已略为变通，而无力还官，差拘征比，民无安息。是始则借不能遍，因争哄而被刑；继则还不能清，迫追呼而更困。名为利民，实为病民。且年久不清，蒙恩豁免，帑（国家库藏）项终归无着。臣以为与其借而无偿，莫如赈而不借。此皆当先事而熟筹者也。"这样，既有利于民生，使百姓得到了实惠，又简化了实施办法，避免了操作繁杂之累。

王恕在官场总体上较顺利，但也受过两次挫折。一是在福建主持乡试时，由于监考失察，时有武生邱鹏飞以五经考第一，众学子皆怀疑。王恕闻之，即主动奏请复试，很快查出实为其弟代作。这导致王恕被部议左迁降级调用，乾隆帝仍加恩改为留任。二是乾隆七年（1742年）三月，王恕在广东按察使任内承办白大年奸情一案，为其平反冤狱而删改供词，由此被参奏下吏部议处，即被召到京师接受审查。乾隆帝对王恕本来很有好感，但还是命闽浙总督策楞和新任福建巡抚刘于义，分别调查其居官贤否。策楞考察后奏报："恕操守廉洁，老成持重，惟识力不能坚定，一切俱听督臣德沛主使。"刘于义也奏报说："恕廉洁，属员、百姓俱称其安静平和，绝无扰累等情。"乾隆帝听了调查结果，说："两奏，皆至公之论也。"因受此案影响，王恕略降职改任为浙江布政使。十一月，王恕在浙江任上病故，归葬于安居松林堡。

王恕在康熙、雍正、乾隆三朝为官，正直清廉，且与人为善，以实惠民，深受百姓的喜爱和皇帝的重用。他仕宦20年，家无长物，唯以清廉留名，他的确是少见的被列入国史的巴渝名士。因此，乾隆帝亲自提出将他记入国史，以示褒扬。王恕所著诗词、奏议甚多，诗宗盛唐，雄豪俊迈，著有《楼山诗集》《省身录》各六卷及《楼山文集》传世；《清诗别裁集》《国朝全蜀诗钞》录有其诗。《清史稿》《四川通志》《铜梁县志》有其传。王恕有6子，汝舟举人，汝楫诸生，汝彭、汝谐举人，汝嘉、汝璧皆进士，均为蜀中硕望。

关于王恕之死，有多种说法。据笔者多方查证有关史料，事实均与民间传说"被斩"相反。《清史稿·列传九十五》载："（王恕）补浙江布政使。旋卒。"民国《新修铜梁县志》亦载："以事左迁浙江布政使。寻卒。""乾隆七年，由福建巡抚降浙江布政使，仅一月，出送客，薨于舆。年六十有一。"由此看来，王恕确是在浙江布政使任上，因外出送客，病故于官舆（俗称轿子）之中。

翰林王汝嘉

王万明　戴　明

王汝嘉（1737—约1787），字士会，号榕轩，清代铜梁安居人，福建巡抚王恕第五子。因父子二人均以进士身份入翰林，故有"父子翰林"之说。王汝嘉参与编纂了中国历史上规模宏大、举世闻名的《四库全书》，被后来的安居人传为佳话。

王汝嘉5岁时，王恕蒙冤被"吏部议处"，后经同僚和后任福建巡抚为其呈奏申诉，才得免查处。王恕降调浙江布政使，在任一年即病故，当时王汝璧才1岁。由于王恕"为官20载，不治生产"致身后萧条，儿子反靠其母做女工针黹为生。后尚书钱文端念与王恕有同僚之谊，慨然相助，将其女许配给汝璧，并在浙江割房与其母子居住，还亲教兄弟俩诗书，助其发奋攻读。钱府住居浙江杭州，汝嘉、汝璧相随勤学。

一日，王汝嘉忽梦中有人相告："汝家二十年，当中一名举人。"他喜极而醒，才知是梦。他仔细思忖，二十年是何意？年岁、年号皆不符合。他猛然想到，今年正乙酉岁，天干中甲乙，乙正是二，地支中酉正数为十，二十看来就是今年乙酉，必有吉兆，机不可失。王汝嘉乃告诉钱伯父，欲回四川赴乡试，博取功名。钱公大喜，馈银千两以做路资，并派两个仆人相随伺候，嘱咐他们沿途小心谨慎。汝嘉择日辞别钱公一家及其母和弟汝璧，买舟溯京杭大运河转长江逆水而行。一日船至苏州停靠歇息，一位身材魁梧、英气逼人的客人，前来要求搭船，随行的仆人欲婉言拒绝，客人面有难色。王汝嘉上前招呼，知其欲搭船，乃告之随从，旅途萧条，正愁难遣寂寞，有杰士为伴有何不可？王汝嘉即邀客人上船入住，并与客人抵足而眠，同桌共食，问：

客人以何为业？客答：经商在外。王汝嘉又问：欲去何处？客答：汉阳。王汝嘉观客人行踪飘忽，眉宇间暗露煞气，疑其终非善类。王汝嘉思之，何不坦诚相待？他谓客人曰："杰士，学生他乡只影，回籍赴试。随带仆人二人，书箱十口，路资三百（并开箱示客），今得结识相伴，旅途无忧矣。"客人闻听，相视而笑。自此，二人益加亲密。船至汉阳，客人曰："此去，凶滩恶水，途多坎坷，愿送君入蜀。"此后，船进三峡，江窄滩急，每泊舟旷野，深夜忽闻呼哨声，客必以呼哨相应，即平静。船至巫峡，泊舟绝壁之下，是夜月朗星稀，忽有两小舟，舞桨飞驰而来，大呼："留下买路金银，否则杀船越货。"客人持匕首出船舱与贼交锋，客一人敌众，毫不畏怯。船人潜伏舟中，不敢仰观。直至呼声平寂，王汝嘉才出舱见客，客已伫立船头，发冲眦裂，衣带间血迹斑斑。客转身对王汝嘉曰："君大中丞王恕之子，汝家清廉操守，名扬官场。予搭船相伴，本欲行劫，感君开诚相待，故送君入蜀，沿途呼哨声，皆同类也，被予告退，唯巫峡小卒，与吾相斗，现已败走。前途已化险为夷，祝君平安回籍，扬名显亲，从此一别。"话毕，客飞身上岸，绝壁如履平地，瞬即不见。

乾隆三十年（1765年），王汝嘉中乡试第一名——解元，其弟王汝璧于乾隆三十七年（1772年）四月会试，中三甲第63名进士，选翰林院庶吉士。正是这一年正月初四，乾隆帝诏谕天下，在全国搜访、征集群书，以备修纂《四库全书》之需。因此，王汝嘉为官之初就与这一浩大的文化工程密切相关。

乾隆四十年（1775年）四月，王汝嘉留馆授翰林院检讨，正七品衔，掌修国史。继后受命任"四库全书馆"编修，参与修纂《四库全书》。该馆机构庞大，组织系统完备，下属机构按工作性质区分，有纂修、缮书和监造三大处，各处设官管理，职责分明，各司其职。当时在京城集中了全国3800多文人学士，经广泛搜访征集、整理审定、誊抄底本、校订装潢，历时10年，《四库全书》才编纂完成。

《四库全书》是中国历史上一套规模宏大的丛书，是乾隆帝诏谕实施的我国乃至世界上最宏大的文化工程。从全国各地征集而来的"各省采进本"和"私人进献本",占据了收录的绝大部分。该书分经、史、子、集4部,故名"四库"。共收录古籍3503种、79337卷,装订成36300册;存目的有6793种,93551卷。先后抄正7部,分藏于南北方7个藏书阁。该书内容广博,资料浩瀚,几乎囊括了乾隆以前几千年的经典文献,故称"全书"。

地处西南的巴渝大地以及铜梁县的文人学士,也在《四库全书》的编纂过程中做出了重要贡献。据乾隆四十七年(1782年)七月"四库全书馆"开列的任事诸臣衔名中记载,有总阅官15人,缮书处分校官179人。其中重庆籍二名,即总阅官重庆籍进士出身的周煌、缮书处分校官铜梁籍进士出身的王汝嘉。王汝嘉承担的职责是参与校勘收录书籍,改正原书的错讹,提出应抄、应刻、应存的初审意见,写出建议"飞签";而后送纂修官复审、认可,再呈总纂官三审;三审确定之后,送呈御览。

王汝嘉不仅是"四库全书馆"缮书处的分校官,还是一位巴渝籍的献书人。《总目》著录的献书人有90人,属于重庆籍的也有两位,一位是比邻的大足三驱人、大理寺少卿刘天成,另一位便是铜梁安居人、编修王汝嘉。《总目》著录有王汝嘉家藏本经部存目一种,为明代董说撰的《易发》八卷。修纂《四库全书》时,四库馆臣把从全国各地征集而来的巴渝先贤14人的著述,共21部、251卷,或编订校勘,或著录,或存目,在编纂过程中均有所选录和彰显。其中也收录了3位铜梁人的著作,共93卷,含宋代28卷、明代65卷。这些著述,既是巴渝地区的文化财富,又是珍贵的民族文化遗产,为我们今天研究巴渝和铜梁的地方文化史提供了丰富的史料资源。

《四库全书》不仅是清代全国一流文化精英的劳动成果,也是凝聚着巴渝乃至铜梁、安居文化人辛勤奉献的实物见证。无论从内容上还是形式上看,它都具有十分难得的研究、收藏与欣赏价值,是值得我们珍视并为之自豪的中华民族的宝贵遗产。

在编纂工作即将告竣之时,乾隆四十四年(1779年),王汝嘉丁忧(其母病故)归里,守孝三年。其间,他执掌安居琼江书院,呕心沥血,为家乡育人,故门下累出名人学士。接着他受聘修《合州志》,约于1782年未竟而卒。清光绪本《铜梁县志·人物志》有其传。

王汝嘉入仕后主要精力耗费于修书,加之丁忧、修志,寿年也不高,故在官场不显。但他一生尤好艺术,著述颇丰,惜多散失。其子王赓,乡试举人,娶候选县丞、文林郎(正七品散官)周廷榆之女为妻,官至顺天府涿州知州。

安徽巡抚王汝璧

王万明

王汝璧（1741—1806），字镇之，王恕第六子，清代四川铜梁安居（今重庆铜梁县安居镇）人。其父王恕为康熙时进士，选翰林庶吉士，官至福建巡抚。兄王汝嘉亦为进士，曾任翰林院检讨。王家出了"一门三进士"和"父子翰林"，被时人盛传为难得的书香门第。

王汝璧一岁时，其父王恕病故。因王恕为官清廉，去世后家中十分清贫。汝璧少年时衣食源于其母做针黹所得，夜晚常坐母亲的纺车旁背诵经书，如此在家日日苦读。乾隆二十五年（1760年），王汝璧将满20岁，因出生后其父与江南名儒、刑部尚书钱陈群定为儿女亲家，此时随同母亲去浙江嘉兴与钱陈群之女完婚。继后，岳父割室让其居住攻读，他自此奉母侨居浙江嘉兴。

王汝璧聪慧好学，才识过人，爱好作诗。在浙江期间，他得到名儒沈德潜和钱陈群的悉心指点，学问和诗艺都有极大的长进。王汝璧弱冠时所作诗，每篇均受岳父钱陈群赏识。他还常与当时的诗家程晋芳、钱洋等联会赋诗，时称作手。钱陈群深爱汝璧之才，让他在家继续攻读，直到6年后取得功名，时有"快婿清才"之誉。

乾隆三十一年（1766年），汝璧26岁时赴考，高中殿试金榜二甲第27名赐进士出身。授吏部主事，为正六品衔，主要负责一些日常公文的处理与信息的上传下达。乾隆三十六年（1771年）任员外郎，乾隆四十年（1775年）四月升礼部郎中，为正五品衔；八月补吏部郎中。乾隆四十八年（1783年）八月授直隶省顺德府知府，为从四品，次年（1784年），调保定知府。乾隆五十五年（1790年），因承审直隶建昌县（今隶属辽宁葫芦岛市）盗匪马十等行窃钱铺一案，汝璧于盗窃重案拖延日久，未能亲审结案，被解任质询，发往军台效力。不久,乾隆帝准其赎罪,降补同知,为知府的副职。次年,署理直隶宣化府同知。乾隆五十八年(1793年)三月,升任正定府知府,次年再升直隶大名道(清代省以下、府以上的行政区域名)道台,为正四品。

嘉庆四年(1799年)二月,王汝璧升任山东按察使,为正三品。他到山东任职遇到一件"抗漕杀官"的棘手大案。这一年,德平县旱灾歉收,民众衣食无着。德平有一位横征暴敛、贪心极重的捐班(花钱买官职)县令叶芳,不恤民情,每亩地加收漕米八合,并要提前缴纳,以肥私囊。县民怨声载道,上告无路,缴又缴不起,只有豁出性命消极抵抗。廪生杨樿、义士阎常留与乡民相约,拒不缴纳。十月的一天,杨樿腰佩长剑,其子杨小手执花枪,带着一队乡民,赶跑了前来催收的差役,接着乘势进城涌入县衙大堂,要求减轻赋税。县令叶芳执意不允,反诬阎、杨聚众滋事,并想杀一压众,不由分说地举起刀来,迎头就向领队的杨樿接连砍去。杨小见状,一气之下举花枪刺中叶芳的咽喉,再开一枪,叶芳毙命。按大清律令,杀知县要屠戮全县人。杨樿知道事态严重,欲投案自首。义士阎常留挺身而出,让杨家父子远走关外藏匿吉林,甘愿一人担当杀人之责以救全县民众。嘉庆帝闻德平事变,大怒:"妄杀朝廷命官,大逆不道,阎常留处'万刀凌迟罪',德平刁民,罪不容赦,即派御林军二千,前往屠城问斩!"王汝璧知圣怒已极,偕同布政使全保,如实参奏知县叶芳的贪赃行为和德平县灾情以及百姓之困境,并自请处分。最终,在朝中重臣太子少保刘墉的协助下,阎常留经三审无异辞,被押解京城问斩,头悬前门示众,从而避免了全县民众受害,使这一大案得到适当的处理。

嘉庆五年(1800年),王汝璧调任江苏布政使,从二品;次年十二月,升任安徽巡抚。这是管理一省的最高军政长官,亦为从二品。嘉庆七年(1802年),湖广总督吴熊光等奏报湖广需购米补充军粮,拟在安徽买进十万石。嘉庆帝知年内安徽省缺雨,令酌量购买。王汝璧奏称:"湖广军需,事重为要,当如数拨运。请视嘉庆二年例,先运六万石。"朝廷准予所请。接着,朝中接到太湖续报成灾,请缓征,并劾府县勘报迟延。嘉庆帝认为,督抚查办灾赈,在奏报后又续行查出灾区,往往回护下属官吏,将百姓疾苦置之不

问，比较之下，觉得王汝璧独据实参奏，故深嘉之。同年十二月，又有安徽宿州匪徒杀害朝廷命官滋事，王汝璧带兵驰办，不久即告剿办净尽，撤兵归伍。嘉庆八年（1803年），汝璧因年老被召回京师，授内阁学士，十二月，授礼部右侍郎，正二品；不久复任安徽巡抚。次年（1804年）十二月，任兵部左侍郎。一年后，调任刑部右侍郎；同年夏，奉命乘轺车出使河南，途中遇酷暑，致双目失明，因病乞休。嘉庆十一年（1806年），王汝璧病故于自己在北京的住所中，终年65岁，葬于浙江钱塘小湖山。

王汝璧著作颇丰，其诗词作品在古代巴渝籍作家中为最多。主要有《铜梁山人诗集》，洋洋25卷，收录诗作1200余首；《铜梁山人词》4卷，有词作120余首；还有《脂玉词》《莲果词》2卷。这些诗词内容丰富，题材广泛，类型多样。此外，还著有《易林》《注汉书考证》《夏小正传考》《星象勾股》等数十卷，王汝璧对各种典籍，包括历史、文学、天文、数理等都有研究和考证。因此，王汝璧是巴渝地区的一位重要文人，其生平事迹被记入《国朝先正事略》，其文学成就在巴渝古代文学史上占有重要地位。

/ 人物英华 /

曾翰林云南施惠政

彭 强

曾毓璜（1788—1853），原名闻省，字小坪，铜梁安居人，道光三年（1823年）考取第三甲一百一十五名进士，授翰林院庶吉士，历云南罗次县知县，署路南知州、蒙化同知，擢升景东厅同知，寻丁父忧还乡，寻卒。有关他的惠政至今在云南各地广为流传。

曾毓璜自幼好学上进，刻苦勤奋，他二十二岁乡试中举，三十五岁考中进士，成为铜梁士子心中的偶像与榜样。他的文采得到道光皇帝的赏识，被留京授予翰林院庶吉士，他以文名盛极一时，名列当朝"四大翰林"。当时的一些官员，如果在北京为官没有多少油水可捞，就谋求外放，到一个经济发达的地方，做一任地方官，便可吃穿无愁，"三年清知府，十万雪花银"，可以过十分滋润的日子。但是，曾毓璜不是这样的人，他在北京翰林院老老实实地做官，从来没有产生过做官发财的念头。因不愿攀附权贵，他被安排到云南的蛮荒之地，做一个穷地方的父母官。

道光六年（1826年），他外任云南罗次县知县。这个地方土瘠民贫，四处萧条。曾毓璜到任后，微服私访，带着一个随从，用了一个多月的时间，访遍全县的每一个乡场。他对贫苦百姓的生活做了全面的了解，并且详细调查了各民族的风俗习惯以及历史遗留问题。回到县衙，他制定出治理罗次县的大计方针，首先加强了对充军戍边者的管束，杜绝他们造谣生事，制造民族矛盾，另外取消了强加于百姓的苛捐杂税。他又清理积案，慎重复审，复审中不滥用酷刑，释放冤屈者。见城池破败，他又带领官绅士民大修城垣，亲力亲为，仅三个月便大功告成。受他施政恩泽的士绅百姓对他无比敬畏。

他大刀阔斧地干,又慎重细致地处理各种事务。经过他一年的努力,罗次县便被治理得井井有条。

曾毓璜非常重视教育。他认为,这些地方之所以落后,民众之所以贫困,官员之所以肆行无忌,都是因为愚昧无知。因此,他极力主张兴办教育,并且身体力行。道光十四年(1834年),他升任景东厅抚民同知,带头捐出自己的俸禄,又置义田,增加开南书院膏火,倡建勐统集贤书院,倡捐都纳、保甸、戛里等处义学,恢复者牙、大井、福都、仰里等处义学。他还关心、帮助贫寒的学子,为他们解决了实际的困难。一时间,景东学风盛起,规制一新。他对振兴文教用力甚多。他想方设法地破除轻视文教的旧习。他曾对士子们说:"别看厅里的教授、县里的教谕官位不高,但他们胸有学问,有为师之道,对他们不能不尊重!"士子们听了,无不感奋。曾毓璜关心、爱护教授、教谕等教育官员。谁家有急难了,他拿出自己的俸禄周济;谁生病了,他就亲自前往慰问,从询问药方到选择医生,可谓关怀备至。在曾毓璜的感召下,大家无不尽心尽力,悉心培养学生。曾毓璜对全厅的私塾、义学、万学的房舍,定期进行维修,为景东兴学做出了重要的贡献。他充任乡试同考官时严于律己,认真负责,选拔录取了一批优秀的才子。

曾毓璜严格遵循法度处理盐务。他没有以权谋私的念头,时刻想着比自己境况更艰难的百姓。由于他在任上结下了善缘,便有一些下属施予馈赠,对此,曾毓璜一概拒绝。一个捐出自己的俸禄为公益的人,对金钱是不会看重的。他对盐民的生存情况十分关注。盐井在河心,每年夏秋涨水时都会被淹,盐民便不得不耗费人力、物力来停煎掏井。官员因不能按时输送课盐而经常受到上司的斥责,这成为历任官员不能解决的难题。曾毓璜命人勘得井盐卤源之处,移大井于半山腰上,从此盐井不受水涨之患。盐民感恩戴德,欢呼雀跃。他对盐民深怀体恤之心,多次上报朝廷,削减超出实际纳税能力的税额,减除重复收税项目,确保了盐务的正常运转。

曾毓璜对下属的管理非常严格,如果下属不遵法度、勒索百姓,他便会给予严厉的惩罚。同时,他又是一个爱才的人,对一些有政绩的下属官员尽力举荐。

道光二十年(1840年),曾毓璜丁父忧回乡守制,离开景东厅的那一天,所有官员、士绅、百姓,都饱含着热泪,打着万民伞前来送行。景东的士子们知道读书与科举的重要性,永世不忘捐俸兴学的好官曾毓璜。景东社会安定,百姓安居乐业,得益于广施惠政的好官曾毓璜。

翰林吴鸿恩

吴科瑞　王万明

安居依山傍水，山川秀丽，人杰地灵，人才辈出，自宋代以来，中科举者层出不穷。其中，有才华盖京都、其弟子一次拿下全国殿试状元、榜眼、探花三"鼎甲"的翰林吴鸿恩。

吴鸿恩（1829—1903），字泽民，号春海，出身于一个诗书之家。从小好学，埋头读书，常常手不释卷。在外祖父老翰林曾毓璜的调教下，吴鸿恩学业有成，小小年纪就考上了举人。道光二十九年（1849年），吴鸿恩入选拔贡应朝考，任工部营缮司行走，七品衔，做京官两年升主事。同治元年（1862年）中，壬戌科中二甲第六名进士，选翰林院庶吉士。

吴鸿恩衣锦还乡。一则父亲病重，回家探亲，二则奉旨修造翰林府。不过他为人公正、胸怀坦荡，不想建翰林府为一人私有，就以府院格式三重三进修建祠堂，定名"吴氏宗祠"，别名吴家祠堂。

吴氏宗祠建在化龙山麓，面临乌木溪，依山临水，环境优美。宗祠大门外二十八级大石梯，宽约五十米，石梯两端，高立双斗桅杆，上戴瓦帽，表示御笔亲点。大门用上等柏料做成，厚七寸，铆铁钉铜环，吴鸿恩手书"吴氏宗祠"额于上方，用琉璃镶嵌，门外一对石狮子，非常雄伟壮观。

迈进大门是一道中门。中门平时不开启，只有迎送贵宾才开。门两侧为厢房，有小花园相缀，中间有一道石梯，登上石阶，便见高高耸立的石牌坊。

石牌坊是进士及第的标志，高约三丈，雕有花鸟虫鱼，上有飞凤，一道石"圣旨"刻于正中。牌坊后是一座石梯，隔开两阁楼，石梯两侧为花苑，一边桂花、一边盆景，到了秋天，香气宜人，闻香而上，便是宗祠的正厅。

正厅乃族人议事和待客之地。墙壁四周挂满字画，上设条案，屋正中摆八仙桌，两边是太师椅，显得古色古香、典雅庄重。正厅外走廊用石栏杆相扶，直通两侧住房。

过正厅小巷为后花园。园内青松翠竹，假山顽石，搁置花卉盆景，显得小巧玲珑。两侧书房清新怡人。上面是秀楼，乃是女眷所住。出书房便见外八字形的石梯，拾级而上就来到吴氏宗祠的祭祀地——祖宗堂。

祖宗堂形似小广场，堂外走廊宽阔，能容纳两三百人，堂内供奉吴氏宗亲列祖列宗牌位，是后人祭祀之所。堂外左侧双合门洞开，呈现小院一座。小院又分两重，左上角为藏经楼，高三层，宝塔形旋梯相围，修造别致，站在藏经楼上能鸟瞰全镇的景色。

1865年，吴鸿恩回京，授翰林院编修，旋任国史馆纂修。当时吴鸿恩文名颇盛，才华盖京都，受聘主持北京"愿学堂"和"观善堂"讲席。门下学子公车肄业者数百人，先后得殿选者三人，登科甲者众多。光绪二年（1876年）丙子科殿试，其弟子一举拿下状元、榜眼、探花三鼎甲，名声大振，轰动京华。

同治十年（1871年），直隶省夏秋间久雨成灾，大小河流先后满溢，畿辅东南几乎全被水淹，造成数十年未有的大水灾。吴鸿恩积极上疏，条陈十事，赈灾济民，被朝廷采纳意见而受到嘉奖。同治十四年（1875年），京城社会秩序混乱，窃案日多。吴鸿恩奉命巡视京都中城，督理东西南北中五城兵马司所辖街道，奏请整顿捕务，制止了混乱，使社会秩序大为好转。

同治十二年（1873年），同治帝亲政，吴鸿恩被任命为云南监察御史，任专职进谏官6年。他任职期间，凡有关国计民生者，无不尽心竭力大胆陈辞。

光绪四年（1878年），吴鸿恩授广西平乐府知府，从四品，还未赴任即因父亲病故返乡尽孝。次年他执掌铜梁巴琼书院（巴川书院与琼江书院合二为一），有时也到省城成都小住。因他讲学有方，久有声誉，无论走到哪里，向他拜师的学子接踵而至。不久，受成都将军恒训之聘，他主持成都少城书院，专讲文法，使学子文法斐然一新。

光绪七年（1881年），吴鸿恩复任御史。在御史任上，他几经周折，为

忠臣林氏雪冤。原来,同治二年(1863年),台湾彰化戴万生造反(亦称戴潮春之乱),蔓延三百里。福建陆路提督林文察带兵渡海讨平,后死于漳州之役,受建专祠表彰。其弟林文明一直跟随其兄作战,擢升副将,兄死由弟代理。因林文明性格粗犷武断,对乱党多斩杀,结仇亦多,于同治九年(1870年)被人以"谋反"诬告。当时台湾道员黎某是个昏官,办事简单草率,就派属官凌定国到彰化调查处理。此人心机颇深,设计陷害林文明。他要林文明到县衙接受质询,林文明不知底细,坦然而去,哪知刚一进大门,就被凌定国出其不意地缚杀。凌定国把他的头悬城门示众,接着以"露刃登堂,率众拒捕"上报。林母戴氏年满八十,痛感其冤,四次入京到都察院舍命鸣冤,福建督抚皆知有失,但官官相护,拒不昭雪,一拖就是十几年。吴鸿恩御史查知实情后,会同编修何金寿等人,在新任巡抚刘铭传的支持下据实上奏。朝廷得知真相,严诏促令断结。林家蒙冤时久,老母已受累而亡,林文明之子林朝栋以祖母姓氏具结乞销,冤案终于得以昭雪。

光绪八年(1882年),吴鸿恩因母丧归乡,三年服满,回到京城,奉旨任太原府知府,不久改授宁武府知府,同年冬,调署泽州府知府,后又回任宁武府知府。在知府任上,他常恐百姓受冤,凡有重要案件,皆躬亲考核。

太原属县曾有一劫案,抓获匪徒十一个均拟斩。吴鸿恩颇感疑惑,为何十一个匪徒全部成了主犯而无胁从者?他决定重新调查核实。原来是属僚和地方权势勾结,把自己的仇家牵扯进来。吴鸿恩处决了主犯,四人无罪释放,避免了冤案的发生。涉案属僚,愿以巨万乞为弥缝,请予调和补救;又有人企图以万金行贿,以谋私利,均被吴鸿恩一概拒绝,并依法惩处。

光绪十八年(1892年),御史吴鸿恩鉴于皇帝年轻,特上奏谏言"养君德,结人心","国家大计,首重民生"。光绪帝面对种种腐败,正想孜孜求治,览奏后即谕令"各省大吏,加意抚循,勤求民瘼(百姓疾苦),认真革除弊政;内务府用款,勿稍虚靡;各省负担,亦酌量裁减"。可见,吴鸿恩的意见得到皇帝的重视,并被采纳施行。

光绪二十四年(1898年),吴鸿恩调任大同府知府,后升任山西冀宁道护理,辖四府三州,治所在太原。这一年正是庚子事变之年,先有义和团运动,以京津地区为根据地,到处杀洋人、杀教徒、烧教堂、拆电线、毁铁路、攻打天津租界,并以"扶清灭洋"为口号,乘势进入北京,发展到山西等地。接着八国联军以义和团仇洋和"保护使馆"为借口,于八月十四日晚攻破北京外城。十五日,慈禧太后挟持光绪帝仓皇出逃,往西安兼程而去。

八国联军侵华,给中国人民带来了深重的灾难。侵略军铁蹄入京,杀人如麻,公开抢劫三日,所到之处,奸淫抢掠,杀人放火,无数街房、村镇沦为废墟,天津被烧毁三分之一,京城一片残墙断壁,清皇宫与圆明园无数文物珍宝被洗劫一空,大批民众惨遭杀戮。在这种情势下,山西也大受其扰,谣诼纷腾,人心惶惶。吴鸿恩在太原仍勤于政务,镇定地处置各种事态,以安定人心、稳定局势。

慈禧太后和光绪帝在往西逃亡的途中,途经宣化、大同,于九月十日到达太原暂住,召吴鸿恩垂询中兴之策。吴鸿恩借此机会,针对朝政时弊,尽意直陈。慈禧久已听惯谄媚歌颂之词,对忠言直言听不顺耳,但当时朝政确实如此,因此仅作纳言倾听之态,听后即再无下文。慈禧下旨与洋人议和,太原城是当时外国人被杀的最多的地方,山西巡抚毓贤曾因支持义和团打洋教、杀传教士,被当即免职。吴鸿恩因原来就不赞同那种做法,虽不直接担当罪责,但已无法继续在冀宁道履职,故奉旨回宁武复任知府。

吴鸿恩深感时事多艰,即使有良言进谏,也难被采纳,遂以年老近暮为由,请准开缺,归道班候选。

仕途至此,吴鸿恩以拜谒父母坟墓为由,请假回原籍居住。他告诫族人,百事孝为先,要尊老爱幼,礼义待人;经商、务农均要勤劳发奋,诚信做人。在家乡没多久,受四川总督岑春煊之聘,他第二次掌管少城书院。光绪二十九年(1903年)春,吴鸿恩因病卒于成都寓所,终年74岁。

吴鸿恩刚正廉洁,官迹所至,培学校,谨关防,凡有利于士与民者,皆次第举行。他一生善诗工书,所著奏稿、诗集不少,有《春圃诗钞》《铜梁县守城记》及《如不及斋文集》若干卷;平生尤擅柳体楷书,有作品收录于《益州书画录续编》。其墨迹石刻有安居小学的"琼江书院";题匾有安居波仑寺大殿的"顶上圆光"、四川三台县西平镇的"敦睦堂"。此外,铜梁六赢山三圣寺有两副他写的门联等。

百余年来,吴氏宗祠遵循祖训,有两大祭祀活动:清明上坟和冬至祭祖。每到清明,族人相继到吴家祠堂聚齐,备好蜡烛、纸钱等上坟用的贡品,携带干粮和酒水,包上几只乌篷船,浩浩荡荡地溯涪江而上,一路上桨声咿呀,青幡高扬,直朝祖宗坟地进发。

冬至祭祖更是隆重。冬至前几天,会首就要做祭前的准备,采购祭品,操办酒席。冬至那天,在吴氏宗祠,人流进进出出,祖宗堂前更是人潮汹涌,往日沉寂的吴氏宗祠一下子热闹起来。祭祖仪式开始,堂内铜磬长鸣,几百人肃然敬立,长辈在祖宗牌位前秉香祈祷,晚辈儿孙依次进跪,随着铜磬的节奏声磕头作揖。堂外火炮齐鸣,一时震耳欲聋,烟雾缭绕,久久不能散去。

/ 人物英华 /

抱愧刘雪庵

李明忠

　　一个艺术家，他的作品获得广泛认同，无疑是人生快事。可是，有这样一位音乐家，他的作品知名度越大，命运就越悲惨。这位音乐家名列《大英百科全书》中的《世界名人辞典》。他的《长城谣》《何日君再来》《踏雪寻梅》《红豆词》等，都是中华音乐经典，唱红了几十位歌星，在东南亚、欧美各国的城镇和乡村流传了半个多世纪，历久弥新，魅力不减。谁知，盛誉带来的不是鲜花美酒，却是苦难和冤狱，他戴着"反动""汉奸""黄色"作曲家的帽子，从中国音乐学院享受司局级待遇的教授被贬为图书资料员，并被赶出京城到天津军粮场劳动改造，中风偏瘫，双目失明，抑郁而终。他的爱妻也为此心碎而含恨离开人世。

　　他的骨灰安放在八宝山革命公墓。

　　2005年11月25日，在中国国家图书馆音乐厅，紫红色的帷幕徐徐拉开，中国交响乐团少年合唱团的童音响起，《长城谣》旋律苍凉悲壮，扑入耳鼓。他的学生、亲友、同事、同乡和崇拜者，从台湾、香港、北美、西欧齐聚北京，追思、缅怀、纪念他。

　　这位音乐家名叫刘雪庵。

　　刘雪庵是个怎样的人？是什么原因让他受尽折磨和煎熬呢？

青年音乐家

　　1905年11月7日，刘雪庵出生在铜梁县城东门狮子坎盐店，家中有祖上传下的十几亩薄田，他是同父异母、雇农出身的熊氏所生的长子。他在男孩中排行第五（按照刘家族谱男丁排行为序），前面有两个哥哥和三个姐姐，后来又多了两个弟弟和两个妹妹。雪庵深得父母宠爱，童年充满鲜花与歌声。父亲是教师，喜欢音律，教他昆曲，吹箫抚琴。雪庵在父亲那里接受传统文化的教育，奠定了坚实的文学和历史基础。在小学里，他最喜欢听的是岳飞、文天祥、史可法的故事，爱祖国、爱民族成了他人生的主旋律。

1918年7月18日，大祸从天而降。巴川河发大水，雪庵的父亲因抢救公物不幸遇难。眼泪尚未擦干，更大的灾祸接连扑来：母亲、哥姐和妹妹相继染上肺病，惨别人世。刚在铜梁中学读完初二的刘雪庵无奈地辍学了。他一边协助大嫂挣钱养家，一边自学音乐、习字和读古诗文。十七岁的他当小学音乐教师。十九岁时，家境稍有好转，他考入成都私立美术专科学校，学国画，并向留学日本、擅长音乐的李德培老师学钢琴、小提琴和作曲。在此期间，雪庵参加学生进步组织"导社"，以擅写爱国歌曲享誉蓉城。1926年，二十一岁的他回到铜梁，任私立养正中学校长，兼城立高等小学音乐教师和铜梁中学美术教师。"四·一二"事变后，共产党员周克明被追捕，刘雪庵将他改名王天府，安排在养正中学任体育教师。双十节纪念和抗日大会，提灯游行，刘校长带领学生穿军装，背木枪，高唱："东三省，我国土。日本人，强占去。牢记心头，一定要报仇。"一年后，他去上海深造，就读陈望道创办的上海私立中华艺术大学。学生家长感谢他教书育人尽心尽力，各送一个银圆（五毫钱），共一百元做旅费。入校后，刘雪庵参加了宋庆龄、鲁迅发起的"自由运动大联盟"。1931年初，他考入当时中国最高音乐学府——上海国立音乐专科学校（简称上海国立音专），系统深入地学音乐，开始了音乐创作。

上海国立音专良师如云：校长是中国现代音乐之父肖友梅，他的麾下聚集了才华横溢的中国音乐、词学大师，他还聘请了世界知名的外籍教授。黄自、应尚能、李维宁、周叔安、赵伯海、朱英、龙榆生、易韦斋等，他们都是怀珠抱玉的国中翘楚。外籍教授齐尔品、查哈罗夫、苏石林、吕维钿夫人等，在国际乐坛早就亮出了瑰丽的风景线。

刘雪庵谦逊仁厚，潜心向学。他站在巨人肩上，眺望神州，激动的心弦拨响了壮怀激烈的乐章。

他的歌词《踏雪寻梅》，让国乐奠基人黄自爱不释手：

雪霁天晴朗，蜡梅处处香。骑驴灞桥过，铃儿响叮当。好花采得供瓶养，伴我书生琴韵，共度好时光。

黄自特别喜爱雪庵的歌词，语言精练、明白晓畅，深得宋词神韵，任意一句都情意无限。在刘雪庵、贺绿汀、陈田鹤、江定仙四大弟子中，黄自教授对雪庵钟爱有加，师徒联袂创作《踏雪寻梅》，风靡了中国乐坛，在中国音乐史上留下了一段感人的佳话。

一双海水般湛蓝的眼睛兴奋地凝视着刘雪庵。美籍俄人教师齐尔品读到刘雪庵的《飘零的落花》时，情不自禁地低声吟哦：

想当日，梢头独占一枝春，嫩绿嫣红何等媚人。不幸攀折无情手，未随流水转坠风尘。莫怀薄幸惹伤情，落花无主任飘零。可叹世人未解侬心苦，向谁去呜咽诉不平？

老师的无私高尚，慧眼识才没有国界之分。得英才而教，助学生成功，是为人师者最大的幸福与快乐。当刘雪庵谱成《飘零的落花》之后，齐尔品伸出手来，为刘雪庵搭起走向国际的桥梁。他把刘雪庵的《飘零的落花》《早行乐》《采莲谣》《菊花黄》名为"四歌曲"，介绍到东京出版；把《布谷》《枫桥夜泊》《淮南民谣》名为"三歌曲"，介绍到巴黎出版。齐尔品又在著名的《音乐季刊》上发表了一篇《现代中国的音乐》。文中特别称道："刘雪庵，一位很年轻的人，在他的钢琴作品、短歌及小曲中，表现出明显的中国风味，是一位极有前途的作曲家。"

刘雪庵登上世界音乐的大舞台，才情喷发，依风长啸，艺术人生从此光芒四射。这一年，他二十九岁。

两年后，齐尔品更是喜出望外，刘雪庵实现了他的心愿，写出了中国风味浓郁的钢琴曲《中国组曲》。这支曲无论在内容、旋律、和声上，还是在钢

琴织体、意境创造方面，都生动、准确而深刻地表现了独特的中国风味，扭转了当时的中国和日本作曲家过于崇尚西方古典浪漫音乐的倾向。齐尔品激动、欣慰又遗憾，《中国组曲》似乎来得晚了一些，没能像贺绿汀、江定仙、陈田鹤那样，在1934年的"中国风味钢琴曲"竞赛中获奖，但是，这支曲却具有里程碑的意义，是青年作曲家创作的具有"中国风味"的第一件成功之作！为弥补遗憾，齐尔品热情介绍《中国组曲》到美国出版和世界各地演奏。

刘雪庵是中国当代作曲民族化、大众化的重要奠基人。他的艺术风格是民族的、抒情的，上口有味，自然生动。在五声音阶的运用上，没有谁像他那样潇洒自如，无往而不妙！他的《春夜洛城闻笛》《飘零的落花》《踏雪寻梅》《红豆词》，听之扣人心弦。刘雪庵的歌曲脍炙人口，流传中外，誉满全世界。

万里长城万里长

"九一八"事变惊破了悠扬的抒情乐章，刘雪庵抛弃吟风弄月，发出铁与血的呐喊。他用高昂奋进的旋律，搅起长江大河的连天雪浪，唤醒民众，鼓舞同胞，投身抗日救亡的时代洪流。

父送子，妻送郎，母亲送儿打东洋。刘雪庵谱写《出征别母》：

母亲回头见，母亲回头见，孩儿去了，请你莫眷恋！这次上前线，是为祖国战。杀敌誓争先，光荣信无限！战！战！战！

易水萧萧西风冷，满眼同胞血泪。他鼓舞民众杀敌，创作了《前进》：

前进！前进！前进！听号鼓声声，破敌人营阵。前进！前进！前进！为民族生存，宁敢惜命？杀贼，冲锋，决不后人！

刘雪庵任学生会主席，主导着上海音专学生的抗日救亡活动，组织宣传队，到浦东演出募捐，支援东北义勇军和受难同胞；街头游行，声援北京"一二·九"爱国运动。这时，日本钢琴家近卫秀磨访问上海音专，给师生发表演讲。他仗着自己是日本首相的弟弟，会场又有日本特务壮胆，更加蔑视中国人，大肆鼓吹"中日亲善"。会场气氛压抑，听众敢怒不敢言。刘雪庵义愤填膺，浑身是胆。他跃上讲台，控诉日寇的侵略罪行。现场的中国人扬眉吐气，挺直了脊梁。

这里，值得一提的是，1933年，中央航空学校通过报纸向社会征集校歌，肖有梅、黄自等做评委。刘雪庵、贺绿汀、江定仙、陈田鹤等同学都精心创作，应征参赛。在众多应征稿件中，刘雪庵的作品脱颖而出，评为一等奖，获得200元现大洋奖励。他应该校邀请，做了一个学期的音乐教授，与国民党高级将领桂永清结识。谁知，二十年后，这便成了定性为"反动"的铁证。

刘雪庵用这笔奖金创办《战歌周刊》（后改名《战歌》），发表了贺绿汀、夏之秋、沙梅、陈田鹤、江定仙等人创作的抗日歌曲，推动了轰轰烈烈的抗日救亡群众歌咏运动。

刘雪庵还创作了《国家总动员》《民族至上》《空军军歌》《壮丁入伍歌》，号召民众把中华民族的利益置于最高地位，"工农兵学商，一起来救亡"！面对"豺狼虎豹都没有这样凶恶的东洋强盗"，我们要源源不断地补充新的壮丁，以"筑成新的长城"。他歌咏中国空军英勇杀敌，视死如归。后来，这些歌曲都成了刘雪庵"反动"的把柄，洗雪不清，越抹越黑。青年时期，他饱受战乱之苦，新中国成立之后，又在漫长的思想斗争中艰难度日，后又卷入反右斗争和声势浩大的"文化大革命"，历经风吹雨打，横遭荼毒。

我们评价文艺作品老是以人划线，以偏概全，脱离特定的历史条件，断章取义，彻底地、粗暴地、毁灭性地对待本来不多又非常珍贵的东西！

还是看看历史的本来面貌吧：中日开战之时，敌我双方实力有天壤之别。日本的陆军装备大体接近西方，而中国陆军连步枪也达不到一人一支，坦克、火炮更加缺乏；中国几乎没有海军，军用飞机仅仅三百余架，性能差，各种零部件依靠进口；日寇的海军世界第三，各种军用飞机三千余架，自己会造，随时补充前线。日寇具有绝对的空中优势，仅仅对陪都重庆就出动了五千余架飞机狂轰滥炸，造成两千多平民伤亡。年轻的中国空军哀军抗敌，斗志高昂。高志航、周开宇、阎海文、刘粹刚等民族英雄成为全国人民的偶像。他们以弱胜强，击落、炸毁敌机一千一百多架，连日寇空军的四大天王都相继断翅丧命，震惊世界，打破了日本空军不可战胜的神话。这些可歌可泣的民族精英，都因寡不敌众，英勇殉国！梁思成、林徽因夫妇认作义子的15名飞行员，也都壮烈捐躯，以丹丹碧血在蓝天上书写了高昂的民族气节。

歌咏这样的中国空军，刘雪庵何罪之有？！

我曾经多次造访枇杷山公园下的重庆市图书馆历史文献中心。在国内，那里的抗战文献资料最丰富。我小心翼翼地翻阅那些被岁月濡染得黑黄、沾满灰尘、极易脆裂的报刊，寻觅当时的舆论对刘雪庵这些歌曲评价的蛛丝马迹。我没有看到任何人对刘雪庵有任何指责。

真实的历史，静静地躺在故纸堆里，隔着岁月的云烟，以本来面目和我们对话。

木秀于林，风必摧之；才高于人，众必毁之。中国式的嫉妒，也是刘雪庵含冤蒙垢的原因之一。刘雪庵因卓著的音乐才华，进入国民政府第三厅。郭沫若任厅长，挂中将军衔，阳翰笙为办公室主任，刘雪庵为挂少将衔的设计委员，主要工作是继续主办《战歌》周刊，而另一位从武汉来的音乐家挂的是中校军衔。按规定，下级见着上级要行军礼。这在日后也成了罪过。这人指责说："刘雪庵为了炫耀级别高，老是在我的面前晃来晃去，让我不断给他行军礼！"

刘雪庵军衔高，在某些人看来，是因为跟国民党空军副总司令桂永清有来往。但是，据当年的学生、而今的中央音乐学院研究员汪毓和先生回忆，1947年，在苏州文教学院，他到老师家拜访，见着桂永清的照片。雪庵老师讲照片的来历时非常平静——那是"中央航空学校校歌"获奖后，桂永清送的。刘老师没有受宠若惊，也无炫耀的情绪，更重要的是，当时刘老师生活清苦，仅仅靠自己的薪金维持全家人的生计，跟国民党高层没有任何特殊关系。

第三厅聚集了当时中国文艺界的精英，单看音乐就有刘雪庵、冼星海、马思聪、张曙等大腕级人物，但重要创作大多由刘雪庵担纲。1938年1月，阳翰笙创作完历史剧《李秀成之死》之后，叫他的大女儿欧阳小华请刘雪庵配乐。音乐写完，阳翰笙很满意，就让大女儿拜刘雪庵为师。这出剧借古讽今，告诫人们警惕日本侵略者对国民党的诱降。该剧由蒋介石任团长的战时工作团下属的忠诚剧团，在重庆和上海的租界连续演出70场，反响空前强烈。特务密报忠诚剧团不忠诚，宣传了共产主义。1940年1月15日，綦江暴发震惊全国的血案：李秀成的扮演者、演员李英在枣子园被活埋，50多名演员被捕，有名有姓遭杀害的达210人，不知姓名的被害者还有50多名。在严刑拷打下，演员们共同守住配乐作者是谁的秘密，刘雪庵才幸免于难。

刘雪庵的音乐才华得到朝野公认。此前的1938年6月27日，国民党中央宣传部和国民政府军事委员会政治部共同颁发了《抗战一周年纪念宣传大纲》，确定7月7日为抗战纪念日，开追悼大会，建阵亡战士纪念碑。在纪念碑奠基仪式上，蒋介石讲话，陈诚致辞，郭沫若破土奠基，全体齐唱由郭沫若填词、刘雪庵作曲的《碑颂》。《碑颂》为古风盎然的四言诗，节奏单一，不像长短句错落有致，谱曲很容易呆板生硬。郭沫若推崇刘雪庵，请他谱曲。雪庵不辱使命，巧妙地将西方音乐和学堂乐歌、军乐融合在一起，将《碑颂》谱得简洁有力，紧凑短促，准确生动地表达出了赶走倭寇、争取自由、抗战建国的坚定信念。

国民政府第三厅在国共合作时，由中共南方局和周恩来直接领导。军衔高过同时代的其他有巨大影响力的音乐家，正好说明了一个事实：刘雪庵是当时中国最负盛名的、引导音乐潮头的领军人物，得到了国共两党的一致认同。

"七七"事变，抗日烽火燃起，黄自、李惟宁、贺绿汀、刘雪庵、江定仙、陈田鹤等组织了"中国作曲者协会"，宣传抗日。协会设在刘雪庵家中，刘雪庵主持常务工作。

1937年8月13日，日寇进攻上海，拉开全面侵略中国的序幕。刘雪庵用《中央航空学校校歌》所获奖金创办了音乐期刊《战歌》。上海沦陷后，《战歌》迁去武汉、重庆，出刊十八期，成为当时全国唯一的影响深远的抗战音乐刊物。贺绿汀的《全面抗战》《上前线》，夏之秋的《歌八百壮士》《卖花词》，刘雪庵的《长城谣》《流亡三部曲》，陈田鹤的《三·一三》和江定仙的《焦土抗战》等著名抗战歌曲都是通过这份小刊物传遍全国，从而掀起了声势浩大的抗日救亡歌咏运动。

《战歌》创刊不久，歌曲《松花江上》送到刘雪庵案头。这首凄婉哀告的旋律已在平津学校流传，刘雪庵被深深打动了，但又不急于发表。他想将《松花江上》扩充为三部曲，以激励斗志，共赴国难。

不久，上海沦陷，刘雪庵乘船去香港，遇到上海救亡会会长江陵，谈起对《松花江上》的看法，两人心有灵犀：太悲伤了！山河破碎，百姓流离失所，哭也无助，哀也枉然。过分悲哀，对抗战不利，要激励人民振作起来，拼死抵抗。

这一碰撞，就撞出了灵感的火花。江陵即兴写出《离家》：

泣别了白山黑水，走遍了黄河长江，流浪逃亡！逃亡流浪！流浪到哪里？逃亡到何方？我们的国家整个在动荡，我们已无处流浪，无处逃亡！哪里是我们的家乡？哪里有我们的爹娘？……谁使我们流浪？谁使我们逃亡？……我们应当团结一致，跑上战场，誓死抵抗，打倒日本帝国主义，争取中华民族的解放！

在颠簸的海船上，刘雪庵彻夜不眠，含着热泪谱曲。
江陵在香港赴广州的火车上写就《上前线》：

走，朋友！我们要为爹娘复仇。走，朋友，我们要为民族战斗。你是黄帝子孙，我是中华裔胄。锦绣河山，怎能任敌骑践踏？祖先遗产，怎能在我们手里葬送？走，朋友，我们走上战场，展开民族解放的战斗……

刘雪庵谱曲后，将《松花江上》《离家》《上前线》合成《流亡三部曲》传遍全国，"唤起国人，做前敌健儿之后盾"。

1937年，潘孑农写了个电影剧本《关山万里》，描写一位东北老艺人"九一八"事变后携老妻幼女流亡关内，颠沛流离中，自编小曲教育孩子牢记国仇家恨。途中，幼女失散，被一位音乐家收养。在广播电台支援东北义勇军的演唱会上，那幼女演唱父亲编的《长城谣》，父亲听到，骨肉重逢，但遥望故乡，有家难归……

潘孑农把剧本和歌词交给刘雪庵。刘雪庵读后，万分激动，决意精心谱曲。但是，影片因"八·一三"沪战大爆发，未能拍摄。

这年九月底，潘孑农在武昌的轮渡中，听见抗日宣传演唱，旋律优美动人，歌词十分熟悉，试加询问，竟是自己写的《长城谣》！他这才知道歌词经刘雪庵谱曲，广为传唱了。

万里长城万里长，长城外面是故乡。高粱肥，大豆香，遍地黄金少灾殃。自从大难平地起，奸淫掳掠苦难当。苦难当，奔他方，骨肉分离父母丧。

没齿难忘仇和恨，日夜只想回故乡。大家拼命打回去，哪怕倭寇逞豪强。万里长城万里长，长城外面是故乡，四万万同胞心一样，新的长城万里长。

百代公司的人在街头听到演唱，非常振奋。他们找到刘雪庵，请他推荐歌星演唱，制成唱片发行。刘雪庵看重19岁的周小燕，请她首唱。《长城谣》苍凉悲壮的旋律，深深打动了周小燕，一曲唱罢，名满天下。夏之秋组织的武汉合唱团到新加坡和东南亚各国巡回演出，演员高唱《长城谣》，观众就把金银首饰往台上扔，有的干脆随合唱团回国，参加抗战。

刘雪庵除作曲外，还巡回大后方各地指挥演唱。1942年，重庆遭日机轰炸后，在市中心的新街口矗立了宣示抗战到底的精神堡垒。7月7日这天，在李抱忱教授的指挥下，山城万人大合唱《长城谣》《流亡三部曲》。民族愤怒的呐喊，震撼重庆，震动全国。

综观刘雪庵的一生，计有五百多首歌曲存世，其中，有一半写抗战。他的这些歌曲，响彻在战壕里、操场上、课堂、街头、田野、车间。1940年，桂林新知书店出版的《新歌初集》，收录了"九一八"事变以来的歌曲代表作十首,刘雪庵入选的有《流亡三部曲》(之二、之三)和《长城谣》,与聂耳形成了双峰并峙的奇观。

反右运动兴起,刘雪庵无端卷入政治斗争的旋涡,成为中国音乐界头号右派。他由享受司局级待遇的教授被贬为图书馆资料员。歌曲尘埋土掩,渐渐被人遗忘。

半个世纪以后,《长城谣》又掀起新一轮的传唱热潮:1982年秋,香港著名音乐家林声翁、张汝钧等主办"中国近代音乐史声乐作品展",《长城谣》名列其中;接着,北京广播电台介绍"五四"以来的优秀歌曲,也播放了中国音乐学院合唱的《长城谣》。

1984年央视春节联欢晚会上,香港爱国歌手张明敏,怀着一颗赤子之心,深情演唱《长城谣》,再次唤起人们沉睡的记忆。不久,上海歌手沈小岑录制此曲的磁带,大量发行海内外。

在港台、在东南亚、在欧美,华夏子孙聚会,歌唱《长城谣》是首选。《长城谣》已经成为中华文化的典型符号,维系华人血浓于水的亲情。她优美的旋律和炽热的感情永远在中华儿女心中荡漾……

何日君再来

上海沦陷了,抗日歌曲不能唱,刘雪庵的另一支歌曲《何日君再来》却流传开来。

好花不常开,好景不常在;愁堆解笑眉,泪洒相思带。今宵离别后,何日君再来?喝完了这杯,请进点小菜,人生难得几回醉,不欢更何待?今宵离别后,何日君再来?

词曲柔美凄婉,如绕指缠绵的温柔。花红酒绿之中,有不胜别离的忧愁:上海沦为孤岛,人们变得醉生梦死,及时行乐了吗?不是。四郊严密封锁,出入万分困难,认真做个良民,又万分不愿。罩在头顶上的几乎永远是黄梅季节怨愤、抑郁又晦暗的天空。朋友今朝相见,不知能否重逢?在屈辱甚至死亡面前,上海人表现出难得的安详与从容。苦难在加深,生活在继续,战斗也在继续。上海的绅士、淑女们时刻期待一个希望的到来,像沙漠中的旅者期待清泉,像农民期待久旱后的甘霖,像高尔基期待行将到来的革命的暴风雨——期待光复上海,光复河山!《何日君再来》是上海人抚慰心灵创伤的良药,是渴盼自由幸福的内心表白。

这支流行曲,是刘雪庵在上海国立音专毕业茶话会上,应学弟学妹之邀的即兴之作。1936年,上海艺华影业公司拍摄的一部由周璇主演的歌舞片《三星伴月》,导演方沛霖请刘雪庵写一支探戈舞曲,刘雪庵便把这早已流行的曲子交给了他。方沛霖请编剧黄家谟填写了歌词,这便是后来著名的《何日君再来》。这支歌让刘雪庵更负盛名,却毁掉了他的后半生!

《三星伴月》讲述歌星秀文与实业家姜宗良的爱情故事。秀文歌声美,吸引了姜宗良,他们相爱了。由于误会,秀文痛苦地离开了姜宗良的工厂。而此时,厂里一项新产品成功,秀文接受邀请,满怀深情地唱了一曲《何日君再来》。深情哀婉的旋律、伤感动人的歌词,深深地打动了观众。《何日君再来》风靡上海、南京、北京、天津等城市,流传到偏远乡村,还走向国际,产生了广泛的、始料不及的影响。周璇因此一举成名,轰动一时,成为歌星影后。

《何日君再来》成了爱国者行动的暗号。在蔡楚生执导的抗日影片《孤岛天堂》里,舞女探听到敌人的情报,掩护爱国青年巧妙将敌人一网打尽,当爱国青年撤离时,舞女目送他们,唱"今宵离别后,何日君再来",依依不舍,一语双关。

接下来,李香兰(日本歌星山口淑子)主演日本侵华电影《白兰之歌》和伪满时期上演的《患难之交》。李香兰用中日两种语言演唱了《何日君再来》,灌制唱片畅销日本,遭到上海工部局传讯。据李香兰在自传《我的前半生》中回忆,查禁的理由是:"任何一首软绵的情歌,都会使军纪紊乱。""唱这支歌是希望国民党或者共产党回来。"

《何日君再来》不胫而走,刘雪庵在重庆懵然不知。那时的重庆,炸弹轰

响,传单飞舞。人们才见到由李香兰唱的歌词,后又听到沦陷区汪伪政权的电台广播此曲。是年九月,重庆警察局督察长调任成都,惜别酒会上,警局女职员声泪俱下地唱出此曲,《新民晚报》全力炒作,此曲因此开始流行。刘雪庵此时才知作品被俗用,却无可奈何,又知敌伪将此曲用作心理战的工具,更是愤恨难平,投诉无门,辩解无用!

二十年后,刘雪庵因此被斥为"汉奸文人",他的名字连同他的歌曲都被删除。妻子乔景云惨遭连累,含恨而死。

《何日君再来》在台湾红极一时。邓丽君嗓音甜美,深情演绎,让她更加浪漫妩媚。邓丽君对这支歌钟爱有加,把它收入17个专辑中。

高胜美对《何日君再来》做出新解,用萨克斯渲染离愁别绪,吉他伴奏,军号铺垫,演唱温柔细腻,仿佛空气中都凝结着剪不断的相思之愁。

陈松伶的《天涯歌女》、吕珊的《老歌集2》、叶丽仪的《想念依旧(第2辑)》、费玉清的《一剪梅》、王珺的《乐海新声》、刘罡的《君再来》,以及徐小凤、凤飞飞、陆苹、黑鸭子合唱组在不同的专辑里,都收录了这支名曲。

《何日君再来》的旋律深情凄美,歌词古香古色,是地道的中国特色、中国气派。离愁别恨,聚散无常,说的是平常话,诉的是民众情。海峡两岸歌星根据自己的理解,不断进行二度创作,文化同宗同源、血浓于水。这是真正意义上的传世经典,超越了族群、阶级、国界,是全人类共同的财富。

可为什么这首歌就成了"黄色歌曲""腐朽没落"呢?

长期以来,我们一味要求文学艺术积极向上,振奋人心,于是,像《何日君再来》这类缠绵伤怀之作,就成了资产阶级的靡靡之音。我们细品《何日君再来》,就会发现她是从"对酒当歌,人生几何""劝君更尽一杯酒,西出阳关无故人"中脱化而来的。古典的是佳作,今人的怎么就成了"黄色歌曲"了?

春天有五彩七色,才烂漫可人;心中有百结愁肠,才感人至深。我们不能只用一个标准取舍作品,评价作者。大江东去,气势豪迈,催人奋进是佳作;晓风残月,凄清婉约,黯然销魂也是名篇。

刘雪庵的一生都在奋进，追求自由、民主和光明。上海国立音专因抗战内迁到青木关。刘雪庵在国民党军警林立的刀枪之中，指挥学生高唱民主歌曲。郭沫若奉周恩来之命创作话剧《屈原》，借屈原之口大骂国民党。刘雪庵不顾特务的威胁，毅然为话剧《屈原》谱曲。《屈原》演出，轰动重庆，大街小巷都响彻着屈原"把这黑暗的世界劈开、劈开"的呐喊。

当局惊恐万分，为抵消屈原的影响，国民党教育部次长顾毓琇编了历史剧《苏武牧羊》，也请刘雪庵配乐。刘雪庵婉言谢绝，激怒顾毓琇，丢了璧山国立音乐师专教授的饭碗。

南京第二档案馆中还保留着蒋经国给社教学院院长的一封密信。蒋经国当时执掌国民党国防部保密局，亲笔信中点名要监视的教授，就有刘雪庵。苏州解放前夕，刘雪庵在苏州文教学院（即现在的苏州大学）任教，他组织师生护校，把学校仅有的五根金条交到解放军军代表手中。

新中国成立后，刘雪庵以极大的热情迎接新生的红色政权，写下了《庆翻身》《民族解放进行曲》《全世界人民团结紧》等优秀歌曲，这些歌曲在20世纪50年代广为流传。

1976年10月，十年浩劫结束，刘雪庵谱写了《衷心曲》：

经历多少苦难，尝遍多少艰辛！如今日出乌云散，化雪融冰，迎来个百花齐放大地春！他重整笔砚，百倍信心，老当益壮，焕发青春……

中央戏曲学院院长金山探望刘雪庵后决定把郭沫若的《屈原》重新搬上舞台。四十年前，刘雪庵写的曲谱已丢失，他追忆重写，老剧枯木逢春。

在那些被踩躏的日子里，刘雪庵没有沉沦和颓丧，他偷偷地翻译法国经典悲剧《卡门》。《卡门》集中尖锐的戏剧冲突、扣人心弦的悲剧力量，伴随他度过难熬的日子。他在艺术的天地里昂首挺胸，执着前行。

1979年，刘雪庵参加了第四届全国文代会并被选为中国音乐家协会候补理事，但《何日君再来》因为邓丽君的演唱走红，仍被指责为"黄色歌曲""汉奸歌曲"。

"不管洗多少遍,这些无情的纸牌,总告诉你死!"卡门深沉而哀伤的内心独白,在刘雪庵心头萦绕。他彻底崩溃了,眼底出血,视网膜脱离,双目失明,从此卧床不起,哽咽难言,终日以泪洗面。"最难风雨故人来",苏州市前文化局局长谢孝思看望他,刘雪庵拥着老朋友失声痛哭。

音乐使他坠入无底深渊,万劫不复。

什么都可以作,就是不要作曲!

终于春天来了,滚滚春潮涌向天涯。《北京晚报》记者沙青走进刘雪庵的家。三天后,《北京晚报》刊发专稿,刘雪庵读后号啕大哭,泪如雨下。一个个见证人站出来为《何日君再来》鸣冤,为刘雪庵鸣不平。

真相大白于天下,可惜来得太晚,刘雪庵已作古半年,于1985年3月15日病逝。

死是冷酷的,但是,活着比死更冷酷!

刘雪庵死了,死不瞑目!

今朝离别后,刘君不再来!

一支歌负载着厚重的历史和一个音乐家半生的坎坷。

1985年5月8日,在八宝山革命公墓,中国音乐学院举行刘雪庵追悼会,由中国音乐学院副院长杜利致悼词,参加追悼会的有文化部副部长周巍峙、中国音协主席吕骥等。《北京日报》《人民日报》《光明日报》刊发消息,称刘雪庵是著名的音乐理论家、享誉中外的作曲家、深受学生爱戴的教育家。

公正终于降临,可惜已经迟到!

死后万般浮名,不如生前一丝敬意!

刘雪庵的旋律、音符,浸透了他的热血和泪水,是真正的心灵的产物。发自内心,就能进入人心,哪怕被千般阻止、万般踩躏,真情在人间,永远不泯灭。放眼看吧,跟他同时代的天才的语录,还有几人记得?

在进入21世纪的前夜,《何日君再来》生命力越发旺盛。《周璇歌曲一百首》《中国电影音乐寻踪》《老歌》《〈同一首歌〉——二十世纪中国流行歌曲精品》相继选录了这支歌曲。

七十年过去了,《何日君再来》悠扬的旋律仍在大地回荡,随着时间的推移，她越发清新皎洁，光彩照人。不同肤色的人们唱着她，唱人世的沧桑、岁月的流逝，唱对友人的怀念、对爱情的呼唤。

今天，隔着岁月的云烟，回首《何日君再来》这桩公案，它给我们深深的启迪和警醒：评价一个人必须实事求是，尊重历史，尊重事实，一棍子打死和全盘否定都是错误的。从严重的错误中吸取教训，我们的事业才会有无限光明的前途和未来。

对面山上的姑娘

吴景娅

一

我似乎是冲着两个男人去的铜梁。刘雪庵与金砂,两个长相很重庆、很川东的男子,纤瘦、文弱而沉默,眉眼间放出的是和平鸽,不带任何杀气,更别说攻击性。

西望重庆的铜梁,常觉那方天空有一种奢侈的豪华。两位中国重量级的作曲家像双子星驻足于故乡的天空,无言而大美,让铜梁的夜到底与别处不一样,被音乐喂养得活力四射、风情万种。一寸寸的时光,一寸寸的夜色,都把音乐当成了主食:《红梅赞》《何日君再来》……人民公园的音乐喷泉也有了铺天盖地的华丽,水被现代科技的魔指拎到 80 米的高度,擎天一柱射向苍穹。与它共赴天际的只有音乐。它有多高,音乐就有多高。它与音乐像地球两个长得乖巧的花童,捧着娇艳欲滴的花束喜气洋洋地走向天空的盛坛,那里仿佛正有一场婚礼喧喧地开始……

透过音乐喷泉斑驳的光亮,我观察着铜梁人的表情。他们或许看了 N 多次了,仍是一副喜悦的样子:仰头、专注、如痴如醉,嘴角溢出心满意足的笑意。那是铜梁人写出的音乐。那人或许是他们的祖辈、爷爷辈、老表姑爷……总之是与他们一样看着巴岳山的云起云落,喝着涪江、琼江或平滩河的水长大的人。他们就是他们。他们的音乐就是他们的音乐。所以,当他们的至亲至爱刘雪庵与金砂随着那水柱爬到 80 米的高度,快爬到天空最深邃的密室去的时候,他们也情不自禁地手舞足蹈起来,仿佛追逐铜梁的"火龙"时,两手便变成了龙的头、身子、脚、尾巴……变成的龙，随着黑夜呼啸着的火焰，"轰"的一声飞腾上了天……这成了铜梁人心知肚明的共同秘密，他们是一群会飞的人。不信你看铜梁地图，尤其是旅游全景图，她真像一个侧身、歪着头，甩动双袖，身轻如燕地边舞边飞的人。这动感十足的地图无疑是千真万确的铜梁密码。

刘雪庵与金砂（本名刘瑞明）都是刘姓弟子，又是师生。巧合的是，他们的名字似乎都与艰辛、磨砺、承受这些意思扯得上关系。雪庵，宛如一幅画面：冬季雪茫茫的三九天，唯有庵院若隐若现。那是信仰的气息，淡定、坚韧。金砂石，因发出金星般的光亮而命名。它实质就是一种玻璃，易碎。但它与其他金属掺和在一起，经高温烧熔，冷却后变成了另一种物质，闪耀着神秘与绚烂的光芒，或红或蓝，呈现在世人面前，有安神祛惊、帮助睡眠之功效。

不知当初两位音乐大师取名字与艺名时，有没有找人算过？是否想过不凡的名字有时竟会把其一生算计得既闪亮又坎坷？

因创作歌曲《何日君再来》而半生凄苦、寂寞的刘雪庵这些年重新被人熟知。其中最大的贡献者是老乡李明忠先生，他为刘雪庵立传。明忠先生花了十多年时间，走南闯北去搜寻资料，采访幸存者，呕心沥血地写出了几十万字的《何日君再来·刘雪庵传》，终于把"一个被历史屏蔽数十年的音乐大师清晰地呈现在世人面前"。人们终于知道，中国音乐名人光耀的殿堂除了冼星海、聂耳这些豪放派，也有刘雪庵这样的婉约派。抗战时，国难当前，他写出了回肠荡气的《长城谣》《流亡三部曲》，并为郭沫若的历史剧《屈原》做了全部的配曲与插曲。《何日君再来》并非"汉奸歌曲"，仅仅是为了凭吊他早逝的女友……

我是在一个秋日的雨夜读这部传记的。近处扬子江的汽笛声像怨妇的哭泣不绝于耳，让我不寒而栗。却发现眼角流出的泪像垦荒者，把我的面颊翻耕了个遍。那一刻我竟无比感激铜梁：怎样毓秀诗意的山川与人文，才会被天才选为生养的故乡？何种地方会让众多弟子心灵手巧、成龙成凤？故乡与天才之间是花朵与果实的关系。人的童年乃至青年时代所处的生活环境将很

大程度左右其人生选择，决定其气质与风格。这便是为何古代诗人中，浪漫派多出自南方的原因，丰富的想象力与忧郁的气质伴随他们走遍天涯而不改。而北方尤其是中原诗人却更为豪放、旷达。

二

金砂与他的老师刘雪庵一样，皆属天才型的艺术家、音乐痴迷者。可以说，他们二人的相似度达到了百分之八十以上，他们的文质彬彬、略带忧伤的面容以及病梅瘦鹤的气质，甚至他们沉浮、绝望、柳暗花明的人生经历都高度相似。

金砂，这位生前没有出过一张音乐专辑唱片、一盘磁带、一本音乐专辑书籍的音乐家，直到现在，仍沉寂于人们的视线之外。我曾在百度上通过不同的关键词去"度"他，资料极少。甚至在一条百度资讯里，20世纪40年代问世的经典歌曲《牧羊姑娘》的词曲作者竟写为佚名……

或许绝大多数人都不知道这首歌的词作者叫邹荻帆，曲作者叫金砂。而铜梁人金砂不仅十九岁就以为《牧羊姑娘》谱曲一举成名，后来还成为大型经典歌剧《江姐》的主创人员。中国那些跳坝坝舞的大妈们百听不厌的《红梅赞》《绣红旗》便有这个男人的心血。只是可能没有哪个大妈去打听过：这些差不多要陪伴她们一生、已经融入她们血液里的曲子是怎样一个男人呕心沥血的生命呈现？这个男人因为它们遭遇了多少磨难，经历了多少挣扎？

记得我和友人在奥地利阿尔卑斯山下看到绿茵如毯的草坡上牛羊成群，像滴落人间的云朵，就不禁哼哼起《牧羊姑娘》来，"对面山上的姑娘，你为谁放着群羊……"很忧伤的曲调被我们唱得嘻嘻哈哈。而且我们还在为这首歌是中国人创作的还是外国民歌争论了半天……

其实，《牧羊姑娘》自20世纪40年代诞生以来，仿佛一直被置于云烟之中——因不可言状的美和神秘忧伤而吸引着无数歌迷竞折腰，也因所谓的小情小调为主流歌坛所排斥。然而，人们的口口相传，经久不息的传唱，才是它汩汩流动着的生命力，就像"对面山上的姑娘"永远像一颗朱砂痣镌刻在她们初恋少年的心口上……

　　我一直觉得《牧羊姑娘》是中国最具有生命悲悯意识与人文情怀的歌曲，它的深度与深情在世界歌曲大家庭中也为翘楚。它是中国版的《三套车》。只是比起《三套车》来，它涓涓流出的是东方古国哀而不伤的内敛之情。

对面山上的姑娘
你为谁放着群羊
泪水湿透了你的衣裳
你为什么这样悲伤

山上这样的荒凉
草儿是这样枯黄
羊儿再没有食粮
主人的鞭儿举起了抽在我身上

对面山上的姑娘
那黄昏的风吹得好凄凉
穿的是薄薄的衣裳
你为什么还不回村庄

北风吹得我冰凉
我愿靠在羊儿身旁
再也不愿回村庄
主人的屠刀闪亮亮要宰我的羊

　　可望而不可即的姑娘，孤独地待在黄昏的寒风里，陪伴她的只有羊群。她泪流满面，不为自己凄苦的命运，只为被主人屠杀的羊们——那是些无法主宰自己生死的小生灵呐，最善良无辜的生灵……她自己不也是这样弱小、

任人宰割吗?然而,她偏偏要扮演强者,试图让自己的手臂变成山脉那样长,把自己的羊放牧在视野之中。让它们活着,像小学生专心识字一样低着头啃着青草,偶尔心有旁骛,也只是贪看美好的河流与蓝得像梦幻的天际……为此,她愿永远在山野里流浪而不回村庄。多么让人动容的姑娘啊,凄美、善良、诗意,满身的仙气……她应该是中国歌曲中最让人心仪、心疼的姑娘。

我在揣摩:无论诗人邹荻帆写这首诗时,笔下的姑娘来自哪里——漠北、黄河崖边或青藏高原的茫茫旷野,而曲作者金砂心中的伊人只会来自他的故乡渝西山地……"对面山上的姑娘",随着第一个音符像满腹心事的蝴蝶翩然而出的,是巴岳山岌岌崖边穿青花蓝布的女子:细眉细眼,肤质细腻紧致,体形不阔壮,甚至瘦小羸弱,身段凹凸有致,楚楚动人。这是个典型的川东女人的形象。尽管人世间以暴虐相待,但山川多情,时晴时雨、云雾缭绕的气候却赐她白皙、精致的容颜。而凄苦的表情——泪,存放在一张美丽的脸上,那么凄苦便会被放大一百倍,美丽也会被放大一百倍。

可以想象才十九岁的金砂,一个正值少年钟情时光的金砂,面对这个"对面山上的姑娘",该是如何柔肠寸断,生出无限的同情心与保护欲……他创作出的哪是看不见摸不着的音符、旋律,是他那颗满怀悲戚的叫红颜色的心,是他掏心掏肺的情话……

《牧羊姑娘》的旋律并不复杂,单纯、朗朗上口,带着朴实山野小调的多情与坦诚,很有南方特色。它仿佛是溪水与层峦叠嶂共生的女儿,顺势而为,天然生动。尤其是用笛子独奏时,让人感觉到有一股初春的风,携带着油菜花身上残雨的湿润,穿过巴岳山口那棵分而合、合而分的古老黄葛树,停泊在了悬而无依的棋盘石顶。这些千古的奇树怪石,都是大自然的生死博弈、绝命挣扎创造出的奇迹。每一种不可思议都是不可思议的悲壮和劫后余生。

十九岁的金砂在谱写这首处女作品时,巴岳山的奇树怪石会不会像一大堆亲戚不请自来地拥进他内心的屋舍?会的。十九岁那年,他正读抗战时期位于巴县青木关的国立音乐学院作曲系,刘雪庵是他的老师。国破山河在的年月,所谓的陪都也是在血与火的刀刃上讨生存,一个来自边远小县青年的音乐求学生涯谈何容易?金砂在物质消费上把自己缩小,缩成蜗牛般大小,一身灰布长衫成了他唯一的壳。无论春夏秋冬，他都顶着这个壳去抵御自然界与人世间的寒来暑往。他那颗对贫穷、饥饿、哀伤、不公平社会异常了解和敏感的心，当然会对故里山河的悲喜了如指掌。"对面山上的姑娘"何尝不是他对夜夜入梦的河山的一种惦记与抚摸……

《牧羊姑娘》是在20世纪40年代问世的，首先由上海歌唱家喻宣萱唱红，旋即在全国流行，因为歌中抒发的悲伤之情、不安全感以及对弱者甚至哪怕是对动物的同情与悲悯都是那个时代共有的情绪。看似小情小调的它像闪闪银针刺中了当时国人的痛点。他们唱着，恍惚间对面山上便出现一个等待他们解救的姑娘，抑或他们自己就是那个等待解救的姑娘……

斗转星移、沧海桑田，到了20世纪50年代，这首优美而哀愁的歌不但没消失，反而流传到捷克、苏联、前南斯拉夫、罗马尼亚，甚至与中国没什么往来的日本。善于"偷艺"的日本不但做了若干编曲，还将其改名为《养花姑娘》……或许就是因为它流传地域广、时间久、并且已成为全人类共享的经典歌曲，所以常被不少人误认为是青海、宁夏一带的民谣，甚至被误认为是一首外国的民歌……

《牧羊姑娘》强悍的生命力在世界歌曲传播史中也堪称一绝。"文革"十年浩劫中，所有关于人类情感的抒情歌曲都被当成"黄歌"禁唱。几亿张嘴只能唱几个人规定的歌曲、"样板戏"，那时的中国人何等悲哀。

但有一群人把当时许多的"黄歌"带到了深山老林、最边缘的田间地头……因为荒野与青山会以它们的良善和沉默来聆听这些被放逐者的吟唱。

这群人叫知青。

我的一位朋友对我讲过他当知青唱这首"黄歌"时的情景：劳作了一天的少年娃，从坡上回到密不透风的黑屋里，饥肠辘辘，还得自己烧柴火，做清汤寡水难见米的稀饭。总算把肚子喂饱了，他便跑到屋后的小溪洗澡祛暑。等这一切形而下的事情完成后，他终于可以坐在院坝里乘凉，来点形而上。那是他觉得唯一活得像个人的时候。

月亮是个多情物，不分贫富贵贱地把它的光辉赐予所有人。孤独知青的院坝同样月华如水，月光把青涩的脸庞照得无比清晰，包括他刚刚探出头的

黑胡须、被晒成酱紫色的鼻头、一层层土崩瓦解的脸皮以及极度迷茫的眼神。朝着黑黢黢的大山,他猛吼一声:"对面山上的姑娘……"心里突然好受了许多……一个具象或完全模糊的姑娘的身影渐渐走近,撩动、抚慰着他年轻而动荡的心……

"那时我们真把这首歌当情歌唱,一唱就有要去为女人打抱不平、保护她们的冲动。这首歌是为男人写的,教男人如何成长为一个男子汉。"现如今已六十有四的他,说起《牧羊姑娘》仍像十七八岁的小伙儿那样动情。

可以说,每一个喜欢这首歌的人,内心都藏着一个"对面山上的姑娘"。这个姑娘激发出他们人性中最美好、娇嫩的东西,在风清月朗的时刻起飞,去与他们的初心会合……

三

十九岁时创作的处女作就唱红全国,具有天才气质的金砂应该要风得风、要雨得雨,如此才华横溢,配得上好命来嘉奖。可惜他生不逢时,遇上了中国最动荡与贫困的四十年代。他谱曲所得的钱不够买一本音乐杂志。他只能以替学校刻钢板字、演出伴奏来赚钱,来维持自己求学的各种费用。然而,这样的辛劳严重地损害了他本来就体弱多病的身体。他病倒了,只好辍学,回故乡铜梁。

铜梁,早在2万年前便有先民在此行走,春秋战国时形成集镇,唐朝建县,人文历史厚重而悠远。这里六水绕城,极具图案感的丘陵地貌如海浪涌动,无尽的盘旋如低回的音乐,给人实实在在的安全感与归属感。出名后第一次回乡居住的年轻作曲家,又可天天望着巴岳山的云雾,"销我亿劫"了。充满智慧的老祖宗把这四个字刻在木匾上,似乎就是为了在某个时刻说给自己的子弟听的。

故乡成了金砂最好的疗伤地。他迅速把身体调养好,又考入位于成都的四川国立社会教育学院艺教系学作曲。这所学院后来迁到江南古城姑苏。金砂出川了,离故乡越来越远,到一个与川渝地域、文化、风情迥然不同的江南去求学、娶妻生子，长期做了姑苏人。他万万没想到，在他人生最落魄、艰辛的时候，命运的小船会再一次把他送回故乡……

20世纪60年代，金砂也曾大红大紫——喜气洋洋、具有民歌风味的《毛主席来到咱农庄》是他做的曲。那年头，这首歌在整个中国唱疯了，成为每个对党和领袖心怀感激的人的必会歌曲。而作为大型歌剧《江姐》音乐的主创者之一，他获得的声誉与荣耀更是达到巅峰。他受到了毛泽东、刘少奇、周恩来等党和国家领导人的接见，是一个站在领袖身边合影的幸运儿、举世瞩目的幸运儿……

然而命运的荒唐与荒诞性谁人能敌？尤其是在一个荒唐、荒诞的时空，它的罪行更是罄竹难书。

仅仅几年时间，金砂就从一位站在领袖身边合影、熠熠生辉的大作曲家变成了"臭知识分子""罪人"，被勒令从"空政"复员，发配回家乡铜梁当农民。

1965年的铜梁，虽然穷乡僻壤，特别是农民还在贫困线上挣扎，但故里依旧以巴渝西地人特有的厚道、乐天豁达的禀性来拥抱远方归来的失意人。在铜梁人眼中，金砂仍是他们的骄傲与至亲至爱。云雾掩护的山坡上，偶尔有姑娘用尖尖的嗓音放声唱："红岩上红梅开……"地广人稀的坡坡坎坎、山涧溪流谁也不懂得去做个告密者。而金砂竟懂得放下——曾有的无限风光、领袖握手的余温、记者的追逐与风暴般的掌声，皆化为云烟。在铜梁南郭鱼溉村，只有农民金砂。

四十多岁的人了，他从头学干农活。每天大清早，他从住处巴川镇李家湾到当时的生产队，跋涉7里，星月送他来回。

星月是他沉默又忠实的朋友，目睹他的疲惫不堪、憔悴不堪却又爱莫能助。他与所有农村男劳力一样，春栽秧，夏收苞谷，秋割稻。渝西的毒日厉风，把他身上的水分一点点挤掉，挤得干瘪瘪的，却紧实、坚硬。他的皮肤被晒成酱黑色，他宛若一枚串了种、用钉锤都砸不开的铁核桃。他还学乡亲，腰上捆着帕子，别上烟袋，穿一双水爬虫草鞋，摇一把破蒲扇，哐当哐当地走在田坎上。

他孤独一人在铜梁当农民,再苦也不愿牵连到姑苏的妻儿。这是一个男人的尊严、爱、责任。何以解忧?唯有音乐与杜康。尤其是音乐,已成为他生命的一部分,已成为他活着的动力与使命。他对音乐的苦恋,总让我想起聂鲁达的一句诗:"而当悲伤的风四处屠杀蝴蝶,我爱你,我的快乐咬着你李子般的唇。"

这个咬着音乐之唇的男人,李子的果香总带着他从现实越狱:插秧的大田间,有年轻的崽儿吼起山歌,他立马抹掉两手泥水,从裤兜掏出笔与纸,轻车熟路地就把谱子记了下来;走人户(串门)遇到老太太豁着无牙的嘴,唱小曲,他像叫花子捡到了金子,边听边记,黑脸庞如铁树开花,灿烂无比;春里山间行,有牧童哼着歌骑牛走过,他会即刻上前相邀,扶人家下来,热络地与之称兄道弟,只为请小兄弟把刚才唱的再唱一遍……铜梁的民间音乐富得流油,号子、神歌、薅秧歌、灯戏、坐堂歌……他左顾右盼,像贪婪的蜜蜂,在花田失踪。他随时都掏出笔与本子的动作,他听到山歌小调就两眼放光的模样,他孑然一身、独向一隅、品着淡酒、哼着曲子、宠辱皆忘的神情,让不少铜梁人至今难忘。

铜梁籍书法家肖富雄那时便与金砂结下不解之缘:金砂后来在铜梁县城居住时,他们曾是隔壁邻居。"当时人们的娱乐方式以听广播、唱歌为主。金砂与别人不同,总是手拿一支笔和一个记录本,一边听歌一边记录乐曲。"肖说。他接触音乐就是从帮金砂抄曲子开始的。后来,金砂给他系统地讲了乐理常识,他也渐渐成长为业余作曲家,还获过重庆市大奖。

金砂的这段经历,不知为何总让我对铜梁的名字产生一些联想。"铜梁"这个名字因辖区内有"小铜梁山"而得名。据传,"小铜梁山"因太阳照在山梁上,裸露的山梁呈古铜色而得名。

铜不似金那么具有诱惑性,放在哪里都君临天下,也不像铁那样冷着面孔,寒光闪闪。铜是一种过渡元素。纯铜是柔软的金属,表面刚切开时为红橙色,带金属光泽,单质呈紫红色,延展性好,导热性和导电性高。

铜虽属于金属,但它有温暖的光泽、柔软的心肠。更重要的是,它默默无言的承受力——在这石破天惊的承受力下,是石破天惊的奇迹……

在铜梁的安居古镇,路过一家小面馆,专门有牌子注解:英雄邱少云曾在这里当过丘二(打工仔)。他做事勤快,待客热情……我打量着不大的小面馆,竟无吃客。走了几步,似乎身后有人叫,回头,哪里有人啊?

金砂也是一个英雄啊。当命运的大火铺天盖地、呼啦啦地烧过来时,他匍匐在地,脸浸入尘埃,双手扎进泥土里,变成了树或草的根须。他一声不吭,一动不动地趴在那里,与他的同乡兄弟邱少云一样固守一种做人的原则。

其实,刘雪庵也一样,无论命运把他驱赶到何种悲惨的境地,他一只手捂住伤口,另一只手仍要攥住音乐。这几乎成了本能,真正的音乐大师的本能……

铜梁男人都不是牛高马大的力拔山兮型。他们大多瘦小、文弱,风轻云淡地一笑,是隔壁兄弟和居家暖男的表情。但骨子里仿佛被铜梁的铜镀过了性子、风骨、命运走向,所以他们才敢玩世上最危险的游戏"火龙"——男子赤裸上身,在铁水与火焰间穿行,却毫发无损。这需要技巧,但更需要毅然的舍。毅然也包含了从容与坦然。就像火与火药的亲吻,毁灭一个旧世界便会创造一个新世界。为大义,铜梁男人是不会孬的——干!

四

第二次返乡,金砂待了十多年,成了真正意义上只管耕耘不问收获的大地之子。1977年,他终得平反昭雪,回到苏州与妻儿团聚。然而光阴蹉跎,他在那自古被称为温柔富贵乡里,在那些七拐八拐的雨巷、平平仄仄的青石板上行走的背影,已经出现了老态。他更清瘦了。一张他专注看书的照片里,眉宇紧锁,嘴角也不轻松……据说在苏州昆剧团工作、担任苏州市音协主席的金砂,那时心里一直很着急。他知道自己的音乐才华已被十多年的荒诞岁月侵蚀了太多太多,他还想再给这个世界留下一些美的、善的、别致的、经典的音乐……他先后为苏剧《五姑娘》、锡剧电视连续剧《青蛇传》、歌剧《椰岛之恋》《木棉花开》等一系列地方戏剧和歌剧谱曲,为苏州市的音乐戏曲事业做出了重要贡献。但是,依然没有哪首歌超过《牧羊姑娘》,哪部歌剧超过《江姐》……

在苏州过了二十年平静的生活后，金砂走了。我想，他多少是带着遗憾上路的。有人说，人走时，会满世界地去收回他们曾经生活过的地方的脚印，把它们当成最贵重的行李带上天堂。他们害怕走过了奈何桥，喝了孟婆汤便会完全忘记自己前世是干什么的……

我想金砂第一个会收回的肯定是他在青木关国立音乐学院学作曲时的脚印。那是青春年少、锐气冲天的脚印，满是十九岁的登高望远。那是他和"对面山上的姑娘"共同踱出来的路程，深深浅浅，平平仄仄，如一行行音符伸向许多灵魂的悸动处……

的确，这个世界给金砂的时间太少、安宁太少，关注与赞美也远远不够……作为一位重庆的写作者，我觉得自己对这位重量级的乡亲、毫不含糊的音乐家已亏欠多时了。

前不久，铜梁的文友告诉我：刘雪庵的故居还没找到，而金砂的已找到了。不知不觉中，仿佛金砂的口信已带到了：他会在铜梁等我。"一个战士不是战死沙场，便是回到故乡。"金砂不仅是战士，还是以歌曲带我们跋山涉水的连排长。他的好些歌于我们，只能死别，不可生离。

而我只想透过金砂曾拥有的窗户去看看外面的动静……有山么？有姑娘么？有歌声与花朵像被煮熟了的大苞谷，散发出田野的香气，趁了风势，日行八万里……

/ 人物英华 /

烈火金刚邱少云

叶作富

雨露阳光育青松，主席思想哺英雄。
真金不怕烈火炼，少云志气贯长虹。

1950年6月25日，朝鲜战争爆发，战火烧到了鸭绿江边。唇亡齿寒，户破堂危。在这严峻的时刻，伟大领袖毛主席发出了庄严的号召："抗美援朝，保家卫国。"中国人民志愿军"雄赳赳，气昂昂，跨过鸭绿江"，奔赴朝鲜战场。

国际主义战士、中国人民的好儿子邱少云来到朝鲜，耳闻目睹了美李伪军一件件一桩桩惨无人道的滔天罪行，想起了自己的父亲被船老板毒打后，抛在河里淹死；母亲悲愤交加，含恨离开了人间，丢下弟兄三人孤苦伶仃，挣扎在死亡线上。阶级仇、民族恨一起涌上心头。鸭绿江在咆哮，白头山在怒吼，打败美国佬，消灭李伪军！

1952年10月，邱少云所在部队奉命驻防上甘岭地区。一天下午，战士们正在练刺杀，"向着美国鬼子，杀！""向着李承晚匪帮，杀！"正练得起劲，突然，从东边的小道上传来急促的马蹄声。大家定睛一看，原来是八十七团王团长和通讯员小周从师部开会回来。当团长翻身下马，大家立刻围了上去。"首长，有什么战斗任务？"九连连长劈头就问。"有！仗，有你们打的，这回师部交给我们一项艰巨的任务！就是要消灭盘踞在'三九一'高地的美李伪军，把战争向南推进。"战士们听说要打仗，个个摩拳擦掌，顿时沸腾起来了。

为了摸清敌情，团部研究决定：先派一个班到"三九一"地区去侦察情

况。九连连长说："我们去！"四班长说："我们班去！"最后团长说："四班侦察敌情有经验，还是九连长带领四班去！"

这天晚上，星月高挂，夜幕降临，四野空旷，寂静无声，连长带着侦察班，攀越障碍，穿过草丛，来到"三九一"高地旁边的土坡上，借着月光，仔细观察。"三九一"高地位于平康与金化之间，距铁原车站十余公里。山脉狭长孤立，乱石林立，古树参天，杂草丛生，到处悬崖峭壁，实在险峻。敌人派了一个加强连盘踞在这里，把住南北两峰。铁丝网层层叠叠，战壕、交通壕纵横交叉，明碉暗堡星罗棋布，轻重火力交叉，四周还布满地雷。配有美式装备的李伪军龟缩在山上，依仗这险峻的地势，对我军前进的道路进行火力封锁，妄图阻击我军前进，进行垂死的挣扎。

我军前沿阵地与"三九一"高地之间，有一块三公里宽的开阔地，敌人用密集的炮火进行封锁。为了打击敌人，我军必须迅速拿下"三九一"高地，拔掉这颗毒牙！但是，要在这样宽的开阔地带发起冲击，我军会付出极大的代价，造成很大的牺牲，而且会影响到战斗的胜利。为了缩短冲击距离，减少牺牲，保持战斗的针对性，给敌人一个措手不及的打击，根据九连侦察到的敌情，上级制定了作战方案。在发起总攻的前一天晚上，我军将部队潜伏到敌人的眼皮底下。要将几百人潜伏在敌人的眼皮底下，隐蔽二十多个小时，不暴露目标，任务十分艰巨，而且困难特别多。

但是，我们有用毛泽东思想武装起来的中国人民志愿军，任何困难都能克服，任何敌人都能战胜。战士们一听说要拿下"三九一"高地，就群情激奋，斗志昂扬。请战书、决心书像雪片似的送到首长手里。"首长，为了消灭美李伪军，我坚决要求参加潜伏部队，批准我参加吧！""首长，为了给朝鲜人民报仇，批准我参加吧！""首长，为了狠狠打击侵略者，批准我参加吧！""批准我参加吧！"邱少云向党组织交了入党申请书，他在上面写道："为了世界革命的胜利，我愿献出自己的一切！"

战士们的每一句话都凝聚着对敌人的刻骨仇恨，决心书上的每一个字都充满着对战斗必胜的坚定信念。

一切都准备好了，我军五百多名英勇将士整装待发。师长洪钟般的声音震荡山谷："同志们，拿下'三九一'高地，是夺取上甘岭战役胜利的关键，粉碎敌人秋季的进攻，消灭敌人的有生力量，进行全线反击，对争取板门店谈判的胜利，有着十分重要的战略意义。我们一定要严守潜伏纪律，排除万难，争取胜利。"望着紧握钢枪、精神抖擞的战士，师长接着说："同志们，要在敌人眼皮下潜伏二十多个小时，白天热，晚上冷，还有蚊虫叮咬，不能说话，更不能睡觉，随时还可能发生意外情况，任务十分艰巨，有信心完成这次潜伏任务吗？！""有！"这坚强的声音回旋在白头山谷，荡漾在大同江畔。这时，一个高昂的声音响起来："首长，请放心，我们一定遵守潜伏纪律，完成潜伏任务！"师长定睛一看，正是邱少云。他身材魁伟，二十多岁，炯炯大眼，蕴藏智慧。你看他，头戴伪装圈，腰别手榴弹，斜挎冲锋枪，手提爆破筒，真是威风凛凛，英姿飒飒。师长上下打量着邱少云："准备好了吗？""准备好了！"师长满意地笑了。"毛主席和祖国人民在等待着我们胜利的消息，朝鲜人民日日夜夜在支持着我们，胜利一定属于我们的，出发！"

十月十一日深夜，天色漆黑，伸手不见五指，战士们一个牵着一个，犹如一条长龙向"三九一"高地潜伏区进发。他们三个、五个一组地分散隐蔽。邱少云潜伏在"三九一"高地东麓土坎旁。前面是班长，右面是小李，左边是一条小水沟，后面是一棵大树。邱少云距离敌人最近的地堡只有六十米，连敌人来回走动的脚步声都能听见。

朝鲜的十月，寒风凛冽，冷气袭人，战士们虽然穿着棉袄，仍觉得手僵脚麻。熬过一分一秒，在这湿漉漉的草丛中，战士们潜伏了半夜，都感到身子又酸又痛，多么想站起来伸一伸腰，活动活动一下筋骨啊！但是，一动就会暴露目标，谁也不敢动，忍受着，坚持着。长时间一个姿势，不但不能动，更不能睡觉，瞌睡虫就在眼睛上爬，战士们只好用嘴嚼着干海椒，驱散睡意，振作精神。熬过一分又一秒，东方渐渐发白，太阳慢慢地爬上了白头山顶，驱散了晨雾，赶走了寒冷。但不一会儿，草丛中又发出了令人烦闷的燥热，蚂蚁、虫子活跃起来，从战士们扎紧的裤腿使劲往里钻，真是叮得钻心，痒得难受。时间啊，怎么过得这样慢！日子真难熬。战士们急切地等待着总攻时刻的到来。

突然,只听见"咔嚓""咔嚓"的脚步声由远而近,战士们轻轻抬头一看,原来是一小股美李伪军钻出地堡,正朝潜伏区方向走来。空气骤然紧张起来,战士们屏住呼吸,两眼圆睁,手扣扳机,注视着敌情。敌人鬼鬼祟祟地继续走过来,三十米、二十米、十米……边走还边乱打枪。这时,小李把冲锋枪一摆,瞄准了敌人,邱少云连忙示意他沉住气,不要随便开枪。

"啊!"走在前面的敌人突然一声尖叫,回头就跑,其余的敌人也惊慌失措地跟着往回跑,原来走在前面的那个敌人发现了我们潜伏的战士。怎么办?让敌人回去,会暴露目标,开枪消灭敌人,也会暴露目标,邱少云和战友们万分焦急。"轰隆,轰隆",突然我军密集的炮火筑成一道火墙,切断了敌人的逃路,将这股敌人歼灭在半山腰。原来,观察所的首长将这一情况看得清清楚楚,命令炮团全歼回逃的敌人。战士们相视微笑,都在为有这么强大的力量支持着他们而感到自豪。

"呜——"从南边又飞过来几架敌机盘旋在潜伏区上空,向草丛中乱扔炸弹和燃烧弹。一颗燃烧弹落在了离邱少云两米远的草地上,顿时浓烟滚滚,烈火翻腾,火苗直扑邱少云。这时,只要邱少云在地上翻一个身,或在水沟里打个滚,火苗就可以扑灭,为了遵守潜伏纪律,不暴露目标,邱少云没有那么做,忍受着烈火烧焦的剧痛,像一块千斤巨石,纹丝不动。

烈火,无情的烈火,烧掉了邱少云的伪装,烧焦了衣服,班长和小李看见邱少云的身上一个接一个、一个挨一个的水泡冒起来,紧接着又一个一个地爆炸开了,血水和汗水混合在一起直往下淌,好比千万根钢针一齐扎在心上,那种剧痛是无法用语言表达出来的。大家都知道,平常一颗火星溅到我们的皮肤上,我们都感到疼痛难忍,更何况邱少云被烈火烧遍全身。可是,我们的国际主义战士邱少云为了遵守潜伏纪律,为了上甘岭战役的胜利,他咬紧牙关,强忍着烈火烧灼的剧痛,坚持着,忍耐着,等待着。你看他,目光炯炯,沉着坚定,好像那顶天立地的莽莽昆仑。

观察所里的首长看到潜伏区燃烧着的熊熊烈火,心情十分沉重,比烧在自己的身上还痛,他深信:我们的志愿军战士一定能严守潜伏纪律,战胜种种困难,接受严酷的考验。

邱少云身边的小李，看着烈火吞噬着自己的战友，急得心快要崩出来了，牙齿咬得咯咯作响，拳头都捏出了水，几次想站起来去扑灭邱少云身上的烈火，却被邱少云制止了。小李巴不得首长立即下达战斗命令，好冲向前去把敌人一股歼灭干净。

"砰！砰！砰！"天空中升起了三颗红色信号弹，下午五点三十分，总攻时刻终于来到了，"轰！轰！"我军的炮火像暴雨般落在敌人的阵地上，打得敌人晕头转向。"嘀嗒嗒！嘀嗒嗒！嘀嘀嘀！"嘹亮的冲锋号吹响了，"为邱少云烈士报仇！为朝鲜人民报仇！冲啊！"战士们怀着满腔怒火，以排山倒海之势冲向敌人，打得敌人望风而逃，溃不成军，死的死，逃的逃，剩下的乖乖地举手投降。不到二十分钟，胜利的红旗插上了"三九一"高地，高高飘扬！

     抗美援朝弟兄多，烈士少云事可歌。
     高地名传三九一，寇军徒念阿弥陀。
     戳穿纸虎功长在，缚住苍龙志不磨。
     邻国金星留纪念，英雄肝胆照山河。

"拾荒校长"的多面人生

郑 友　郑成林　钟志兵

两件脱了线的老中山服,一件穿了30多年的破洞绒衫,两口旧木箱装下全部"家当"……吴定富,看上去是个穷人。

资助3个大学生12万元学费,给一所小学连续6年捐款3000元,把拾荒20多年的收入全部送给困难儿童,把35年的退休工资几乎全部捐出……吴定富,其实是个"富人"。

2018年4月初,中央文明办发布最新一期"中国好人榜",88岁的重庆铜梁石虎小学退休校长吴定富榜上有名。

拾荒人

铜梁区东城街道标美街63号,是一栋建于20世纪90年代初的老楼。吴定富和小儿子吴启伟一家租住在这里,已有5年。

4月11日清晨6时许,吃过早餐,吴定富隔着没有玻璃的窗框,望了望窗外。没有下雨!他拿起夹钳、塑料袋和蛇皮口袋出门,开始了又一天的拾荒。

最近两年,铜梁区创建国家卫生城区,捡废品必须到三四公里外的地方。在建的全蒲路沿线,不少农家都已拆迁,吴定富决定来这里碰碰运气。

他蹒跚踱步,眼睛却在四处搜寻。果然,他在拆迁的房屋中发现了不少纸板、钢筋和塑料瓶。不多时,他的塑料口袋和蛇皮口袋就装得满满当当。

气温升高,太阳晒得人热辣辣的。刨开散发着恶臭的垃圾堆,苍蝇蹿起,嗡嗡地围着吴定富飞。他用冒着青筋的手在面前扇了扇。

一个上午,往返两次,16 公里,翻找了三户拆迁农家,吴定富终于"满载而归"。

吃过午饭,短暂地休息后,下午 3 点他又出发了,单边 4 公里。对一位 88 岁的老人来说,这不是一段很长的路。尽管如此,他却舍不得花 1 元钱坐公交车。

这样的一天,几乎是吴定富的每一天。自从 24 年前 300 米外的金泉街废品收购点开张,吴定富便加入了拾荒大军,周而复始。

按每天往返 10 公里,除去下雨天,全年以 200 天计算,他徒步行程已近 5 万公里。拾荒的收入,全部用于捐资助学。

父 亲

吴定富真穷?其实不然,是他舍不得用在自家身上。退休前,他是铜梁石虎小学的校长,如今每个月有 4000 多元退休工资,加上年终各项补助 17000 多元,一年收入超过 6.5 万元。但是,小儿子吴启伟告诉记者:"老汉的一个子儿我们都用不到。"

吴定富的家,两室一厅,每年 6000 元租金。

屋内墙壁四处龟裂,一张布帘加一张床垫,客厅内便隔出了一间"卧室"。在他卧室里堆满了书报,一台 21 英寸的老电视机就是最值钱的家当。

床下两口黑色的旧木箱,装下了老人的全部衣物,没一件新衣。

记者面前的吴定富佝偻着背,须白苍老。他内穿印有"蒲吕"字样的运动服绒衫,购于 20 世纪 80 年代,红中泛白,胸前洞口如蜂巢,右袖线头脱落,外面套了一件有着同样破洞的涤卡中山服。

"不晓得情况的,见老汉这副穷酸样,还以为我们在虐待他。"吴启伟有些无奈。夫妻俩多次劝说父亲不要再拾荒,可他就是不听。

吴定富老伴郭秀祥去世多年。膝下两儿两女,大儿子吴启国退休后在蒲吕工业园区的一家公司当保安。

父亲不抽烟、不喝酒、不打牌,衣服也舍不得买一件,就连去年孙子买房向他借了 2 万元，也立下了字据。吴启国印象中，父亲最慷慨的一次，是二娃考上大学时，一次性奖励了 3000 元。

老人对儿女常说的一句话就是"我把你们养大就行了"。他却把钱拿出去捐给别人。对此，吴启国有着太多的不理解。

他告诉记者，早些年父亲上班，家里大小事情都是他和妈妈负责。好不容易熬到父亲退休，却很难见他把更多的钱拿回家用，这些年生活费也几乎分文不付。他的退休工资究竟哪去了？他曾经百思不得其解。

"大方"的捐助者

吴定富隐藏的秘密，五年前终于浮出水面。

当时吴家老屋因征地拆迁搬家。原本该寄往他家的感谢信，一封又一封被寄到了老屋所在的全兴社区。

至此，吴定富捐资助学才被大家发现。

吴启国说，三年前，吴定富在合川教书时的同事邹光济，在病逝前也说起了吴定富捐资助学的事。

邹光济告诉吴启国，早些年，吴定富经常向邹光济打听，哪里有需要捐助的对象，而且叮嘱他不要让家里人知道。邹光济就向老人介绍了合川红十字会和几所学校。

全兴社区搜集信息后发现，老人曾有以下捐助：全德小学六一儿童节捐款，每年 3000 元，连续 6 年；定向资助 3 个本科大学生，每人每学期 5000 元，累计 12 万元；汶川地震捐 2000 元……

铜梁区东城街道宣传委员卢应伦证实，老人资助的 3 个大学生，都是铜梁本地人，毕业后都已走上了工作岗位。其中一个也姓吴，老人不愿再去打搅对方的生活，连电话都不会打一个。

卢应伦介绍，作为铜梁区关心下一代工作委员会会员，每年六一儿童节和重阳节组织的捐款活动，吴定富每次至少捐 200 元，今年已是延续的第 20 个年头。全兴社区党员花名册上，每个月缴纳的党费也属他最高，最少都有

200 元。

吴定富这些年到底捐了多少钱？老人没统计过，他说："退休 35 年工资，绝大部分都捐了。这一年多没找到合适的捐助对象，工资卡剩了 5 万多元，我肯定也会捐出去的。"

对于捐款对象，他有个要求：主要捐给学校品学兼优的孩子，希望他们能通过知识改变命运。遇上困难单位和困难群体，他也会捐，"碰巧遇到可怜人，只要身上有钱，我都会掏出来"。

全兴社区党委书记陈天伦算了笔账，按目前老人 4000 多元的月退休工资计算，加上全年 17000 多元的各种补助，全年收入超 6.5 万元。他捐助的 35 年退休收入，按实际价值算已超百万元。

病　人

就在吴定富拾荒前两天，他还在住院。

4 月 9 日 11 点 30 分，在铜梁区人民医院住院部呼吸内科，吴定富坐在床上，拿着放大镜仔细地检查着头天的费用清单。"怎么昨天又用了 800 多块钱？都住了 8 天了，我要出院！"吴定富对着幺儿媳妇唐传芬大喊。

12 时，吴启伟赶到医院，和主治医生用纸笔轮番劝说，但吴定富"充耳不闻"。

吴启伟怎能不着急呢？七天前，父亲才险过鬼门关。

当天上午，父亲吃不下饭，满脸通红，呼吸急促，被直接送到铜梁区人民医院重症监护室。诊断显示：二尖瓣关闭不全（重度），伴随双肺间质性改变、双侧胸腔积液等。

次日转入普通病房后，吴定富每天都会嚷嚷着"出院"。最终，他如愿了，还再三叮嘱儿子："记清楚了，这次住院，国家的钱我们一分都不能报。"

十年前，同样的情况，五天近 4000 元开销，按政策可报销医疗费用 3000 多元，但他死活不同意。他告诉儿子，国家给了退休工资，再报销的话，就是在给国家拖后腿。

回家后,吴定富最关心的事,就是把捡来的垃圾卖掉。"你打个电话给陈久明,让他来把我阳台上的纸板收过去。"他招呼前来探望的侄儿。

因为是"老主顾",金泉街废品收购点的陈久明"破例"上门回收。

纸板折好过秤,4.5公斤,每公斤1.5元,总价6.75元。陈久明将7元钱交到吴定富的手上。

待亲友离去,吴定富来到卧室,打开床底下的木箱,将钱放了进去。里面还有一沓现钞,10元居多,最大面值20元。

"从废品站开张那天起,老人家和我做了20多年生意,平均每周一次。我劝了他好多次了,都这把岁数了,莫捡(垃圾)了。"陈久明说,他们的交流也靠纸和笔,吴定富的回答几乎千篇一律:"用钱的地方,可多着呢!"

老校长

4月12日上午,吴定富抽了半天空,去曾经任教的蒲吕街道石虎小学转转。

1950年从江津师范学校毕业后,他先后在合川张家桥小学、铜梁庆隆小学任教,后调往石虎小学直至1983年从校长岗位退休,此后在学校做了10来年的绿化义工。

学校已废弃,但星星点点的洋槐花仍开得和他在校工作时一样灿烂。

在校门口,吴定富遇见了曾经的学生——蒲吕街道沙心村7社50岁的梁昌明。

尽管梁昌明大声喊着"老校长",但吴定富丝毫没有反应,直到梁握住了他的手,他才回过神来。

梁昌明说,老校长是他的恩人。曾经的石虎小学有初中教学部。当时经济条件差,许多学生读到中途就面临辍学,包括梁昌明。"老校长几次到我家来劝说我父母,还答应给我减免学费。"

后来他才知道,减免的学费是老校长垫付的。学校里许多生活困难同学的学费,都是吴定富从微薄的工资中一点点抠出来的。"老校长经常教导我们：读书是好事，只有读了书才会有出息。"

由于个人原因，梁昌明没有"把书读出来"。但是，与他同级的张才斌等不少同学在老校长的资助下，跳出了"农门"，当上了国家或企业干部。"饮水思源，这都和老校长的帮助分不开。"

62岁的铜梁区农委退休干部李淑泉告诉记者，是吴定富改变了他的人生命运，"1978年恢复高考后，老校长多次上门动员我参加考试"。

李淑泉兄弟姊妹众多，吃穿都成问题。吴定富不仅送了他钢笔，还承诺了资助学费。当年，李淑泉因成绩优异被永川地区农校录取。"读书期间，老校长还来我家问过我好几次。"

毕业后，李淑泉被分配到铜梁县农业局，退休前为县农技站站长、高级农艺师。"如今我的退休工资比老师高，但平心而论，我做不到像老师那样无私。老师一辈子都是个好人！"

是什么信念支撑老人长期助学？吴定富告诉记者，从小兄弟姊妹多，经历过食不果腹的灾荒年代，什么苦都吃过。在30多年教学生涯里，他看到一双双求知的"大眼睛"因家庭贫困辍学，就想帮帮他们，久而久之，就成了习惯。"收到过很多的感谢信，但我不是冲着感谢才捐钱的，就是想帮更多人通过知识改变命运。前些年怕家人知道埋怨我，那些感谢信我都当作废纸卖了。"

大儿子吴启国说，老人已立下口头遗嘱：离世后，除少部分钱负担弟弟的房租外，其他全部捐给社会。

人物链接：

吴定富的事迹经《重庆晚报》连续报道后，2018年阿里巴巴联合《重庆晚报》发给他10000元正能量奖金。那时他生病正在住院，钱一到账，就嚷着要拿去捐了。六一儿童节那天，他一出院就把钱捐给了玉泉小学，这是他最后一次捐款。2018年7月7日，吴定富因脑出血逝世。

摆 渡

王应兰

清晨,听到有人叫喊,张邦富便走出家门,走过一条竹林掩映的土路,来到水库码头边。

渡船停在这里。放眼一望,两岸树木葱郁,远远近近的农作物青翠欲滴,广阔的水面清波粼粼,如明镜一般。

张邦富解开缆绳,用力推船,随即跳上船,开始划桨……

他的一天就这样开始了。

一

水口镇大滩水库修建于一九七三年,占地三百多亩,主要用于当地村民灌溉农田,也作饮用水备用水源。

水库建成后,村民们的住处在此岸,田地在彼岸,隔水相望。于是,在当地政府的关心下,水库上有了一艘渡船,船工就是张邦富的父亲。

为方便村民种庄稼,走村串户,父亲每天早出晚归,风里来雨里去。那时的渡船是木船,舱里经常渗水进来,船一靠岸,父亲就要忙着把水舀出去。

生产队为父亲记工分,算作酬劳。

刚刚初中毕业的张邦富见父亲辛苦、劳累,有空时就去帮着划船。

一晃二十多年过去,转眼到了一九九五年,年迈的父亲实在划不动船了,就将在外打工的二哥叫回来。从此,二哥接下了这个重任。

二哥操持着父亲的旧业,一直干到二〇〇六年,渐渐体力不支,不能划船了。

张邦富原本在外地做钢筋工,一天能挣七八十元。二哥卸任之前,一个电话将他召回。

望着老父亲和二哥期盼的眼神,张邦富点头了。

二〇〇七年,人生开始转弯,从此,大滩水库上,渡船和他相依相伴。

二

张邦富的家就在水库边上,是一栋两层红砖小楼房。三个女儿都已出嫁,他和老伴相守在家。

初次见到张邦富的时候,他正驾着一艘小船,在水库尾子处清理水葫芦。老伴在家守着渡船。

为保护水资源,他一般每隔两天就要"清漂",除了清理水面的垃圾,还要清除水葫芦,因为水葫芦严重影响水质。

渡船已由木船换成了铁船。

张邦富牢记父亲和二哥的嘱托:干这个主要是为乡亲们服务的,要尽心尽力。

船在水上行驶,波纹浩浩荡荡。张邦富站立在船尾,双手握桨,凝神望着前方。十二年了,他似乎驾着船驶进了光阴的深处,无声无息,如微风吹起的涟漪。

这么多年干下来,他觉得身体倒不是很累,但就是心累,总是牵挂着。

这个活拴人,有时因事离开一会儿,都要担心万一有人要过水库,却找不到他怎么办。

他的手机里存着几百个号码,大部分都是村民的。大家在水库边看不到他,就会给他打电话,他就飞奔而来。

但这种情况少之又少。他和老伴总要留一个人在家,随叫随到,无论白天还是夜晚。

有一次,村民刘坤云半夜突发疾病,家人火急火燎地赶到水库边,将他从睡梦中叫醒。他翻身起床,奔跑出门。

从码头到水库坎子的公路边,划一趟船要二十来分钟,要是遇上风,就需要半个多小时。张邦富使劲儿揉着惺忪的睡眼,划着船将刘坤云送到公路边,帮着把他送上救护车。

这样的事已经记不清有多少次了,张邦富不爱记着这些事。他觉得自己只是平凡人做平凡事,乡里乡亲的,能帮衬的,肯定就帮衬着。

遇上老人家或小孩坐船,上船下船张邦富都要去搀扶,将他们安顿好,并再三叮嘱,才开始划船。人命关天,安全责任重于山,他一刻也不敢疏忽。

遇上带着重物的村民,张邦富就会热心地送他们,或坎子边,或尾子边,或家门口,还帮着搬运,他一心想着要尽量为他们减轻劳累,带去方便。

农忙时节,坐船的村民很多。运肥料,载粮食……张邦富一天到晚就没个消停。

逢年过节,要过水库的村民络绎不绝,张邦富乐呵呵地招呼他们排好队,依次上船。

最闲的时候,一天也要划上好几趟。

无论何时,他总是要求自己将船划得平稳一些,再平稳一些。村民们坐得安心,坐得舒心,他就格外开心。

让村民横渡水库,一趟来回只需十来分钟。张邦富的任务其实可以仅止于此。但他做的,远不止于此。

他朴素的情意就如清冽的水,滋润着父老乡亲的心田。

二〇一四年,他被评为"重庆好人"、铜梁区"道德模范"。后来,他家被评为"重庆市最美家庭"……面对荣誉,张邦富感到自豪,感到高兴。但是,他从不四处宣扬,从不标榜自己,仍默默地做着自己该做的、也愿意做的事。

二〇〇七年起,张邦富开始领工资了,每月二百八十元;二〇一四年起,每月六百二十五元;二〇一六年起,每月七百五十元;今年起,每月九百元了。

收入很微薄,但张邦富一脸满足的神色。

只要一站上渡船,他就笑眯眯的。坚持了这些年,他是真的喜欢,也习惯了干这个。不说孤独,不说寂寞,不说枯燥,一切都很简单,就是喜欢,就是习惯了。

三

除摆渡外，张邦富还担任着大滩六社社长、大滩村村委会委员。

"要致富，先修路。"他带领村民沿着水库边沿修了一条公路。这条公路连通水库坎子边的大公路，方便了村民出行。

管理集体经济，也是他的责任之一，他扛下了管理水库的鱼这个重任。防偷捕，防偷钓……为守护水库里的鱼，他每晚都要在水库边巡逻，守到夜里十一二点，凌晨两三点才睡觉是常事，有时甚至要守一个通宵。不说辛苦，不说怨言，一切也很简单，就是责任。

每年，张邦富都要维修渡船两三次，刷漆、找木料请木匠做桨……大大小小的事情都需要他去操持。

张邦富今年六十二岁了，再过几年，他就该退休了。谁来接任呢？这个活不挣钱，村里年轻力壮的不愿意干，老的又干不了，一时半会儿还找不到合适的人，他心里隐隐有些着急。

有村民安慰他说，兴许到那时，水库上就修起一座桥了呢。原来，大家其实也盼着能修一座桥，让他退下来，好好休息休息。

张邦富心里也盼着修桥，造福村民。不过，修桥的事也不容易，八字还没一撇呢，大家只是想想、说说而已。

张邦富觉得，桥修不了也没关系，他现在已经习惯了为大家摆渡，水清凌凌的，两岸风景如画，每天穿行其中，就当是休闲，就当是养生了。

况且，冬闲时，总有村民上船陪他聊天，生活也惬意得很。

水波粼粼，桨声悠悠，一只渡船度春秋。从此岸到彼岸，张邦富为村民摆渡，也为自己别样的人生摆渡。

人物链接：

张邦富，2014年被重庆市委宣传部、文明办等单位评为重庆市助人为乐"重庆好人"。

包子婆婆

葛稚川

铜梁城区六顺花园有一个年逾花甲的婆婆,在小区里开了个简易的包子铺,卖手工包子替去世的儿子还债。她做的包子口感好,品种多,有泡豇豆馅的、藕丁馅的、白菜馅的、韭菜馅的,深受小区居民喜爱,他们亲切地称她为"包子婆婆"。她的事迹经媒体报道后在网络上迅速传播并广为人知,各种荣誉称号接踵而来:铜梁道德模范、重庆好人、中国好人、全国诚实守信道德模范、全国最美家庭。但直到2019年7月27日,在媒体朋友的帮助下,蒹葭和我才见到了这个声誉日隆的包子婆婆。

她给我们开了门,引我们进屋。客厅干净整洁,电视机的上方最醒目的位置,悬挂着她2017年参加第六届全国道德模范诚实守信模范颁奖典礼时在金色大厅与其他道德模范的合影。

她给我的第一印象是个子不高,但膀大腰粗,第二印象是口齿清晰、言辞便给。

"喝白开水还是药茶?"她问。药茶是用大壶泡好的,客厅里弥漫着淡淡的药香。"药茶只是清热解暑的,你们可以尝尝。"怕我们有顾虑,她解释道。

我们都要了药茶,并要自己动手倒。她说来者是客,坚持给我们倒。我呷了一口,金银花和柑橘片混合的味道有点重,但确实解暑,也确实好喝。

"实在冒昧,打扰你了。我们以为你这个时候在小区卖包子,没想到你在休息。"蒹葭说。

"今年暑假没卖包子。一则身体不如从前,肝上和肾上都有囊肿,医生建议我给自己放放假;二则儿子生前的欠债已经还清,不用那么拼了。"她说,两个孙儿还没长大,她不能垮,她也学会了爱惜自己。听了这话,我暗自替她高兴，也替她的孙儿高兴。

关于她儿子李道生因建筑事故不幸亡故的事，媒体有详细的报道，而她替去世的儿子还债的事迹，媒体的报道更是铺天盖地，我们都没多问。我们更感兴趣的是，她怎么看待自己的儿子，支撑她一路走来的力量来自哪里。

"儿子心眼好，很孝顺。我生病那两年，他跑前跑后，也舍得花钱。我得的是多发性肌炎，不好治，多亏儿子到处求医问药，才治好。"说起去世已经六年的儿子，她眼眶湿了。儿子晓得她爱吃米花糖，总是买些回家囤着给她吃。"直到走的前一天晚上，他逛超市时还给我买了一大袋米花糖。"

"儿子打工、办厂，挣了不少钱，但花费也很大。他对朋友很豪爽，聚会吃饭总是抢着买单。儿子走后的这几年，那些朋友念他的好，过年过节都来看我。"对这么个儿子，她颇有些自豪。"不是我夸他，他的朋友个个都说他好。"

"儿子办厂，肯定有很多生意往来，其中有些是别人欠他的，有些是他欠别人的。别人欠他的，我就不追究了。但他欠别人的，我得帮他还了。"她说，"如果他在世，他也一定不会欠账不还。他走了，我得让他走得清清白白。"所以儿子去世后，凡是拿着借据和欠条上门讨债的，只要经过核实确实如此，她和丈夫都会认账。

两个没有文化、没有专业技术的老人，要在城市谋生和抚养两个小孙子已属不易，还要替去世的儿子还债，更是难上加难。上门收账的人虽然得到了她的承诺，但也知道这一家子的情况，所以没抱太大的希望。当他们真的收回自己的钱时，就像得了一笔意外之财，高兴之余，他们对陈淑梅老两口刮目相看，赞誉有加。

"其实，我也想过放弃。"她说，儿子刚去世，她整日以泪洗面，悲恸之下差点走上绝路。她找过《铜梁日报》的记者，想求助报社发个启事什么的，请好心人收留两个孙子。当时她已经做好了一死了之的心理准备，但因为放不下孙子，最终选择了活下去。"哎呀，你们不晓得，我两个孙儿太招人疼了。那段时间，我忙时啥都不想，一旦坐下来，心就不得闲，为儿子难过，又为以后发愁。两个孙儿懂事得很，见我心情不好，都往我怀里钻，像两只

小猫黏着我,一边一个,挨挨擦擦磨磨蹭蹭的,亲热得很。"

两个孙儿是她最大的慰藉,是支撑她前行的力量之一。另一股重要力量,来自她那颗不服输的心。

"儿子的事故赔偿费加上我们老两口的积蓄,大都用于还儿子欠下的贷款、货款和他在朋友那里的借款。我们想的是先把欠外人的钱还清,欠亲人的账以后慢慢还。"她说,哪知有的婆家人就开始说风凉话了:"这回老爷子(指李道生的爷爷)的棺材本怕是收不回来了。"他们还故意把这种伤人的话传给她听。

"我又难过又气愤。真的,外人逼还好受点,最怕的就是亲人逼。当时我给他们的回复就是:哪怕是讨饭,哪怕是天天喝稀饭,我也要把这个钱还了。我还要好好活下去,活给他们看。"她说,如今事过境迁,她要感谢当时说风凉话的亲人,是他们把她"鼓"起来,让她更有干劲了。

"那几年我拼命干,又省吃俭用,把卖包子挣的钱都存起来,有一角就存一角,积少成多。"她说,"2015年春节正月初十,老爷子90大寿,午饭结束后,趁着婆家的亲戚都在,我把5万块钱的现金放在老爷子的桌子上,说:'他爷爷,这是你孙子欠你的钱,现在还你。你记住哟,你孙子不是败家子,他没有败你的钱。'说完我就走了,一路走一路哭……"

前前后后,她替儿子还了67万元的债务。《铜梁日报》没替她刊发启事,记者反倒把她卖包子替儿子还债的事迹做成稿子刊发了。一石激起千层浪,包子婆婆的事从六顺花园社区小事变成铜梁大事,直到变成重庆大事乃至全国大事,引发了多方关注。她因此得到了党中央、市委市政府、区委区政府的赞誉、奖励、资助,还得到了社会各界爱心人士的慰问和资助。她把这些荣誉和爱心记在心里,把这些钱全存起来,都留给两个孙子。

"除了替儿子还清债务,你最开心的事是什么?"蓁葭问。

"大家都爱吃我做的包子。"她说。一谈到包子,她就容光焕发,有一种发自内心的自信和成就感。"顾客是同一个小区的住户,主要是上幼儿园的孩子、送孩子上学的家长和不愿花时间做早餐的年轻人。"

2013年,儿子去世后,左邻右舍知道她家经济拮据,以前又开过早餐店,便劝她在小区卖包子。因为他们之前都吃过她的手工包子,一致认为"很好吃,肯定卖得脱"。他们主动张罗着给她在小区幼儿园旁边的大树下搭了一个棚,借用那里的石凳石桌,做了一个简易的包子铺。"餐车是邻居送的,三层大蒸笼也是别人送的。大家都很热心,有的楼上楼下的帮我端包子,有的帮我守摊、招揽顾客,有的免费帮我做宣传。"

她的简易包子铺就这么红红火火地开了近7年,卖了上百万个包子,肯定不仅仅因为她处境艰难,令人同情,重要的是包子好吃,小区居民百吃不厌。由于名声在外,有些厨师人手不够的乡镇、部门、学校,直接打电话向她预订包子,以作为早餐。这已经不是单方面的同情和给予。生产者和消费者之间,形成一种良性的互惠互利的共生关系。

消费者对她的信任和喜爱固然令人感慨,不过,更让笔者动容的,是她身上散发着一种罕见的向心力和一种蓬勃的生命力。这两种力量吸引着周围的人走向她、靠近她、支持她,而她又反过来滋养他们,成为他们生活中不可或缺的人。

我想了解她的力量从何而来,便旁敲侧击地问:"有没有想过到外面去开个早餐店,扩大规模,挣更多的钱?"

她的答案是"不想"。一是因为纯手工包子不可能像机器制作那样大规模地产出;二是因为她离不开左邻右舍,也不愿离开;三是因为儿子的债务已经还清了,她卖包子只是为了养家糊口,不是为了挣钱来买豪宅、豪车;四是因为她想多花点时间陪两个孙子。

如此看来,她的力量和什么远大的目标都没关系,应该是另有来源了。于是我又问:"你小时候有没有什么外号?"

"我小时候叫'牛妹',又叫'当家女'。"说起童年,她的笑容一下子就绽开了,记忆的闸门打开,往事滔滔不绝地流淌出来:她1956年生于平滩镇人和村,体弱的父亲长年肺病缠身,母亲是村妇女主任,每天都忙着村里的事;她是家里的老大,下面有三个妹妹一个弟弟;白天晒粮食、割草、喂猪、放牛、摘桑叶、养蚕,晚上在煤油灯下打草鞋、搓绳子;10岁不到就开始洗衣、煮饭,照看弟弟妹妹,13岁就背着草鞋从平滩镇步行到铜梁城区周家河

坝去卖，挑着细糠、红苕片，从平滩镇步行到大足县万古镇去卖。

"我属牛，从小就练得一身蛮力，他们就叫我'牛妹'。"她笑着说，她力气比很多男人还大，"以前我在重庆纸箱厂上班，在厨房做事，煮近百人的饭，30多斤米煮的大甑子饭，我用隔热布一围，一下子就从大锅里抱起来了，师傅都说我是大力士。"

"操持家务，弄吃的，也是从小就养成的习惯。"她说，因为家庭情况特殊，她七八岁就已是"当家女"，是家里的主心骨，照顾有病的父亲，煮饭烧菜给弟弟妹妹吃，还要替母亲分担家务。"66年'四清运动'，上级派了很多干部到村里来，那时我才10岁，就站在凳子上煮饭烧菜给驻村干部吃。大家看我动作熟悉，都夸我能干。"

长姐如母。她这个昔日的"当家女"，如今有很好的回报。"现在我在娘家的待遇，就跟我妈是一样的。"她说这话的语气是心满意足的，"过年过节，弟弟妹妹、侄儿侄女给我妈买礼物，都有我一份。去年四妹的儿子劝我妈去北京旅游，出钱买往返北京的机票，同样也有我的一份。"

此外，她还曾是"全村的希望"。不过，这个村不是她娘家所在的人和村，而是婆家所在的青杠村。

"我嫁得不好，13岁那年就被家长定了娃娃亲，我妈非得把我嫁到羊角坡上一个很穷的村。分家时一无所有，就分到一间偏房、一个烂泥巴灶。"为了增加收入，她在种粮食作物时还兼种油菜、西瓜、海椒、姜等经济作物。"第二年我就比别人好了。有些人买肥料没钱，我就借给他们。"

20世纪80年代，黑白电视机开始出现在市场上。1986年，在青杠村年轻姑娘们的"怂恿"下，她买了一台电视机。电视机在那时候是稀罕物，在农村能买得起电视机的人少之又少。一到晚上，全村人都围坐在她家看电视。再加上她平时热心助人，因此她在村里非常有号召力，大家都乐意帮她做事，比如帮忙洗姜、收油菜籽、摘西瓜。

除了买电视机，她在村里还有多个"第一"：第一个离村去广州打工，第一个在铜梁城区买商品房，第一个被国家级媒体报道，第一个在北京受到国家最高领导人习近平的接见。

回忆往事,她有悲有喜。

离开她家,蒹葭和我前往步行街。一路上,我们谈到她的膀大腰粗,谈到她的表达清晰,感叹她身上的那股牛劲,感叹她肯干、会干、敢干,感叹她身上散发着的向心力。

最后要补充的是,她叫陈淑梅,没上过学,只读过几天夜校。开学了,她在六顺花园的简易包子铺又开张了。每个包子五角钱,一直没涨价。

幸福的味道

杜锦权

23年前,张均是十里八乡出了名的漂亮姑娘,上门提亲的人踏破了门槛。但张均有点傲,就算你是个暴发户,也许她连看都不会看一眼。侣俸镇文曲村的唐成喜就是这提亲大军中的一员,跟着媒婆跑了三趟,终于抱得美人归。按张均自己的话说:"是因为我觉得很少有人能在被多次拒绝后还能厚着脸皮来找骂。"或许这就是传说中的死皮赖脸加勇敢。

两人交往了一段时间后,张均渐渐喜欢上了这个长着酒窝的帅哥。婚后,两人感情融洽,很快便有了一个活泼可爱的儿子。

然而,造化弄人,儿子刚出生,原本身强力壮的唐成喜时不时地感觉全身无力,四肢肌肉也开始萎缩,到后来,他不但不能劳动,连生活自理都成了问题。这对于一个原本充满希望的家庭来说无异于晴天霹雳,弱女子张均怎么办?她不但要照顾嗷嗷待哺的儿子,还要负责丈夫的生活起居,更要顶起风雨挣钱养家。

从此,一个90多斤的女人背起130多斤的丈夫四处求医。除了要管好几亩庄稼确保一家老小的口粮,张均每天还要背着丈夫去看医生、熬药、带孩子、喂牲畜,忙得像个陀螺,一个美女就这样变成了汉子。

然而,几年时间过去了,她背着丈夫走遍了铜梁的大小医院,花光了所有积蓄,唐成喜的病却没有一丁点儿好转,反而越来越严重。

村里有人开始议论,说张均就是个克夫命、扫把星,唐成喜这病都是她害的。也有不少人劝她,成天背着个瘫子守活寡,不如趁早改嫁追求幸福。

在酸楚与委屈面前,张均选择了独自承受。在丈夫唐成喜面前,她的脸上总是挂着笑意。

家里的房子漏雨了，唐成喜有些过意不去："均儿，不医了要不要得？把钱节约起来添几块瓦片嘛。""哪个说的不医，别个绝症都在医，你为撒子不医？"

从此，张均背着丈夫踏上了更遥远的求医路，重庆、成都、北京、上海……

多少次半夜起来赶路、多少次暴雨打湿衣衫，多少次背夫走田坎、多少次摔进冬水田……

2000年的冬天，唐成喜在重庆第三军医大学大坪医院就医。为了生活，张均在凤鸣山建筑工地上找到了一份苦活，一天做11个小时泥水工。为了能节省几个钱，她在工地上用几块木板搭起一个棚子，用砖垒起一个平台，铺上一块木板，这就成了两人临时的家。"虽然床铺上灌着寒风，但有这样的老婆，我觉得很温暖。"每当有人说到张均，唐成喜总是这样温情地说。

22年来，张均背着丈夫一直奔走在求医路上，她已记不清去过多少地方，找过多少医生，可唐成喜的病还是老样子。不管张均怎么拼命打工，挣来的钱连医药费和生活费都不够，这个家因此而债台高筑。

正是因为张均的坚持，村民们被深深地感动。大伙儿纷纷给张均出主意，有人帮她找偏方、访名医，有人主动借钱给她看病，还送她一辆二手摩托车。

"我相信他总有一天会好的。"说起21年来的艰难求医路，张均说她不后悔，也不觉得苦，只是觉得对不起公婆，对不起儿子。"这些年长年在外，我没有照顾好公公婆婆，没有照顾好孩子。孩子读初二时，因为家里实在太穷，辍学去学修车……"谈到儿子，脸上总是挂着笑容的张均忍不住流下了伤心的眼泪。

22年背夫求医，张均患上了严重的腰椎间盘突出。坐不了5分钟，腰椎就会疼得要命。为了省钱，张均从来不说，也不敢去治疗。

"我虽然站不起来，但我感到很幸福，因为有均在。这么多年来，她牺牲青春和健康来爱我，这样的老婆世间少有。"

张均的痛或许只有唐成喜最懂，如今的唐成喜虽然只能把老婆的背当作拐杖，但在老婆的感召下也变得乐观而坚强。他希望有一天奇迹出现，能重新站起来。他要好好疼一回他的老婆，让她也感受一回幸福的味道。

人物链接：

张均，2013 年被中央文明办评为孝老爱亲"中国好人"。

/ 人物英华 /

为死者说出真相

唐道伏

踏上重庆市铜梁区公安局大门的层层台阶,跟随杨发英经过安检口,进入刑事技术大队静静的办公区,仿佛一步步走近人命关天的中枢。这是全国示范刑事科学技术室。

当各种极端事件涌来,血腥、悬疑、尸体、情感、科学、法律、正义,乱麻缠绕,扑朔迷离。在这里工作的人需要特殊的能量,才可能抓住蛛丝马迹,拨开云雾见青天,实现正义战胜邪恶的诉求。

杨发英就是这里的灵魂人物。

从警15年,她是刑事技术大队长、副主任法医师、警务技术一级主管;建功15年,她收获了沉甸甸的果实——重庆市十佳巾帼建功标兵、重庆市特级优秀人民警察、重庆市政府一等功、重庆市十大法治人物、全国五一劳动奖章、全国最美职工……

仅靠第一眼,你很难看见她身上的"专业光",抢眼的是朴实。她身材敦厚,戴着半框眼镜,黑色橡皮筋扎着马尾辫,简洁、亲切,又带着知性,像乡村女教师。在访谈中,她眼镜镜片后面的那一双眼睛,似乎又进入了案发现场,透出思考的冷静和睿智,又不时闪烁出柳暗花明的喜悦。两个小时娓娓而谈,她没有喝一口水,不知是忘记了还是不习惯喝水。

行走在生死边缘,代替死者说出真相,是她恪守的天职。

作为先进典型,她不仅是符号或代表,还是有故事的法医。

理想不断照亮成长之路

"走,到我家看电视,《鉴证实录》!"高中时的周末,同学邀约杨发英一

起回家追剧。剧中，女法医聂宝言威风英勇，在她心里深深地烙下了印记。

杨发英出生在农村，苦活、累活、脏活，习以为常，胆子却很小，不敢杀鸡，晚上不敢一个人出门。聂宝言的形象激荡着她的青春豪情：自己也要成为伸张正义、惩恶扬善的人。

电视剧激发的理想，杨发英在现实中如何一步步践行？

1999年，她考入昆明医学院的法医学专业。将近半年的理论学习之后，她总算等来了实践课。"刺鼻的福尔马林味道扑面而来，桌面上摆放整齐的尸体，让我又紧张害怕，又充满了好奇。"回想起第一次走进实验室的情景，杨发英至今记忆犹新。

班上40名学生，有两名学生退学了。但是，杨发英坚持到了最后。大学5年，《法医病理学》《法医临床学》《人类学》，她的书本上留下了扎扎实实的笔记。

2004年上半年，杨发英即将毕业，到重庆市公安局刑侦总队实习。5月的山城，天气一天比一天炎热，刑侦总队接到一起水上无头尸案。杨发英由指导老师冯白翎带着赶往现场。从长江打捞上来的尸体高度腐烂，没有头部，形状怪异，恶臭袭人。这远远超出了教学中对尸体的认知，杨发英极其难受，她不敢看，更不愿靠近：这样的尸体早就找不出物证了，又没有案发现场，没有任何侦查措施可以作证该案件的性质是他杀，看看就行了……

冯白翎老师是重庆公安系统的资深女法医，经历过系列大要案件，带过不少学生，懂杨发英的心思。她把杨发英叫到身边，说："小杨，如果你想成为优秀的法医，就要吃常人难以想象的苦；如果不行，你趁早放弃，重新选择你的职业。"

老师的一席话可谓当头棒喝。"我学了这么多年法医，不可能就这样把自己轻易否定了！"杨发英性格倔强，自己挑战自己，硬着头皮全程看完了老师对尸体的检验。

整个解剖过程，冯老师始终弯腰接近90度，面部距离尸体不足50厘米，整整持续了6小时。通过尸体检验，她发现尸体颈部的断面形成了多个皮瓣，颈椎的断面也不整齐，出现了多个砍痕，这些皮瓣和砍痕不是大船的划桨形成的特征。她断定该尸体有死后分尸现象，极有可能是凶杀案，她将穿着、身高、年龄等信息，反馈给侦查部门。侦查部门确定了死者的身份，很快明确了被害人是因经济纠纷被合伙人所杀，分尸后抛尸长江。

一个月后，涪陵长江段发现了一颗头颅。冯老师将复原、比对的工作交给了杨发英。按照程序，杨发英先将这颗头颅清洗、浸泡，然后放进高压锅里煮。为赶进度，煮人头的工作晚上进行，耗时三四个小时。杨发英住在临床室隔壁的值班室，整栋大楼只有她一个人。每隔一阵子，她要打开高压锅观察、加水。"回到屋里不敢关灯，一闭眼睛，尸体、头颅就源源不断地从脑子里冒出来，放电影一样。"

该案很快成功告破。在喜讯面前，杨发英感觉自己像蝉一样褪掉了壳，在夏日的阳光里获得了新生，每一个细胞都想快乐地鸣唱。找到真相，给生者以安慰，给死者以安宁，就是伸张正义、尊重生命……她也为自己在现场的表现感到愧疚，如果当时自己是检验这具尸体的法医，马虎了事，那么这个案件将永远无法侦破。她在冯白翎老师的言传身教中，学到了重庆刑侦界法医对每一起案件严格负责的审慎态度。

就在2004年，铜梁公安局两位法医即将退休，时任副局长黄文志前往重庆刑警总队刑事技术处选人。冯老师向黄文志推荐杨发英。

"5位实习生，有4位男生，偏偏推荐唯一的女生！"干法医，既是体力活，也是技术活，工作环境还很差。此前，铜梁公安局招了3名男法医，一人工作一年离了职，一人干了3个月跑了，还有一人报到那天就直接走人了。黄文志很担心，"一个女娃娃干得下来不？"

"无论胆量、体力、技术，我都不如男生。"杨发英也没想到，冯老师会推荐自己。

冯老师讲述了杨发英参加侦破长江无头尸案的故事。她认为，杨发英虽然是女生，尽管胆小，但责任感强、有担当，接到任务后，能耐心细致地完成工作。她坚信，杨发英会成长为一个优秀的法医。黄文志如获至宝，欣然招纳杨发英于麾下。

自我淬炼凝聚法医之美

带着理想和信任,杨发英开启了繁忙而复杂的法医模式:出勘各类暴力现场、各种非正常死亡案事发现场,从事检验各种尸体、出具伤害案件的损伤程度鉴定书等工作。

2005年夏天,蒲吕镇一位独居老人在家突然死亡。杨发英对尸体检验后,还无法确定死亡的真正原因,需要对尸体进行解剖检验,但遭到了老人子女们的强烈反对。

"既想查出实情,又想保全亲人的尸体。"杨发英向子女们解释,老人死亡时没有旁人,不能完全排除他杀的可能,只有通过解剖检验,才能准确判断老人是否正常死亡,"解剖尸体,找到死亡真相才是对死者最大的尊重"。

后经解剖检验发现,老人生前脑部受到过撞击,的确死于他杀。最后,警方根据尸检结论明确了侦查方向,很快抓住了犯罪嫌疑人。据交代,犯罪嫌疑人入室盗窃惊动了老人,遂将老人杀害,伪造现场之后逃离。案件水落石出,老人的子女们充满了感激。

有一次,她接到一个故意伤害的鉴定。涉事双方因为口角互相抓扯,其中一个人脸上被抓了好几道划痕。通过鉴定,被定为轻微伤。于是办案民警打算以调解为主。民警按照惯例将伤者的照片上传给杨发英复查,她立刻要求接案法医通知办案民警尽快完善笔录,这个伤有可能发展成轻伤甚至重伤。原来,通过照片,杨发英发现伤者耳垂处有一个像痣一样的凸起的瘢痕,伤者很可能是瘢痕体质。果然,3个月后,伤者脸上的伤变成了凸起的瘢痕,甚至需要进行整容治疗。

专业一点,严谨一点,尽心一点,许多的一点一点,形成了杨发英的职业信念:让"法医"这个称呼代表光明正义,充满温度。从严格的自我约束开始,她一路走来,成长为铜梁法医部门的定海神针。

2009年8月,铜梁太平镇的一位留守的中年妇女失踪多日。原始现场已被破坏并清理,杨发英在柜子下沿发现少量的人血血迹,同时晒坝也有鸡血,死者生前杀过鸡。家人联系不上，该妇女没有外出不归的迹象，杨发英推定该妇女极有可能已被杀害并抛尸。通过外围搜查，民警在一处悬崖中段发现了该失踪妇女的尸体。杨发英与同事手脚并用，顺着斜坡下滑到40米高的悬崖。尸体已经高度腐败，长满了蛆虫、爬满了蚂蚁，飞舞的苍蝇一会儿落在尸体上，一会儿又爬上人的额头、脸颊。她们冒着烈日，搬移尸体，全程小心翼翼，生怕一不小心对尸体造成二次破坏。经过四五个小时的周折，他们终于将尸体搬了上来，随即马不停蹄地将尸体送往殡仪馆解剖，全然不顾汗水湿透了衣服，脸和手被荆棘划破。

综合解剖检验分析、被害人活动轨迹和人员排查情况，警方很快锁定了嫌疑人。但因缺乏关键证据，嫌疑人矢口否认，侦查工作陷入僵局，如果再找不到更有力的证据，嫌疑人只能被释放。老侦查员想到了杨发英："小杨，你再看看，有没有可能是这个嫌疑人？"案件侦破的最后希望寄托在杨发英身上。

同样是在太平镇，前段时间有位小姑娘被杀害，此案再不破，当地百姓的不安可想而知。在大家的期待中，杨发英感受到了分量。

一番准备后，杨发英神情严肃地走进审讯室，一一摆好了剪刀、棉签、血纸卡、物证带等工具，双眼盯住嫌疑人。那目光，让人不寒而栗。

"把手伸出来！"突然，杨发英发出指令。

"你们要干啥子？"嫌疑人目光闪烁游离，非常畏缩。

"我看你的手，就能确定你做了坏事还是没做坏事。"杨发英仔细查看嫌疑人的手掌、手背和十个手指头、手指甲。

杨发英捉住嫌疑人的手开始剪指甲。嫌疑人的手一直冒汗、颤抖。杨发英不断用余光观察嫌疑人。剪完指甲，杨发英已捕捉了丰富的信息，向在场的侦查员点头示意，有戏了。

她又让嫌疑人把长衣长裤脱掉，剩下内裤。杨发英是要查看嫌疑人身上是否有外伤。在她的前期分析中，嫌疑人在作案过程中应该受到被害人的抵抗，互相有过肢体动作。果然，嫌疑人身上有不同程度的划痕，背部的划痕应为另外的手抓伤所致，从愈合程度推断，伤口出现的时间与被害人失踪时

间吻合。杨发英心里有谱了。

在胜利在望的鼓舞下,杨发英再接再厉,最直接的痕迹物证发现了:内裤上有褐黑的斑痕、少量的血迹!

"你这是啥子?"杨发英的问话如电闪雷鸣。

嫌疑人瘫坐在椅子上,只能用有性病来做徒劳的挣扎。

僵持的案子,成功告破了,那血迹经DNA检验比对与受害人的DNA一致。

如同悬疑剧,杨发英运筹帷幄,步步为营,攻势凌厉,使案件迎来天网恢恢疏而不漏的结局。从学习法医学,到运用法医学,十年之间,她成长为业务的行家里手,不断融会贯通,在她身上散发出法医的职业之美。

所有美的光彩是从杂乱、粗糙、束缚、取舍、辛劳中迸发出来的。现任铜梁区公安局刑事侦查支队副支队长李正铭,是和杨发英同时加入技术室的痕迹技术员。对法医工作的辛酸,他记忆犹新:"2011年以前,局里没有解剖室,解剖工作被迫在原县殡仪馆进行。解剖场地不到30平方米,堆满了花圈、黄纸,而且没有空调。夏天,杨发英在那里一蹲就是24小时,汗水浸湿全身,跟落汤鸡一样。"

2007年,杨发英怀孕两个多月,凌晨2点出警验尸,腿都跑肿了,又在路上往返颠簸几个小时,她流产了。铜梁公安局多年来法医人手紧缺,杨发英和另一个同事轮流值班,每周一人负责值现场班,另一人负责值活体检验鉴定班。365天,他们时时处于备战状态,这种状况持续到2014年才有所缓解。

即使高负荷运转,杨发英也坚持出现场,这是她从冯白翎老师那学到的一大精髓。冯老师在退休之前,一直亲自出勘各类案发现场及检验尸体,"不亲自动手,就没有发言权"。

领军一方践行使命至上

从初出茅庐时的紧张与兴奋,到全面自觉实践帮助死者"说"出真相,杨发英不断提炼自己的"真经"。她认为,法医不是简单地看尸体,到了中心现场首先是了解案情,进入侦查员的角色。从了解受害人、报案人的背景,彼此的关系,再到查勘和解剖受害者的尸体,带着找出真相的使命工作,一切都有助于提高破案的针对性。

2010年7月,一对母子死于家中,颅骨和面部都有严重的伤口。其中,头部多为钝挫伤,面部为较锐利的创伤。"这分明有两种作案工具,羊角锤和砍刀,凶手肯定是两个人。"现场勘查的人员发表了意见。

"不对,使用羊角锤用力敲击眉弓处,骨折边缘由内向外被刺破,同样可以形成类似砍刀一样锐利的创伤,凶手只有一个。"经过再三检验,杨发英做出了自己的判断。

不到两天,警方迅速锁定了逃离的嫌疑人潘某。6个月后,潘某在四川遂宁被抓获归案。嫌疑人的口供与杨发英的推断高度吻合,警局的同事啧啧称赞。

2017年6月,在铜梁区安居镇发生一起非正常死亡事件。杨发英带领3名年轻的法医立即出动,为事件"定性"——80多岁的老奶奶悬吊在厕所,床上、地上、墙上有大量血迹,这是意外、自杀还是他杀?

死者颈部有多处刀伤,系锐器切割造成,并伤及气管及食管,但死因确系机械性窒息死亡。群众反映,老人的儿子在外打工,只有儿媳居住在楼上,有点"哈"(傻),但生活能够自理,和老人关系不怎么好,分锅吃饭。场面惨不忍睹,死的过程又蹊跷,年轻法医推断为他杀,建议请重庆市总队的老师出现场。"我们再看看。""师傅"杨发英面对挑战,越发冷静,希望再细致一些、审慎一些,从蹊跷中理出头绪。

杨发英仔细查看死者的活动轨迹,发现死者在床上有仰躺状态,并在床上找到了菜刀,血很多但没有喷溅血,由于没有切割到大的颈动脉,出血较慢;血迹并不凌乱,从床上到厕所几乎成一条线,且床上的血迹与厕所的血迹不是同时凝固、干涸的,这应是她又下地在房间内反复活动留下的;再看伤口,有深浅不一的切割痕,并有多个皮瓣形成,以左侧为重,如果是他杀,不会形成这样的伤痕。杨发英把自己的结论告诉侦查员:死者生前以右手握

刀对自己的颈部反复切割,但又不致死,然后挪至厕所上吊身亡。

"杨姐,你真是太神了!"一番缜密的推论,"徒弟"邢雷发出了惊呼。

后经严密的侦查,事实和杨发英的推论完全一致,老人因病痛难忍自缢身亡。

不断锤炼真功夫,透过纷繁复杂的表象发现真相,杨发英践行着法医的使命。她充分发挥刑事技术对公安工作的牵引支撑作用,所出勘的现场命案侦破率为100%,受到公安部刑侦局通报表扬。各级各类荣誉纷至沓来,杨发英不断提醒自己,自己是有局限的,业务要精进,但永远不要把自己想象成"高大全"。

作为铜梁刑事技术工作的领军人物,杨发英带领团队紧跟技术的发展趋势,学习再学习,通过言传身教,年轻的法医迅速成长。近五年来,整个团队出勘各类案件现场14879起,提取检验鉴定各类痕迹生物物证5915起,尸体检验824具,出具活体检验鉴定书571份,立案与现场勘查的对应率为100%,案件勘查率为100%,直接间接帮助侦破案件1100余起,现行命案连续9年破案率达100%。铜梁区公安局刑事科学技术室被重庆市公安局评为刑事技术工作成绩优异单位,被公安部评为全国示范刑事科学技术室。

在杨发英破译一个又一个死亡密码时,女儿已小学五年级了。杨发英仔细地捋了捋,这么多年和丈夫、女儿一起旅游,就2015年去过云南。女儿放暑假了,但暑期案情高发,公休假停休,一切得围着工作转。杨发英能做的,是给女儿在网上挑选汉服,偶尔陪她去学古筝。

女儿希望她多陪伴自己,曾经问她:"妈妈,你总是在工作,在家还是想着工作,妈妈心里只剩下工作了,爸爸在哪里呢,我在哪里呢?"

女儿很崇拜她,在作文中写道:"我的妈妈就像电影中的功夫熊猫一样勇敢、善良……"

(本文对《重庆日报》记者彭瑜、人民网记者王嫚以及重庆铜梁区公安局雷雨等人采写的相关文章有所参考或引用,特此说明并致谢。)

仙凡之间

黄桷门的传说

杨 梅　庚宗庆

300年前,巴岳山有个静广寺,香火十分旺盛。寺里面有个法号慧明的俗家弟子。慧明系忠良之后,他的父亲因为得罪了奸臣,蒙受不白之冤,被满门抄斩。事前,其父已料到灾祸将临,便将不满周岁的慧明托付给同宗族弟。族弟带着慧明一路狂奔,逃离险境,靠乞讨为生,辗转八年,几经周折,最后来到巴岳山将慧明托付给天真长老,剃而未度,赐名"慧明"。

慧明从小乖巧伶俐,人又很勤快,深得长老喜爱。天真长老是个饱学之人,经史子集、琴棋书画,都很有造诣。慧明进了庙里,就成了长老的书童,耳濡目染再加上长老的点拨,学问技艺日渐长进。一晃十年,慧明长到十八岁,虽然身披袈裟,却俊朗挺拔,眉宇之间,竟有一股儒雅之气。

有一天,铜梁城郭员外的荣夫人带着她的女儿郭香妹来庙里进香。郭香妹长得美丽、聪慧,是郭家的独生女。这几年媒人踏破了门槛儿,男方都是非富即贵的人家,但香妹就是不答应。现在香妹已经十六岁了,用古人的话说,就是"年方二八",正值盛开的花季,但是盛极则衰,转眼就凋谢了。荣夫人急,可执拗的香妹就是不当一回事儿。

郭家是大施主,天真长老按照常规,请荣夫人去禅房休息、讲经,并叫慧明奉茶。慧明端茶进房,郭香妹不经意地看了他一眼,两人四目一对,突然间都有了异样。荣夫人看在眼里,内心却明白了什么,当即起身,推说家里有事,立马要走。天真长老心领神会,劝说荣夫人休憩片刻,他给荣夫人的茶杯续上了水,呷一口茶后,将慧明的身世娓娓道来,而且说明了慧明的身份是佛门的俗家子弟,认为慧明和香妹是天造地设的一对。正所谓"梦里寻他千百度,蓦然回首,那人却在灯火阑珊处",他们该是前世有缘,今生得见。荣夫人知道慧明相貌英俊,气度非凡,但堂堂铜梁郭员外家,怎么能让一个和尚进门呢?她内心十分纠结,茫然四望,无意中看见山门外通往巴岳山必经路上有两棵黄桷树在风中摇晃,树枝互相摩挲着。荣夫人灵光一闪,指着山下问天真长老:"长老看见山下路口那两棵黄桷树了吗?"长老点点头。荣夫人说:"我们以一年为期,若那两棵黄桷树能合而为一,我就相信天意,把香妹嫁给慧明,否则……长老意下如何?"天真长老双手合十:"阿弥陀佛,就依施主之见。"

荣夫人母女俩辞别后,天真长老把慧明叫到禅房,讲了他和荣夫人的约定,并让慧明马上还俗,到山下去伺候那两棵黄桷树。慧明言辞恳切地说:"师傅,我先不脱这身袈裟,若一年期满,天意不成全,我便重返寺庙受戒,一心事佛。"慧明这是在委婉地表明心迹,这辈子非香妹不娶。天真长老答应了他的要求。临行前,他交给慧明一本医书——《金丹秘籍》。慧明下山后,在黄桷树旁搭起一间小屋,每天只做三件事:思念香妹,祈拜佛祖,行善积德。他做了很多竹筒,从巴岳寺的玉版泉引来圣水,浇灌黄桷树,也供过往的行人喝。遇有伤病的,慧明便给他们治病疗伤。

日月穿梭,四季更替,一年之期眼看就要到了,但两棵树丝毫没有合拢的迹象。到期的前一天,慧明想到明天就要和两棵黄桷树告别了,他和香妹的姻缘,他和这个世界的尘缘都要彻底了断了,心中不由万分凄凉。晚上,夜深人静时,慧明到两棵黄桷树中间打坐,向佛祖做最后的祈祷。午夜时分,天空突然电闪雷鸣,仿佛整个巴岳山都在颤动,紧接着瓢泼大雨铺天盖地而来。慧明像是石化一般,纹丝不动。第二天清晨,当第一缕阳光照到巴岳山上的时候,荣夫人和郭香妹坐着轿子赶到了巴岳山下。一下轿,香妹便拔腿跑向黄桷树。突然,香妹惊叫一声:"天哪——娘——"慧明听见动静,睁开失神的双眼,滚下两道清泪,"香妹,你我今生无缘,来世再相会吧!"香妹抓住慧明的双手,"慧明,你看!树——树——"慧明仰头一看,两棵黄桷树竟然相拥在一起！

接下来的事都顺理成章了，慧明认祖归宗，姓胡，名慧民，字天缘。他到郭家做了上门女婿，与香妹恩恩爱爱，协助岳父发展家业。据说，巴岳山的水南茶就是胡慧民先生开发出来的。

为答谢天真大师的月老之恩，郭家捐出善款，重修静广寺，并扩大寺庙的规模。从此，静广寺香火更加旺盛。

/ 仙凡之间 /

天灯石的传说

葛稚川

寂寂空山暮鸟归,一龛明灭净禅扉。忽惊林杪星初乱,渐起岩前火欲飞。老衲石幢宵照耀,野人樵径望依稀。休夸独上峨眉顶,万丈光芒映客衣。

这首诗的题目叫《圣灯夜照》,作者是清代文人王师我,诗中写的是巴岳山香炉峰上的奇景。巴岳山有三十五峰,以主峰香炉峰最为著名。此峰在铜梁境内。之所以叫香炉峰,是因为山峰之巅有一尊形似香炉的巨石。这尊巨石另有名字,叫作天灯石。天灯石顶部平坦,"广二丈许",是巴岳山观景的制高点,在上面可以一览众山小。

据《道光重庆府志》记载,张三丰曾在天灯石上修真悟道,"礼斗其上,陟此俯瞰,县治小于浮叶。东望龙游,西瞻宝顶,南眺缙云,北顾波仑,飘飘然有羽化登仙之概"。"礼斗"是道家术语,意思是礼拜北斗星君。张三丰还写过一首《巴岳山赠僧定一》:"巴川挺巴岳,苍苍翠几重。不是匡庐山,中有香炉峰。偶焉此驻足,欣与高僧逢。我有竹枝杖,变化为青龙。持以赠禅客,他日倘相从。"

种种迹象表明,张三丰曾长时间滞留巴岳山。民间相传,除了在天灯石上悟道,张三丰还曾在玄天宫修真,在三丰洞打坐,在棋盘石与杨禅对弈,在巴岳寺与宝峰禅师喝茶。后世有人猜测,张三丰迟迟不离开巴岳山,不单是贪恋风景和传播道法(毕竟天下名山胜景很多,可传播道法的地方也有很多),更是受永乐帝朱棣所托,借传道之名游走名山大川,暗中察访建文帝朱允炆的下落。他认为建文帝很可能隐居在这座当时名不见经传的巴岳山,所以便住下来慢慢打探。

那么,张三丰诗作中那个叫"定一"的和尚到底是谁?香炉峰顶的巨石为何叫天灯石?这里有一个非常动人的传说,而传说背后牵涉到一些皇家秘事。

据说,张三丰以游方道士的身份在巴岳山住了很久,并没找到建文帝。倒不是山里人同情建文帝的遭遇,刻意掩藏了建文帝的踪迹,而是因为巴岳山处江湖之远,山里人不关心皇室的明争暗斗,根本不知道"靖难之役"这回事,不知道建文帝流落民间,竟然躲进了巴岳山。但张三丰智慧过人,在巴岳山住得久了,渐渐地看出了端倪。

原来,山里人的言行举止并无异常,但张三丰在夜上香炉峰顶打坐吐纳时注意到,巨石中央立着一个三角木架,木架高三丈三尺,顶端固定着一个绳套,绳套里有一个又大又白的陶瓷碗,碗里装满了油,燃着一根灯芯,彻夜不熄。他特意察看过,那个木架的三个脚插在三个大小恰到好处的石洞里,甚是稳固。木架的做工和设计很普通,倒是固定石灯碗的双层绳套和防风防雨的灯罩,设计得颇有一番巧思,竟能让那盏灯不管刮风下雨都能持续燃到天明。

这天,为了弄清来龙去脉,张三丰不等入夜,傍晚早早地便去了香炉峰,藏在巨石旁边的树林里暗中观察。很快,就有几个小和尚上山来,走进玄天宫。小和尚们似乎和玄天宫的小道士们十分相熟,可以在玄天宫进出自如。他们从玄天宫抬出那个三脚架,把它搬到巨石上立稳。待到暮色四合,一个身轻如燕的小和尚就爬到木架顶端,掏出绳套自上而下地套进三脚架,又将灯碗放入绳套里固定好,再将灯碗装满油,点燃灯芯,罩上灯罩,然后下来,和其他小和尚一起离开。整个过程甚是流畅,小和尚们显然做此事已久。第二天东方既白,小和尚们又上香炉峰顶,收了灯碗、绳索、三脚架,放回玄天宫,待到傍晚再上山重复前一天傍晚那套动作。周而复始,习惯成自然。

观察了两天,张三丰暗暗称奇。几个小和尚很面熟,应该是巴岳寺的。但他们和玄天宫是什么关系?张三丰动了好奇心,便决定去玄天宫问个清楚。

张三丰曾在玄天宫小住过几天,和观主颇为相熟。再次走进玄天宫,他就直接向观主道明来意。观主打了个哈哈，笑道："夜晚燃灯嘛，自然是大和尚交给小和尚的日课。你欲知详细，不妨问宝峰大和尚。"张三丰瞪了观主一眼，道："臭道士，废话多。我倒要问你，为何不叫小道士去点灯？小和尚每日从半山腰爬上来又爬下去，你于心何忍？"观主笑道："其一，佛家讲究戒妄语，和尚能不说话尽量不说话，不得不说时也长话短说，道家没这个忌讳。其二，我是臭道士的话，你莫非是香道士？其三，你怎知我日后不会让小道士去点灯？"张三丰心中有事，懒得和观主做口舌之争。观主见他愁眉不展，笑道："我师何其痴也。须知放下才能心宽啊。"张三丰听观主话里有话，但又知他口风甚紧，问不出什么，只好问点看似无关痛痒的："这事持续多久了？山下的老百姓怎么说？"观主道："山中无甲子，寒暑不知年。大概快一年了吧。至于山下的人，大都苦于劳作奔波，没几个人上山来一看究竟，大概以为这是驱鬼的神迹吧。他们把这灯称作天灯，把这石头称作天灯石。"

张三丰略加思索，便明白这事背后还有另一层意思。所谓"夜晚燃灯驱鬼"，其实驱走的是人们心中的黑暗。这于小和尚们而言，是日常修行；于商旅们而言，是黑夜指路壮行；于山下的居民而言，是在心里燃起一盏温暖的灯。这个好主意是谁想出的呢？张三丰暗生敬意。本想立刻去巴岳寺找宝峰禅师问个清楚，但多次一起喝茶闲聊的经验告诉他，宝峰禅师虽是一个境界高远的得道高僧，但同时也是一只世故圆滑的老狐狸，这么去问大概也是打草惊蛇，倒不如静等时机，直接从小和尚那里套话。

第三天傍晚，张三丰也不躲躲藏藏了，直接堵在天灯石上，问那几个来点灯的小和尚："燃灯之举可谓功德无量。敢问几位小师傅，这是谁的主意？"几个小和尚都在寺里见过他，倒也不拘束，七嘴八舌地答道："就是住持啊。"张三丰看他们神色一派天真，不似有伪，他们的答案虽不是他想要的，但他也不好继续追问，正犹豫着要不要问"贵寺最近一年有没有陌生人进出"，脑海里突然出现绳套和灯罩的影子，灵光一闪，他便想到一个更好的问题："那个套灯碗的绳套，还有那个防风的灯罩，是谁做的？"小和尚们答道："定一。定一教我们做的。"张三丰暗喜，又问："定一是谁？我去寺里几次都不曾得

见。"小和尚们答道:"是个挂单的师傅。行踪不定,偶尔会来寺停留。你自然没见过。"张三丰"哦"了一声,暗暗点头,心想:"这主意自然也是定一出的了。只是不知定一是不是我一直在找的那个人。"正思忖间,却听一个小和尚说道:"方才我出门时,隐约听到定一在住持的禅房说话,会不会是他来了?"另一个小和尚道:"你怎知是他?"前一个小和尚道:"说话的口音啊,和我们都不一样。"另一个小和尚道:"咦,道长呢?不翼而飞了?"

是的,此刻的张三丰恨不得肋下生翅,立刻飞到巴岳寺。他已经施展轻功,像一只蝴蝶穿花绕树般绕开小和尚们的视线,腾挪着下了香炉峰,借着残存的天光和依稀的星光往巴岳寺狂奔。快到巴岳寺山门时,却见一个清瘦的僧人正离寺而去。他来不及多想,试探着叫了一声:"定一大师?"那僧人一怔,停下脚步,抬眼看向张三丰。张三丰走上前去,揖手道:"贫道张三丰见过定一大师。"那僧人微微颔首,并不答礼,也不说话。星光之下,山路之上,他静静站着,僧衣月白,容色平和,眉宇间自有一种出尘的气度。

张三丰阅人无数,一眼便知这就是自己一直苦苦寻找的建文帝,却不能道破,不能相邀,更不能跟踪,也不能强留。就那么短短的一瞬间,他心里就转了无数个念头,最终说出口的却是:"大师之名,贫道耳闻已久。大师风采,贫道见之心折。大师菩萨心肠,更令贫道动容。只恨无缘相从,聊以这竹杖相赠,权当是贫道的身外身跟随侍奉大师吧。"

那僧人仍不说话,只是微笑着接过张三丰的竹杖,拨路而去,转眼就消失在浓浓的雾霭里。张三丰长叹一声,当夜便离开了巴岳山。

回到武当山后,张三丰叫人给永乐帝朱棣捎信,说曾在铜梁巴岳山和建文帝有过一面之缘,但建文帝已出家为僧,向佛之心坚逾金石,不便相劝,更不能勉强。为了避免朱棣继续追杀朱允炆,张三丰特别强调朱允炆已离开巴岳山,远走他方,不知去向,而且随时都在改换法号,想要追寻也是枉然。朱棣只好作罢。也许是内心有愧,也许是故作宽厚,永乐六年(1408年),朱棣敕封巴岳寺为"川东第一大古刹"。从此,该寺香火日盛,僧人日增,声名日远。

/ 仙凡之间 /

　　天底下没有不透风的墙。建文帝和张三丰曾在巴岳山滞留的事,最初只有宝峰禅师等极少数人知晓,后来渐渐在民间传开。不过,中国的老百姓向来不太在意谁做皇帝,他们更关心自己的身体健康。所以在民间,张三丰的名气比朱允炆大得多,以至于到今天,铜梁人大都知道巴岳山的三丰洞、棋盘石和张三丰有关,却极少知道天灯石和建文帝朱允炆有关。

一支穿越的竹杖

赵兴明

> 巴川挺巴岳，苍苍翠几重。
> 不是匡庐山，中有香炉峰。
> 偶焉此驻足，欣与高僧逢。
> 我有竹枝杖，变化为青龙。
> 持以赠禅客，他日倘相从。
> 　　　　——张三丰《云水集·巴岳山赠僧定一》

四百多年前的一天，风轻日暖。巴岳山南的古道上，落英缤纷，一位精神矍铄的老人，葛衣芒鞋一路踏花而来。他就是三次向神宗皇帝朱翊钧请辞，"上慰留之"，第四次方获准"致仕"并"令乘传去"的兵部尚书加太子太保张佳胤。张佳胤荣归故里之后，并没有住回巴川县城的家中，而是隐居在巴岳山玄天宫下，闲访幽胜，寄情诗文。

这一天，张佳胤来到山腰上的巴岳寺，拜访住持大师顺庆和尚。茶话之间，顺庆和尚谈到一桩奇事。说三代之前，寺中有长老法号定一，曾在巴岳山遇到通微显化真人张三丰，并蒙赠竹杖一支。后来，定一长老执杖远游，不知所踪。三丰道人曾在巴岳山修真之事，张佳胤也早有耳闻，却一直不知洞府何在，今日听到顺庆和尚谈及此事，便顺口向和尚打听。顺庆和尚曾听樵夫传言，北面山腰绝壁间有石穴，楣额有字，不知何时所留。张佳胤一听，顿时来了兴致，便拉着顺庆和尚一道，前去探访。

张佳胤与顺庆和尚沿着荒草古径，由南至北一路行来，抚松望云，踏遍千峰。日渐偏西之时，两人来到了樵夫所说的山腰绝壁。拨开拦路的枝蔓，

/ 仙凡之间 /

只见前方峭壁上开有三口石穴。石穴上圆下方，相邻而凿。一穴洞额上刻"昆仑洞"，一穴刻"玄真洞"，一穴洞顶半塌不见题刻。登临佳境，凭风怀古，张佳胤不由文思涌动，口占一绝：

不辞芒屩（juē）踏千峰，朱草玄云洞口封。
一自青牛乘紫气，至今人解说三丰。

昆仑洞和玄真洞向东而开，承云观日，气象蓊蔚。在两洞右侧，有巨石如兔隐伏于荒草丛中。张佳胤博览群书，佛经道藏无所不涉。他自然知道：日为金乌，为阳；石如玉兔，为阴。此处前有金乌、后有玉兔，洞府悬空壁立，屏开于石崖之间，天然形成"乌兔一口吞"之局。张三丰曾著有道诀《无根树》流传于世，其中这样写道：

无根树，花正明，月魄天心逼日魂。
金乌髓，玉兔精，二物擒来一处烹。
阳火阴符分子午，沐浴加临卯酉门。
守黄庭，养谷神，男子怀胎笑煞人。
——张三丰《无根树》第二十二

"乌兔同烹，阴阳相合"正是仙家孕养元婴之道。看清此处洞府的格局后，张佳胤不由暗自震惊，对"张三丰修道处"的说法又信了几分。因为洞前无路，张佳胤和顺庆和尚只能手攀石壁贴身而行，方能入得洞中。

昆仑洞、玄真洞和半塌的无名洞三洞相通，但其间并不宽敞，只有一丈见方。洞内除了斑驳蒙尘的石几和一方石砚之外，别无他物。顺庆和尚见石砚端方古朴，心中喜爱，便随手收入囊中。

由玄真洞外垂直的崖壁攀爬而下，另有一处隐蔽的洞穴。这里更为人迹罕至，两张巨大的蛛网一上一下封住洞口，似乎仍有仙家在此闭关修炼。透过晶亮的蛛丝向里望去，依稀可见一座石化的丹炉。石炉旁边靠着一支爬满

青苔的竹杖和一把破损的篾扇。张佳胤以枯枝轻撼蛛网,立刻引来两只身形硕大的蜘蛛。两只蜘蛛背纹奇异,如穿八卦玄衣,此时拦在洞口,倒像是两个守门童子。张佳胤颇觉有趣,向两只花蛛揖首问道:

洞门叩问双玉童,汝师可是张三丰?
道翁仙去丹灶冷,竹枝生苔叹遗踪。

这位告病还乡的一品大员并不知道,正是他这句"汝师可是张三丰?"让原本只在巴岳山民之间口耳相传的张三丰修道处从此昭然天下。

挑开蛛网,进入洞中。张佳胤并没有找到张三丰的丹书道藏,顿感意兴索然。倒是顺庆和尚觉得那支竹杖和那把篾扇既为张真人所留,必有奇异之处。于是,一并取出,与上洞中的石砚一起收藏于巴岳寺中。然而,顺庆和尚也没有想到,他随手收来的这三件破旧之物,后来竟成了巴岳寺的镇寺之宝。

清代晚期,有道士张一清托称张三丰后裔,在三丰洞外附壁建瓴,结成道观。一日,书法家刘大智寻幽来此。面对张三丰索居修道的绝壁洞穴,他激动不已,挥毫题下"丈观"两个巨幅大字。"丈"在古文中与"杖"相通,"丈观"也可解为"杖观",有"竹杖奇观"之意。刘大智是否也像张佳胤一样,在这里见到了那支张三丰的神奇竹杖,世人已无从知晓。只有石壁上那经风沐雨的"丈观"二字,依稀透露出百年前那位书法家激动的心情。

作为饮誉明代文坛,有着"嘉靖后五子"之称的张佳胤,他交游广阔。很快,这首《同顺庆僧游巴岳》就流传开来。张三丰与巴岳山,在文人们传诵这首小诗的时候,悄然相遇。然而,世人未曾与张公同游,大多不愿尽信其言。有人认为,这首诗不过是张佳胤对明王室推崇张三丰的攀鳞附翼;还有人认为,这不过是张佳胤登临绝壁风景所抒发的思古幽情。

时至清代,当世人已将张三丰渐渐淡忘时,一本名为《云水集》的书再次让张三丰成为茶后谈资。《云水集》为张三丰所著,由清代康熙时期的三品官员汪锡龄从明代《永乐大典》中辑出,刊刻于世。令人惊奇的是,《云水集》中一首张三丰的诗作也提到了巴岳山，甚至还提到了一支竹杖。

> 巴川挺巴岳，苍苍翠几重。
> 不是匡庐山，中有香炉峰。
> 偶焉此驻足，欣与高僧逢。
> 我有竹枝杖，变化为青龙。
> 持以赠禅客，他日倘相从。

这首诗名为《巴岳山赠僧定一》，意思是，张三丰来到巴岳山香炉峰，与巴岳寺的高僧定一相谈甚欢，他还把一支可以变化为青龙的竹枝杖送给了定一和尚。由此诗可知，张三丰不但到过巴岳山，甚至还真的留下了一支竹杖。然而，张三丰诗中所说的竹枝杖，究竟在哪里呢？真如顺庆方丈所言，是定一长老云游时带走了？又或者，这支竹杖是否就是张佳胤在昆仑洞所见到的那支"竹枝生苔叹遗踪"的竹杖呢？

竹杖是否能够变化为青龙，已无从深究。但张三丰曾来巴岳山与定一长老论交，如此逸事已为巴岳山平添一段神秘的传奇。

以诗为舟，随流而下。在张佳胤拜访昆仑洞两百年之后，这支竹杖再次浮出水面。

1815年刊刻的《四川通志》写道："铜梁巴岳山，有真人张三丰所遗扇、砚、竹杖各一，寺僧以为宝。"按书中所载，在当时，这支竹杖并不只是一个传说故事，而是真有其物，而且，东西就珍藏在当时的巴岳寺中。从六百多年前张三丰的诗中，流传到四百多年前张佳胤的诗中，再现身于两百年前《四川通志》的记载中，这一支穿越时空的竹杖是否真的存在呢？它，又能否证明，张三丰在巴岳山并非只是短暂驻足停留，而是长期索居于此炼丹修道呢？

从隐仙派的传承谱系看，张三丰的师父是火龙先生，火龙先生的师父是陈抟老祖。有意思的是，在铜梁巴岳山东北30公里外的合川铜梁山，有一座二仙观。相传二仙观正是火龙先生修真悟道并传法张三丰之处。现在二仙观

后的石壁上，仍能欣赏到全国唯一保留完整的张三丰龙行大草诗文题刻。

巴岳山东北30公里外是师父火龙先生的道场，这已经很巧了，但还有更巧的。在巴岳山西北60公里外，有一个烟波岭。烟波岭地属潼南县崇龛镇，而这里正是张三丰的祖师爷陈抟老祖的传道之地。

隐仙派由李道祖传尹喜，尹喜传麻衣，麻衣传陈抟，陈抟在终南山学道后带到崇龛传火龙，火龙传三丰。从此，千古道韵由张三丰携来巴岳一脉。

清光绪版《铜梁县志》载："五星杉 在巴岳山巅香炉峰侧，五株罗列，如星聚奎垣，高约十丈，围八九尺，古干离奇，烟云郁锁。相传为张三丰手植。"

"张三丰植五星杉"之说，始见于此版方志，且所谓"五星杉"也早已不见踪迹。以古树攀附历史名人的手法常见于景点打造，如果巴岳山顶的"五星杉"迄今尚存，游者尚可吞声，但在"死"无对证的情况下硬要以杉为媒，将张三丰拴在巴岳山，则显得牵强。

随手翻看《云水集》，一首题写于巴岳山玄天观的诗，却又隐隐透露出一段张三丰与巴岳山鲜为人知的秘闻。

等闲钓罢海中鳌，一笑归来祖晋陶。花吐碧桃春正好，笋抽翠竹节还高。心怀凤阙龙鳞会，身寓龟城马足劳。何必终南论捷径，宜情于我似鸿毛。

——张三丰《题玄天观寄蜀王》

这位一心想召请张三丰的蜀王到底是谁呢？朱元璋的第十一子朱椿是首位蜀王，他在《送张三丰遨游》一诗中写道："赠我治心方，得公延命药。海天万里游，因缘容后续。"由此可知，蜀献王朱椿曾经与张三丰见过面，还蒙张三丰赠送一张治疗心病的药方，得以延续性命。

蜀献王朱椿是1390年到成都就任的，由此推断张三丰入蜀的时间应在1390年之后。但是否就是蜀献王相召张三丰，张三丰在玄天观题诗相寄呢？事情并非如此简单。

蜀献王朱椿的孙子蜀定王朱友垓的一首诗中也写到了张三丰。从诗句的

/ 仙凡之间 /

内容上看,这位蜀定王还曾两次前往巴岳山寻访张三丰。

> 福地喜重来,登临亦快哉。
> 蓬壶连海岛,云洞隔尘埃。
> 羽客乘鸾去,仙人驾凤回。
> 谈玄闲坐久,欲去且徘徊。
>
> ——朱友垓《题玄天观忆丰仙》

由这首《题玄天观忆丰仙》可知,朱友垓在1463年走马上任之后,还未及整理政事就再次风尘仆仆地赶到巴岳山寻访张三丰。他为何如此急迫呢?原来蜀献王朱椿一脉寿命都不长,朱椿的长子蜀悼庄王朱悦燫只活到21岁,次子华阳悼隐王朱悦耀42岁,三子崇宁王朱悦燇25岁,四子崇庆王朱悦炘16岁,五子蜀和王朱悦㷆(shào)27岁。蜀和王朱悦㷆的长子就是蜀定王朱友垓。看到父亲和叔叔伯伯们一个个英年早逝,43岁的朱友垓也十分恐惧。因为蜀献王朱椿曾经得到了张三丰的延命药,活到了53岁。朱友垓为求保命,也先后两次亲临巴岳山寻访张三丰。可惜的是,他从玄天观道众口中得知,张三丰已经乘鸾飞去。这位蜀定王在巴岳山玄天观等待数日无缘相见,只能带着满怀失望打道回府。据明史载,这位朱友垓老兄非常悲催,回去之后没几个月就死了,在位时间不到一年。

当然,蜀定王也不是白来巴岳山一趟,他也有收获。正是在巴岳山苦候张三丰归来的日子里,他品尝到了一种巴岳山的特产茶,叫云雾茶。云雾茶香浓味醇,蜀定王朱友垓品尝之后,惊为仙饮,遂将云雾茶定为蜀王宫贡茶。

张三丰那首《题玄天观寄蜀王》,到底是寄给蜀献王朱椿的还是寄给他孙子蜀定王朱友垓的,已然不可详考。传奇的故事也早已化作巴岳山上的茶客们雅集品茗时的漫漫谈资。

从张三丰和蜀献王、蜀定王的诗文应答中,可以推定,在1390—1439年之间,张三丰确实曾在巴岳山索居修道,并在玄天观停留过一段不短的时日。玄天宫又称玄天古观,始建于晚唐,明成化中重建,清康熙和道光时还曾两次修缮。清代，为避康熙讳，改"玄"为"元"，称为元天宫或元天观。可惜的是，昔日玄天观森罗的殿宇早已散轶于历史的巨辙之下。

清末，又一位大儒登临巴岳绝顶，他就是晚清翰林、成都少成书院掌院、铜梁安居人吴鸿恩。吴鸿恩上瞻高道张三丰题诗，下瞰文星张肖甫结庐，挥而就题下"真武山"三个大字。字由观中道士刻于峰顶巨石南侧，以证巴岳道脉千年繁华之盛。

令人惋惜的是，如今玄天古观早已片瓦难寻，仅有断垣残基深埋地下。吴翰林所留双勾题刻"真武山"大字，也在十几年前的第一轮旅游开发中被莫名铲除，新刻"天灯石"三字，覆其上。

比"真武山"题刻更早遭遇劫难的是巴岳寺。十年浩劫期间，巴岳寺佛像悉数被毁，僧侣散尽，房屋倒塌，昔日的禅院沦为荒野，张三丰所遗三宝也不知所踪。

哀哉！白云苍狗，斯须幻化。曾经的三丰道藏、玄天古观、五星杉木甚至碑文题刻都已湮灭殆尽，只有一支沉睡在巴岳山白云深处的竹枝杖，静静等待着变化为青龙的时刻。

瑞竹双龙干，飞腾介象材。
愿随绿玉后，同陟阆风台。
——张佳胤《居来先生集》卷二十五《咏杖》

/ 仙凡之间 /

鲁班巧修波仑寺

吴科瑞　胡发会

　　安居波仑寺柴房屋有一扇木渣门，表面看来很光滑，背面却是"渣渣翻翻"的木屑，任凭木匠怎么推都弄不平，仍然有一些木渣，因此叫"木渣门"。这道门来历不简单，传说是鲁班修建波仑寺时留下的，而且还有一段美妙动听的传说。

　　鲁班有个徒弟叫赵巧，聪明能干，手脚利索，做事快，就是有些浮躁，不虚心。他跟随鲁班学艺不久，就觉得把师傅的手艺学到手了，而且还有些看不惯师傅笨手笨脚的样子，心里就产生了小瞧师傅的想法，也不想再向师傅请教什么了。他总想找机会和师傅比一比，试试自己的本领究竟有多大，能不能超过师傅。

　　说来也巧，安居大兴庙宇之风，鲁班要去修庙，赵巧也要去。赵巧找到鲁班说："师傅，我们修庙来个竞赛吧，看谁能在规定的时间内修得最快、最好。"鲁班听了很高兴，觉得自己的徒弟有上进心，就满口答应了。于是鲁班和赵巧一同到安居选取修庙的地址。

　　他们先到修波仑寺的波仑山选址，这是全城最高的地方，地势居中，是修庙的理想之处。只是山上巨石兀立，地势险要，要修庙必须开山劈石，工程浩大，费力不少。赵巧不愿干这种苦差事，就对鲁班说："师傅，这地方好，波仑寺就由你来修吧。"鲁班觉得自己是师傅，应该挑重担，就答应了。赵巧暗自揣摩，自己的手艺以灵巧为主，去选个平坦的地方吧。他选中了涪江边上的泉溪口，这里地势平坦，又在涪江边，正和波仑山隔江相望，修一座别致的庙宇陪衬涪江，倒是相映成趣。于是他和鲁班约定，用一晚上的时间修好，一更起工，鸡叫三遍为止。对于徒弟提出的条件，鲁班当然不好说什么,就满口应承。

赵巧心中暗自欢喜,心想这回一定要超过师傅。他把鲁班教他的砍树法、搬运法全都用上了,一个更次的时间,就把木料全部备齐。他想知道师傅那边在做啥,就跑到波仑山去偷看。原先一座乱糟糟的波仑山,经过鲁班开山劈石,已修得平平整整的,乱石不见了,树木倒在一旁,山顶的簸箕石整齐地兀立着,鲁班正在进行摩岩造像。赵巧心中惊讶,师傅年纪大了,平时有点笨手笨脚的,其实手脚非常灵活,并不笨呀!他心中盘算,要想在进度上赢师傅有点难,只能在修造的"巧"字上下功夫,来个出奇制胜了。

赵巧回到泉溪口不按原计划修三重三进的庙,专门改换为一个八面玲珑的宝塔形楼阁,既不供佛祖,也不供老君,非寺非庙,专供奎星,所以就叫奎阁。

好在他和师傅的约定事先打了埋伏,只讲快,不讲规模大小。奎阁修了六层,他歇气了,觉得自己的速度够快了,师傅情况如何?还是去看看吧,他不知不觉又往波仑山上跑。

赵巧再到波仑山看时,波仑寺主体工程已近完善。只见寺庙依山傍石而建,说得上工艺巧绝,结构雄奇,远远望去,层层殿宇,翘角飞檐,甚是巍峨。檐角铜铃,随风摆动,像天籁仙乐从天而降。走进庙门,正中立着镇山灵官,面目狰狞,手中的钢鞭随时有横扫邪恶之势。第二殿是弥勒殿,弥勒佛大肚袒露,笑口常开。第三重是大雄宝殿,建在簸箕石下,绕石而围,半构楼。巨佛摩岩而造,高与岩齐,左手内屈,手拿念珠,置于前胸,衣饰简朴,线条粗犷。看到这里,赵巧又在想,要是自己来摩岩造像,线条肯定比师傅细腻,衣饰也华丽得多。

这时鲁班正在殿内审视,看了看佛像,又看了看对面的墙壁。他忽然伸手朝上划了一个圈,一扇圆窗就形成了,月光正好穿射进来,直射佛祖胸前,圆圆的月影正置于佛像手掌之中。这就是安居最有名的景观——"波仑捧月"。看到这里,赵巧惊叹,师傅终比自己强啊!

再看大殿左右立着两根楹柱,正感空荡荡的,略显不足。只见鲁班口中念念有词,举左手向圆窗外一招,一条小龙瞬间飞了进来,随着鲁班的手势缠绕在左边的楹柱上。鲁班再举右手向窗外一招，一条小龙又飞了进来，缠绕在右边的楹柱上。顿时，大雄宝殿增添了无比的灵气，小龙活灵活现，随时有腾飞欲下之势。这下赵巧傻眼了，原来师傅的神通如此广大呵！他自叹不如，但是心又不甘，"莫忙，我要找点拐事给他做"。赵巧看见殿旁有一排小佛像，就伸手把这些佛像的脑袋一一"摸"掉，正准备去偷偷折断十八罗汉的手指时，鲁班蓦然转身吐了一口痰，惊得他逃之夭夭。

赵巧回到泉溪口，把奎阁修到七层，封好顶，从头到尾检查了一遍。这奎阁修得甚是乖巧精致，立在涪江边，倒映在涪江中，显得相当静谧，遥遥与波仑寺隔江相望，一雄伟，一小巧，真是别有一番景趣。

赵巧建好了奎阁，估计时间不多了，又一次到波仑山去看。这时鲁班正在建禅房、僧舍，眼看也要完工了。赵巧想，师傅建的波仑寺无论规划还是气势都比奎阁强好几倍。虽然自己是他的徒弟，比不上师傅无可非议，但相差太大，自己脸面又往哪儿搁？他眉头一皱，歪主意来了，不是鸡叫分胜负吗？于是他捏着嗓子"喔喔喔……"学起鸡叫来。

鲁班听到鸡叫一愣，自言自语道："怎么鸡都叫了呢？"他还有一道工序没完成，那就是厨房缺扇门。鲁班心里有些着急，他和赵巧的约定是鸡鸣定胜负，总不能在徒弟面前丢面子吧！这时，赵巧又使劲地叫了第二遍。鲁班在慌忙之中一时找不到木料，顺手抓起地上的木屑朝门框上抹。这一抹就出了一扇"木渣门"，手抹的一面很光滑，背面却是木屑，怎么也弄不掉。这扇木渣门留给了后人，也留下了鲁班修波仑寺的一段传说。

安居县一品城隍

邹贤忠

旧时,全国只要是驻有县级以上官府的城镇都修有城隍庙,塑有城隍神像。

城隍神也分等级。安居古县城的城隍神本来应该和阳世地方官是一样的级别,可是这里的城隍神的级别却是一品。安居县的城隍为何比其他县的城隍品级高,这里流传着一个古老的民间传说。

明太祖朱元璋驾崩后,传位于皇太孙朱允炆,即建文帝。后朱允炆叔叔燕王朱棣从北京起兵造反,打到了南京,破城后,建文帝不知所踪。朱棣派兵搜遍全城都找不到建文帝的影子,只好派人到全国各地搜捕、追杀建文帝。

原来建文帝早在破城前,就由几位忠心的大臣保护着,化装从秘道潜出了南京,沿长江溯流而上,向三峡上游的渝州府而去。

朱棣派出的人得知建文帝的行踪后,就一路跟踪追杀。好在有忠心的臣子和沿途百姓的掩护,吃尽千辛万苦,建文帝只身一人终于来到渝州府所辖的安居县。

到县城时天色已晚,由于连日奔波,建文帝又累又饿,又身无分文,到西门城隍庙前时已无力行走。本想到庙里去讨点吃的,但见庙门紧闭,建文帝不敢上前敲门,只好在庙门前的石台阶上坐下歇息。

建文帝正在忍受着饥饿的煎熬,庙门吱呀一声打开了,出来一位手拿蜡烛的老庙祝。他打量了建文帝一眼,接着非常热情地请他进庙内去歇息。庙祝忙前忙后,照料着建文帝吃喝、洗澡,又拿出几件旧衣裳让他换上,并打扫一间静室让他住下。那晚建文帝睡得非常踏实。

第二天一早,建文帝又准备开始他的流亡生涯。在向庙祝告辞时,庙祝非常诚恳地挽留他。他想留下又怕连累庙祝，但一想到跟随他的大臣为了保护自己，死的死、伤的伤，有的在突围中失散，自己孑然一身，不知往何处安身，就只好留下了。

一连几天都相安无事，但建文帝还是躲在房间里怕出来见人。又过了几天，他见老庙祝还是非常热情周到地服侍照料着自己，觉得很过意不去，就提出要帮他在庙里干一点儿杂活。老庙祝不同意，叫他安心住下，但他说如果不让他干点儿活，他就只好离去。老庙祝见拗不过他，只好让他干点儿打扫殿堂的轻活。

建文帝每天穿着庙祝的旧衣，公然拿着扫帚帮庙祝打扫殿堂。虽说也来了几批操着下江口音、身上藏着刀剑的便衣壮汉，在庙里各处察看，但他们跟建文帝擦身而过时都好像没见到他一样。

建文帝觉得很奇怪："为何庙祝对朕这样热情？为何这些杀手见了朕就视而不见？"这天早上，他正在大殿上沉思，抬头看见城隍的神像时不由心中一动："难道是城隍在护佑朕？"想到这，他对城隍说："城隍神，希望你能护佑朕的安全，使朕躲过这次劫难。朕现在就封你为一等爵位，官居一品！"

建文帝亲口敕封了这里的城隍神为一等爵位后，觉得城隍神一定会护佑自己，就放心地在安居县城隍庙住下了。这一住就是两年多，说也奇怪，这两年多里，不但庙祝对他的照顾一点没有懈怠，而且再也不见有人来追杀、打扰他了。

随着时间的流逝，建文帝见跟随他失散了的臣子杳无音信，又见朱棣夺取的皇位日渐稳固，他知道恢复帝位无望，心灰意冷下就动了出家的念头。庙祝看出他的心思，就推荐他到城西南十里外的观音寺去剃度为僧。观音寺的方丈好像知道他的来历，就让他到后山的一间清静的禅房里去单独居住，并派出两名小沙弥服侍他。

观音寺的香火本就兴旺，建文帝在观音寺出家后，寺里的香火就更加兴旺了。他在寺里安心地住了一段时间后，就动了外出云游的念头。方丈知道后不但没有阻拦，而且派了一位行脚僧背着行李陪同他一起云游。

建文帝这一去就是好几年，他的足迹踏遍了四川、江西、云南、贵州等

地的名山大川。一路上除了拜访高僧大德外，还暗中察访失散了的臣子。后来虽也找到几位，但他们知道在当时的形势下要想夺回帝位那是不可能的了……

后来，建文帝回到安居观音寺后，一直在寺院后山的禅房里闭关修炼，直到九十岁圆寂。到成化年间扩建重修观音寺时，人们为了纪念建文帝，就把观音寺改名为龙归寺，寺院所在之山就称为龙归山。

朱棣夺取江山后，在位二十二年后由太子朱高炽继位。朱高炽登基后大赦天下。他动用东厂的侦查力量知道了朱允炆的去向，但见自己的皇位已经稳固，朱允炆已出家为僧，根本无力量和自己争夺帝位。为了缓和前朝臣民的怨气，朱高炽借大赦天下之机不再追究，还旨令地方官拨款重修安居县城隍庙。

其实安居县的官府和百姓早就知道建文帝在城隍庙住过，也知道他亲口敕封城隍神为一品爵位的事。大家早就想把城隍的塑像改为一品服饰，但又怕违了新皇帝的制。这次见朝廷下旨重修城隍庙，就乘机把城隍神像改塑成一品服饰了。

安居县城隍的塑像有两座，一座泥塑、一座木雕，泥塑神像坐大殿，木雕神像可抬着出巡。每年农历五月初十就是城隍出巡的日子，五月十三是城隍的诞辰。

/ 仙凡之间 /

碧玉簪

李　菁

　　清朝嘉庆三年（1798年）的一个月夜，在安居古镇，狂风顿起，涛声怒吼，浓云翻滚，明月惊惶地躲入黑暗之中。风声夹着叹息，诉说着一个凄婉的爱情故事。

　　一年前的春天，涪江畔的李尚书府，修竹亭亭，桃花竞放。正房桃花厅中，寿烛红艳，笑语声喧。寿翁李志，当朝礼部尚书，笑盈盈从内室步出，连连向众宾拱手施礼。虽说年届五旬，他仍须乌发黑，双目有神，脸色红润，一条长辫子与那细绸长衫一样油油生光。"各位嘉宾请便，品茗、吃糖、嗑瓜子。"他边说边落座在那把檀香木椅上。

　　"铜梁安居王翰林到——"话音未落，翰林已步入正房。

　　"在下王金田，给尚书大人拜寿。"

　　"免礼，免礼，快快请起！"尚书扶起翰林，向众宾拱手致意，走向内室。二人乃文字之交，诗词唱和，情长意深。

　　宾主落座，李尚书道："仁兄赋闲在家，怎么不偕嫂夫人来呢？"

　　"拙荆守家，贱息玉林与我同行。"

　　尚书问："令郎青春几何？"

　　翰林答："年正弱冠。"

　　"读了那些书？"

　　"四书五经、唐诗宋词。"

　　"想来玉林一定才如其父，笔落惊风雨吧？"

　　"县考第一，刚中秀才。"

　　"哦，后生可畏，叫他进来，我要考考他。"

丫鬟春兰带进一位英俊的后生，尚书看他如玉树临风，心里已有几分爱意。

"尚书大人在上，玉林带来四色寿礼，拜祝寿诞。"

"好，起来，起来。"

春兰用茶盒接走寿礼。

"贤侄，我看你外表眉清目秀，定有锦绣肝肠。"尚书理理长髯，"不过，今天要考考你——春兰，快请小姐。""爹"，一声莺啼，小姐月英轻盈地飘出。只见她云鬓轻拢蝉翼，蛾眉淡扫春山，体态婀娜，娇丽无比。玉林春心怦然跳动，目光若即若离，只往小姐鬓上的玉簪瞟。那玉簪碧绿、晶莹、闪亮，月貌花容，更加迷人。

"儿呀，这是为父的至交，安居王翰林。这是翰林的公子玉林，县考第一名秀才，儿愿与秀才比比么？"

"爹。"月英娇嗔地努努嘴，回身道，"伯父、公子，爹如此激我，小女子献丑了。"

月英浅浅一笑，说："秀水美哟，有道是欲画秀水难倒墨客。"

玉林答曰："安居奇呢，常言道想歌波仑困惑诗星。"

此时，忽听后院春兰一语："这卤鸭头咸了。"月英暗喜，吟道："丫头啃鸭头，鸭头咸，丫头嫌。"

玉林随口说："童子打桐子，桐子落，童子乐。"

尚书听了，严峻的目光里露出一丝微笑。

月英冷冷一问："你今来此，有何贵干？"玉林甜甜一笑，起身对尚书深深一拜，口占一诗：

桃花竞放笑春风，歌满华堂喜烛红。
玉儿踏浪来贵府，长跪尊前拜寿翁。

"贤侄请起。"尚书春风满面，扶起玉林。月英捧起茶碗来，羞涩地递过去："公子才华横溢，佩服佩服。"她一瞟玉林，秋波暗转，后飘然入内。

尚书大喜，要把女儿许给玉林。王翰林谦恭地推诿："官职尊卑，难结秦晋。"但尚书主意已定，当即托知县主媒，完就好事。

这事急坏月英表哥杜文友，他早就喜欢表妹了。但事已至此，又无可奈何，杜文友急切中想出一离间计，花重金买通尚书府的孙婆，要她设法将月英的碧玉簪弄到手。

娶亲的日子到了，尚书府喜气洋洋。绣楼中，孙婆在为月英梳洗打扮。趁月英不注意，她悄悄地把碧玉簪藏在袖中，然后抽空把玉簪给了杜文友。

礼炮声声，新人上轿，喜船溯江而上，开往安居。

王翰林娶儿媳，安居轰动，人们迎出几里远，沿江看热闹。当彩船开拢黄家坝时，礼炮、锣鼓、唢呐震天响。安居后河沟翰林府张灯结彩，笙鼓箫歌，喜气洋洋。

新人拜天地、入洞房。玉林急切地揭开月英的大红盖头，轻轻放在床头的银柜上。就在这时，他看见柜上有一封信，信封写着：文友表兄亲启。玉林一愣，随即打开信，又发现一枚碧玉簪，他不看则罢，一看气冲斗牛。

幸福涨满月英胸膛，她感到一阵快乐的眩晕，微闭着发烫的双目。当盖头巾掀开的一刹那，那激动的心就要撞破胸壁，她盼着幸福的一刻了。

"你这贱妇！"一声怒斥，喜烛的火苗抖了几下。"郎君，你怎么了？"玉林猛一嚷，吓得月英发抖。

"你，你干的好事！"玉林猛地蹦起，椅子弄翻了。"啪"的一声，玉簪被掷在床褥上。

月英吓了一跳，循声望去，玉簪！她不敢相信，定睛一看，是真的，那玉簪上镶嵌的宝石正幽幽放光呢。月英真糊涂了，这玉簪不是丢失了么？

"你说话呀！"玉林又猛地一呵斥，"你是大家闺秀，金玉之体，怎么能在闺中就与人……唉——"

一夜无眠，新人愁坐。

月英生在大户人家，知书达礼，孝敬公婆，她忍着痛苦，不露半点痕迹。这愁坏了陪嫁的贴身丫鬟春兰，她知小姐委屈，思前想后，觉得事有蹊跷，但又不好言语。

光阴似箭，转眼就到了第二年端午。

初夏的阳光照着岸边企盼龙舟的人群，照着雄浑奔腾的江水。迎龙门处，琼江、涪江欢腾拥抱，激起雪白的浪花。白帆、水鸟飘然随风，江风、涛声气势雄壮。

母亲、玉林、月英和春兰早早来到望江楼。月英殷勤地问这问那，玉林板起脸，一言不发。母亲瞪了儿子几眼，碍于人多眼杂，不便发作，便拉过儿媳，挨自己身边坐下，细细讲起安居的逸闻佳话。

忽听炮响，龙舟竞渡开始了。呐喊声、擂鼓声、桨橹击浪声混成一片。龙船像蛟龙，翻江倒海而来。正在精彩处，老院公匆匆来报："嘉庆天子恩准李尚书告老还乡，亲家公就要驾到了。"

一行人急匆匆赶回翰林府，个个大汗淋漓。月英心痛丈夫，给他擦汗，玉林劈手夺过手绢，骂道："贱人！今天你老子来了，正好休你。"王母急得跺脚捶胸，打发老院公去请王翰林立即回府。

月英哭泣着走进内室，仍心系丈夫。她打开箱奁，取出一把洒金白扇，送到玉林手边，说："夫君，这是胡人进贡嘉庆天子的宝扇。天子爱我父忠臣之心，恩赐于父；月英出嫁，父亲有爱女之心，陪嫁月英；今日天热，月英有疼夫之情，敬赠夫君。"

玉林狠狠一瞪眼，"哗"的一声拉开宝扇，连撕带扯，又掷地践踏，还骂道："明明是奸夫所赠，不稀罕！"

月英心疼极了，赶忙俯身去拾，不承想被玉林一脚踏在指上，"嚓"的一声，手指断了。月英号啕大哭起来。

正在这时，李尚书、李大人、杜文友、孙婆和校卫一行来到府中，目睹这情景，尚书怒火中烧。在家中，他已得知女儿遭冷遇，今天是赶来要公道的。

王母急忙奔过去扶起儿媳。春兰搂着小姐已泣不成声。李夫人叫一声"儿呀"，母女俩抱头痛哭。

尚书大人怎受得这等欺辱？"畜生！"李尚书厉声训斥玉林，"我不计贵贱贫富，择你为婿，是爱你的道德文章，谁知，你竟跟村夫野汉无异！"

/ 仙凡之间 /

玉林哼了一声，掏出一封信，交给岳父。

尚书一览书信，气得直瞪眼，他唤过李大人，急得要用家法惩治月英。春兰急了，赶紧护住，说："不明不白的，还要打。要打死吗？"

春兰夺过信一看，冷笑道："哟，好蹊跷，这信上的字，是哪个王八蛋的笔迹？"

尚书被提醒了，赶紧叫小姐写字对照，月英忍痛写了：苍天在上，我未负夫君。

笔迹验对了，尚书瞪视玉林："你还有什么说的？"

文友心虚，直往旁边溜。

玉林又掏出碧玉簪，说："请看，这里有定情信物呢！"春兰说："看看吧，在场的有的做贼心虚呢。"尚书放眼一望，孙婆目光躲闪，直往一旁瞅。尚书一喝："你干的好事！"那孙婆何曾见过这阵势，双腿一软，还不等审问，就从实招了。

文友赶紧跪下，磕头如鸡啄米似的。

真相大白，月英与母亲哭成了泪人儿。

王母气极，训责玉林跪下。

尚书拿起玉簪，深情地别在女儿头上，说："这玉簪是你祖父、祖母的定情之物。这龙头、凤尾的图案，表示祖父、祖母的结合，玉簪上还刻有时间。簪是蓝田碧玉琢磨而成的，中间嵌有黄金和宝石，是我家的传家宝啊。"

玉林泣不成声，跪着挪向月英。月英突然两眼一黑，"哇"的一声，吐出一汪鲜血后，便人事不省。春兰等人七手八脚地扶她进内室，又赶紧出门请大夫去了。玉林摆好香案，长跪院子中央，对着茫茫苍天磕头。

不知是谁，伴着琵琶深情地唱：

但愿人长久，
但愿花长秀，
琵琶声声诉衷肠，
泪湿罗裳透……

奇人刘银子

肖闲文

在琼、涪两江的交界处——安居黑龙嘴，也就是泉溪大桥的左手边，一座高大的坟茔处在山脊处。时不时有过往的客人指指点点："那是刘银子的坟山！"刘银子何许人也？此君乃民国时期安居地带最著名的讨口子。

刘银子装扮奇特，不管天晴落雨，还是打霜下雪，他总是顶着一个破斗笠，穿着一件破长衫，颈上戴着一个亮晃晃的银圈子，银圈的接口没有封死，而是像帐钩一样各向两边高高地翘起，右手提着一个提篮，左手拿着两块一尺来长的楠竹篾块。刘银子不轻易出口，讨口之时，耸耸地站在主人家门口，不多要，只要一碗就足够了，他可不像其他乞丐那样邋遢，吃别人的残羹剩菜。所要的饭菜要干干净净，讨了饭，就打一通莲花闹，但还是不开口。刘银子讨到哪家，哪家的运气特佳，生意极好，因此安居的店铺都眼睁睁地巴望着刘银子来讨口。不过，刘银子也有开口说话之时，说的话颠三倒四，不知所云，常人无法理解。因此，人们又送了一个外号，叫他"老乱"。

据老人讲，刘银子是上河之人，但具体位置却无人知晓。他家本是殷实之家，拥有一艘大船。不过天有不测风云，有一次，刘银子家的大船被打烂了，沉水了，他的妻儿都淹死了，就这样，家破人亡的刘银子就成了"光杆司令"，人也变得疯疯癫癫的，过上了乞丐的生活。他顺着涪江，来到了安居黑龙嘴，被他本族的大户人家收留。不管一年几季，他总要从黑龙嘴的大蛤蟆石处下水游泳，而且特爱栽水觅头（潜泳），一栽就是几十个。

黑龙嘴刘姓大户的老太太是一位心善之人，刘银子管他叫二娘，不管刘老太太如何规劝，刘银子始终不住刘家的大瓦房，而是住在了刘家的穿斗房旁的三花当头处，并且不吃刘家的饭菜，仍然每天到河对岸的安居街上去讨口。令人惊奇的是，傍晚时分，过河船从未装载过刘银子，但刘银子晚上却在黑龙嘴的刘老太太家的三花当头处打起了香甜的鼾声。于是就有人私下里传开了，说刘银子驾驶着他的破斗笠，靠轻功飞渡过河！

更令人称奇的是，清朝末年，从遂宁来了一大群人，这群人抬着一位病恹恹的地主小少爷，说是靠打卦，安居的刘银子才医得了少爷的病。刘银子随手扯了一些草药，让少爷吃了，不过两天，少爷就生龙活虎，走路回遂宁了。就这样，刘银子的名声大震，上至遂宁，下至重庆，找他医病的、找他拜师学徒的还真不少呢！最为真实的是，现今89岁的刘沛然老人，在几岁之时，屁股上长了一个疔疮，疼痛难忍。刘银子见了，不问三不问四地闷尺两棒，用竹块在他的疔疮上打了两下，真奇了，刘沛然一下子疼痛顿消，刘银子还拿出两块铜圆，请刘沛然吃了一碗小面呢！

刘银子在行讨过程中，如果遇上了贫寒人家用到了假银圆，刘银子就用自己的真银圆将假的兑换过来，还说上一句"假做真来真亦假"的禅语。

民国初年，黑龙嘴修水码头，不管如何修，头天修起，第二天，码头就遭水冲。刘银子见了，就将讨来的铜钱塞在石块的下面，这样，水码头就再也没有被水冲垮过了。现在，还时不时有人在河边拾得铜钱，据说，那就是刘银子塞码头时所留下来的。

人们传说着刘银子的道法，说他道法特高，不可捉摸。这不，民国中期，安居有一个烂人，绰号"五和尚"。五和尚是一个头上长疮、脚底流脓、坏透了底的杂皮，他可没少干欺男霸女的坏事。特别是五和尚依附了驻安居文庙坡上的国军团长后，便狗仗人势，狐假虎威，气焰更是嚣张！那一天，在安居西街茶馆，刘银子向四周的人都乞讨了，就是不向五和尚讨上一文半钱，惹得五和尚鬼火直冒，认为刘银子臊了他的皮。他拉住刘银子，挥拳就打，张口就骂："给老子！臭要饭的，装疯卖傻！"五和尚的拳头却被刘银子巧妙地躲开了，刘银子顺手一掌，把"莲花闹"竹片狠狠地砸在了五和尚的脖颈处。后听人讲，五和尚修炼的是高黄鳝功，刘银子打其脖颈，实为"打蛇七寸"、击其命门的高招啊！还有人讲，刘银子边打边含混地吼了一句："三天必死太平仓。"太平仓为何地呀？它就在安居文庙坡上，是国军的军事重地。

话说回来，五和尚这种依附国军的烂人，哪个敢要他的命？刘银子的海口夸大了。

五和尚在大庭广众之下遭了刘银子的羞辱，哪里咽得下这口恶气嘛！他带着几个国民党的丘八，到处捉拿刘银子，到了北门，众人齐说："刘银子在城隍庙！"追到城隍庙，又有人讲："刘老乱到了波仑寺！"刘银子会"土遁"，将五和尚等人逗得团团转，他却毫发无损。有人说，刘银子土遁到合川吃豆花饭去了。

不过，到了第三天，五和尚像癞疙宝吃豇豆——心里面悬吊吊的。他龟缩在文庙的大殿中，心想："我不到太平仓去，四周有国军保护，哪个敢吃豹子胆！"殊不知，到了下午三点钟，国军炮兵擦炮"走火"，一颗炮弹直直地穿过正殿墙壁，将五和尚冲到不远处的太平仓的墙壁上，炸开了花。这下，安居人对除害拍手称快，同时对刘银子佩服得五体投地了，把他与神仙画上了等号。

刘银子在民国末年寿终正寝，他的众多徒弟将其埋葬于黑龙嘴。一到清明节，祭拜他的人络绎不绝，据说桌席要摆百把桌。人员来自四面八方，上至江油，下至重庆，都有他的仰慕者。特别神奇的是，刘银子的坟头长起了茂盛的红茅草，许多人都去拽茅草熬水喝，此水能包治百病。为了防止茅草被拽完，其蒋姓徒弟还在坟旁搭建房子守坟，只允许别人拽七根红茅草。

"刘银子，戴项圈，作个揖，拿个钱！"这首童谣和刘银子神奇的故事就像滚滚江水一样绵延悠长……

枯草青传奇

杜锦权

铜梁民间多奇人,道家真人张三丰仙游巴岳山的故事我们且不多说,今天给大家摆摆张真人的八代弟子、安居奇人——枯草青的故事。

枯草青的故事看似神奇,让人匪夷所思,但此人却并不是传说中的人物,而是我们身边实实在在的一位奇人!祖师张三丰寿高212岁,是史上罕见的长寿之人。而安居奇人枯草青据说活了348岁,直到1991年8月离开凡尘,他的传奇人生才画上了句号。

枯草青本不是安居人,人们都说他来自成都金堂(其实是他自己说的)。据和他打过交道的老年人说,明末张献忠血洗四川,民不聊生,不但难觅人烟,连山林野兽都饿得皮包骨头,夜夜鬼哭狼嚎。而枯草青恰恰就在这个时候来到了人间,而且一出生便成了孤儿,靠吃百家饭过活……有一天,讨口子枯草青来到道家圣地青城山,被一位道长收留,成了一个小道童,从此有了名字"枯小青"。长大成人后,"枯小青"变成了"枯少青",来到安居时就叫"枯草青"了。据八九十岁的老爷子们讲,他们小时候看到的枯草青是个白胡子老头儿,到自己成为老头儿的时候,他却还是那个样子。

落户安居

枯小青天资聪慧,在青城山深受师傅喜爱,得到真传,练就一身绝技。但他生性自由散漫,过不惯戒律清规的生活,不久便又开始了他的流浪生活。

大概是在民国初年,安居黄家坝上一个以打鱼为生的老汉腿上长了一个大疮,久治不愈,最后瘫在了床上。

一日天降冰雹，老汉的茅草屋被打得四处漏雨。老婆子跑到屋后抱谷草时，见一个干瘦的长胡子道长站在墙角避雨，便请他到屋里落座，并为他送上一碗姜汤。道长见屋内躺着一个老汉，不停地呻吟。他仔细地端详一番，顺手在水缸边抓了一把泥灰，吐几口唾沫，捏了几下，敷在了老汉的疮口上。说来也神奇，第二天，老汉的大疮居然疤干痊愈！这下，老汉一家人把枯草青视为下凡的神仙，硬要把枯草青留在家里来供起，一辈子做牛做马也要服侍他。

就这样，枯草青从此在安居落了户，故事也开始家喻户晓。

有吃有住，不用四处流浪，这日子过得倒也舒坦。没有事做，枯老就和小孩子打得火热。因为他会玩把戏，所以孩子们总是跟在他屁股后头撵，为了让他露一手，也常常凑钱请他"剥花生"。

有一天，枯老和小朋友们一起玩"抓子儿"。孩子们哪里是他的对手，几个回合下来，枯老觉得没趣儿转身要走，孩子们却不依不饶。为了摆脱孩子们的围困，枯老抓起游戏用的鹅卵石子一人分一颗，放在孩子们的手心，并叫大家攥紧了。随后，他吹上一口气，大喊一声"熟了"，便不见了人影。等小朋友们回过神来，伸开手指，却发现小石头已变成了花生米，轻轻一咬，还挺脆的呢。

如果说这只是常见的魔术，那么老爷子们见过的枯老"赶虱子走路"可就算得上是绝活了。常常有人看到他在盛夏的晌午时分坐在大竹林的草垛下挽起裤子，手拿一棵狗尾巴草赶着一排虱子在大腿上来回地走动。狗尾巴草指向前，虱子就向前；狗尾巴草指向后，虱子就立刻掉头，还可以带着虱子转圈圈，走"一二一"，简直神了！当然，枯老绝不是只会玩点儿小把戏这么简单，他也精通一些奇异的医术，总能救人于危难之时。也正是这些神奇之术，让街坊邻居视他为活菩萨，对他万分敬仰。

奇人奇事

当然也有拿活菩萨不当一回事儿的。有一天，一个石匠趁枯老从塘口经过的时候抡起大锤,和着调子唱起来:"春天里来舍百花艳,枯老头来到石塘边,哪个龟儿说他是活神仙,我说他舍像个阉太监,锤子生锈舍要煊一煊,免得长虫舍遭腐——"随后一个大锤抡下去,和着"当"的一声响,石匠故意提高声调吼上一声"烂"。枯老一听,他分明就是在嘲笑自己,但枯老并不生气。都说高人自有分寸,只见枯老一边小心地走过塘口,一边懒懒地回应:"不怕你娃嘴巴烂,大锤落地杆杆断,石头变得比钢坚,全身酸痛一年半。"望着枯老远去的背影,石匠根本就没把他的话放在心上。但当他再次抡起大锤落下的时候,不但石头纹丝不动,直冒火星,大锤手柄巨大的反弹力还把他掀翻在塘口。顿时,石匠全身上下阵阵酸痛,浑身无力,手柄也如枯老所说断成两截。这回,石匠算是见识到了活菩萨的威力,正想道歉却为时已晚,枯老早就不见人影。

无独有偶。枯老曾有个徒弟,自从学了些"手艺"后,他便以此玩些见不得人的勾当。枯老再三告诫,徒弟也拍胸脯打保票:不再乱来。哪晓得这家伙口是心非,喜欢整阴的,最终被送进了牢房。徒弟托人给师傅带话,希望师傅能帮他一把。谁知不但信没送到,枯草青反而被视为同犯被抓了进来。怪事恰好就出在这里,这也是街头巷尾的老头子们最为津津乐道的一个话题。人们都说枯草青在坐牢的时候,经常有人看见他在街上或田间地头游荡,还坐茶馆。好事者告状说枯草青越狱,而看牢的人却说:"鬼扯!枯草青压根儿就没出过牢门。喏,不是还在牢里好好的么!"

与世无争

都说枯老有功夫,但从未见他与谁有过争斗。好事者通过各种手段戏弄他,他也大多忍气吞声,不予争辩。他医术奇特,帮助过无数乡邻,却被冠以搞封建迷信、蛊惑人心的罪名,他却不以为意,一笑了之。新中国成立后,生产队老鼠猖獗,枯老找来纸笔,一边念叨一边随手画了一些猫的画像贴在粮仓的仓板上,鼠患真的从此消失。之后,老百姓纷纷效仿,以至于后来铜梁农村的许多老房子的灶台上都还保留着纸猫的画像。

作为修道之人,枯草青有几分能耐其实是很正常的,但在那个动荡不安又缺衣少食的年代,枯草青的这些本领在缺少见识的常人眼里或许就成了了不起的奇异之术,且在传扬之时多少有些夸大。当他离开尘世越久,他的故事越是被传得神乎其神:

枯草青,道法深,太上老君传迷津;
虱走路,纸猫灵,钢针卵石当饭吞;
不整人,不欺生,传道修行救苍生。
枯草青,医术精,单方胜过李世珍;
怪毛病,疑杂症,一号二吹就断根;
乡八里,远千里,求诊问窃人重人。
枯草青,是奇人,长生不老胜真神;
三百岁,还长生,头发白了又转青;
追远古,看当今,天下奇闻第一人。

/ 仙凡之间 /

金钟寺的传说

葛稚川

古人云:"山不在高,有仙则名;水不在深,有龙则灵。"铜梁旧县的金钟寺就是这样一个地方,它历时1300多年,却依然香火旺盛,声名赫赫。关于寺内金钟的传说,更是令无数人着迷。

旧县位于铜梁城东16公里,南与璧山相邻,北与合川相接,有铜合大道穿街而过。和大多数乡镇不同的是,旧县格局颇大,"旧县"二字颇有一番来历。据《铜梁县志》记载:"唐开元二十三年(735年),合州刺史孙希庄奏准,划石镜(今合川)之南、铜梁之东置巴川县,初治旧县镇,后于777年至779年间移至巴川镇。"也就是说,在公元735年至779年之间,这里曾是巴川县的县府所在地,后来撤县设场,为纪念这段置县的历史,就将其命名为"旧县"。

由此可知,旧县曾是一个商贸繁华、经济发达的地方。商贸的繁华不但为旧县带来了人气,还促成了金钟寺的建立。据金钟寺内明代成化年间御史合州刘仁《大建金钟禅寺》碑载,金钟寺始建于唐,兴于宋,距今有1300多年的历史。元明清三代,金钟寺都有过增修和维修。金钟寺最兴盛时,占地很广,当地人世代相传,称"金钟寺有四十个天井"。

金钟寺所在的山,人称象王山,距旧县仅一里,海拔不到三百米,状如一只大象,大象鼻子直探小安溪河。金钟寺在象王山的背脊之上,远看就如同一只大象驮着一座寺院,"大象驮寺"便由此而来。

金钟寺坐东向西,有两道大门。第一道是卷拱石洞形状的寨门,门楣上方有"金钟寺"三字。第二道是山门,距寨门数十步远,是六柱五间三重檐仿木石结构。山门门楣上方阴刻"恩沛佛门"四字。山门的门柱上,有一副对联"胜地重新听隐隐金钟五更唤醒行人梦,名山独占对层层巴岳一色浓浸古佛头"。门柱次间右刻"群山",左刻"耸秀"。再往前,便是天王殿、观音殿、大雄宝殿(20世纪重修金钟寺时,缺乏常识的工匠竟将大雄宝殿与观音殿互换了位置,所以现在观音殿在大雄宝殿前面)。

登临金钟寺,可以鸟瞰旧县全景,山前横贯铜合公路,山后小安溪河蜿蜒绕过,视野十分开阔。若远望金钟寺,茂林修竹中,一片红墙十分醒目,搬鳌坐脊、斗拱飞檐也隐约可见,非常雄伟。尤其是红日初升的早晨,目睹满天彩霞映着千年古刹,耳闻清亮晨钟响传百里,人们情不自禁地生出虔敬之心。这一难得的景观叫"金钟送曙",为铜梁八景之一。

寺里最具传奇色彩的,是那口金钟。据《通志·金石志》载:"寺有钟,赤色如金,扣之声闻百里,盖先代物也,今无存。"金钟寺因之得名。关于金钟,有两个非常动人的故事。

相传很久以前,一位高僧在夜梦中受到佛祖指引。佛祖说:"毓青山西麓,巴川县境内,水有小安溪,山有象王山。你速往山顶建寺,以护佑一方生灵。"高僧蓦然醒来,佛祖之言犹在耳边回响。高僧不敢怠慢,走遍中华大地,终于找到象王山。见此山竹木葱郁,山势突兀,高耸于巴川县(即今旧县)城边,下临潺潺流淌的小安溪,果然风景如画。高僧十分欢喜,便化缘建寺。

寺建成之后,按例要铸钟置鼓。一日深夜,高僧独坐禅房,朦胧中忽闻佛祖降谕:"象王山,小安溪,实乃灵山圣水。今夜子时特赐金钟一口,以作镇寺之宝。此钟乃观音大士感念众生募化捐资铸造神钟之诚,摘下所饰之金耳环一只投入炉中,化成金水,浇铸而成。尔后寺之兴衰,全仗此宝。汝等宜恪守清规,不可妄为。"佛祖说完飘然而去。

高僧惊醒过来,双手合十,感谢佛祖,次日便督率工匠铸钟。待铁水流出时,只见空中祥云缭绕,瑞气氤氲,观音大士坐于莲台之上。观音大士飘至铸钟现场,略一偏头,摘下耳环一只抛入铁水中。铁水流进钟模,铸成金钟一口。观音大士口念偈语:"佛祖赐钟,永保永藏。金钟放光,严防祸殃。"那金钟自动从钟模飘出来,不偏不倚、稳稳当当地挂在大雄宝殿外预先准备好的钟架上，钟架的高低、大小合适。从此，该寺名为金钟寺，象王山又称金钟坪。

话说当年，奉佛祖法旨助寺铸钟后，观音大士为了保护金钟，命身旁的两只狮子化为两只石狮，降落于寺门前，以镇守金钟寺。时光荏苒，转眼就到了清朝末年。金钟寺"佛祖指引，观音送钟"的故事世代相传。每位住持圆寂之前，都会把这个故事告知下一任住持，并告诫住持：金钟放光时谨防灾祸。蒙古人攻合川钓鱼城、张献忠入四川之时，此钟都放光示警，非常灵验。

清代末年，鸦片战争爆发。外国侵略者进入中国大肆掠夺，一些侵略者还潜入内地偷窃宝藏。金钟寺因此遭遇大劫难。一群洋人不知从何处听说金钟是无价之宝，便闻风而至，窜到旧县，白天扮香客到金钟寺查看地形，却见大雄宝殿外挂的是一口锈迹斑斑的破钟。但他们断定此钟绝非凡品，便定下了一个天衣无缝的偷钟计划。其中一个洋人扮香客住进寺里做内应。其他洋人事先把船停在庙儿沱（地名，在靠近金钟寺的小安溪河边），半夜再去偷钟。

当夜，一群洋人自以为神不知鬼不觉，将金钟抬出寺院，行至寺门时，却见两只镇守山门的石狮四蹄生风，腾空而起，紧追不舍。洋人拔出枪来，一阵扫射。一只石狮不幸被打断了脚，只得停止追赶。另一只石狮寡不敌众，追到庙儿沱，眼睁睁地看着洋人将金钟抬上贼船，竟气急而亡。洋人们正高兴之时，金钟忽然飞了起来，射出万道金光。洋人们急忙跳起去抓，船翻了，洋人们都淹死在河中。

而今，金钟不知去向，但象王山的早晨却依然响着洗心涤虑的钟声。被气死的石狮被当地人埋了，只留下一座荒烟蔓草的"狮子坟"；但那只断脚的石狮还镇守着寺门，民间一直流传着它的故事——"金钟抬下河，石狮打断脚"。

太公寺的传说

刘 艳 苏其善

在小北海的边上,有一座远近闻名的寺庙——"太公寺"。寺庙虽不大,名气却很响。太公寺的前方两块大石头长成磨盘状,分别为"大磨盘"和"小磨盘"。寺旁有一块大石,叫"太公石"。与寺庙一沟之隔的山坡上也有一块大石头,人称"太母石"。

相传很久以前,铜梁北郭有一位姜姓少年,出生在极为贫寒的家庭。但他生性好学,先后学过杀猪和卖豆腐。有一次,他给一个姓马的大户人家送豆腐,恰恰被阁中调皮的马小姐瞧见。这个马小姐躲在窗前偷偷地反复打量着少年,少年皮肤白皙,五官清秀,小姐的心里怦怦直跳,脸上不禁泛起一圈一圈的红晕。

接连几天,少年都来给她家送豆腐。马小姐越看越喜欢,她恨不得立即飞下楼,与少年相见。可家规难改,没得到老爷和夫人的许可,小姐是不得像公子哥一样随便踏出闺房的。

马小姐知道父亲和母亲都比较迁就自己,便灵机一动,成天在母亲面前闹着要买胭脂水粉。母亲便想方设法地说服老爷同意她一个月出一次闺房。马小姐把自己打扮成男孩才出门,她女扮男装,就连父母有时都认不出来。

就这样,她常常女扮男装溜出家门,跑到少年的豆腐店,和少年谈论琴棋书画。没有想到,那少年也颇通文墨,他们很有共同语言。时间一久,聪明的少年识破了小姐的身份,马小姐便顺水推舟,道出了对少年的仰慕之情。事情很快被老爷、夫人发现,马小姐便被严加看管起来。

姜家少年思恋心切,以送豆腐为名,前去探望小姐,可每次都被老爷和夫人拒之门外。马小姐站在阁楼上偷偷地看着少年,心酸的泪水一滴滴流进心房。马小姐不忍心看着心上人这一来二去地折腾，便在房中大哭大闹，以死相逼。

老爷便四处张罗为小姐提亲，小姐死活不同意。最后老爷想出绝招恐吓小姐：如果小姐再不挥刀斩情丝，老爷就命家丁打断姜家少爷的腿，让他求生不得，求死不能。老爷又派人告诉姜家少年："小姐已经许配人家，正择日出嫁，不许再来纠缠。"

少年得知马小姐要出嫁的消息后，在马家门前长跪不起，只求再见小姐一面。马老爷极不耐烦地对姜家少年说："想见我女儿不是不可以，你得满足我的条件，挣够银子五万五。"少年跪到了深夜，后来被家人拖了回去。人们都笑话少年："银子挣够五万五，可以买到重庆府。"

很快便到了马小姐出嫁的日子。小姐始终不肯出门，对父母百般刁难，提出一个个苛刻的条件，目的就是想拖延时间让少年凑够五万五的银子。可她哪里知道，这是一个天文数字，一个穷苦小工怎能挣到这么多钱？

出嫁那天，少年无奈，只得早早来到花轿必经之处的树林里守候。令人难以预料的是，花轿行至半山腰的时候，抬轿的人越抬越沉重。大红花轿被一阵大风吹起，先是轿帘随风飘舞，接着轿子腾空而起，轿体在半空中解体。送亲和接亲的都一拥而上，来保护新娘。

可是谁也没有看见马小姐，只见红色的嫁衣散落一地。送亲的姑姑扒开嫁衣一看，马小姐已经变成一块石头，而且在飞快地膨胀，吓得众人纷纷逃窜。姜家少年这时从树林里跑出来，趴在大石头上放声痛哭。少年的眼泪滴落在石头上，石头便不再膨胀，静静地卧着。

之后，姜家少年每天卖完豆腐都要远远地望一望山头那边的大石头，默默地守望着马小姐。他还坐在山顶摆阵下棋，不时吟诗作画。

后来，姜家少年消失了，人们再也没有见过他。

一天晚上，一个道士经过姜家少年守望马小姐坐过的石头时，山对面的大石头方向突然刮来一阵大风。借着月色，他看见山对面的石头从中间慢慢裂开，直到开出一道门，紧接着，一位美若天仙的女子轻轻飞起，直接飘落在道士的面前。道士心中一惊，莫非马小姐化成了仙？

那女子亭亭玉立，双目紧闭。一个时辰过去了，道士看见山脚下一位少年拿着鱼竿缓缓而上。就在此时，那女子两手一指，山坡上出现了两块石头，一块是石磨的形状，一块是墨盘的形状。待少年走近时，女子两袖一挥，道士的身旁立马长出三块石头。一块石头上面摆着棋子，一块石头上面画着地图，一块石头上面摆着厚厚的书籍，道士根本就看不明白那些是什么书。

少年走到女子跟前，道士依稀看出是姜家少年的模样。女子深情地挽着少年，走向三块石头，然后弯下腰，两人窃窃私语。女子又走向最初两手指出的石头，原来女子在推磨，一圈一圈地磨着豆浆，磨累了就歇歇，偶尔还转过身来，缓缓地磨着墨。女子就在两块磨盘和少年之间来回地奔跑。有时候她教少年握笔写字，有时候她向少年讲书，有时候手把手地教少年画地图。

很快就到了三更，山下传来雄鸡打鸣的叫声。那女子转了一个大圈，便轻飘飘地飞走了，眼前的一切都消失了，少年也提着鱼竿下了山。女子面向少年的背影，掌心向上不停地吹向少年，少年走起路来很快，飞一般消失在道士的视线里。

小女子这才缓缓飞向对面的石头，隐于石头中。

道士迷糊了，他怀疑自己产生了幻觉，便沿着小路走向对面的山坡。对面山坡上的大石头依然静静地卧在那里，并无一丝异样。

再后来，有人说，那个少年就是赫赫有名的姜太公。因为马小姐是姜家少年的恋人，人们就把那块大石头取名"太母石"，把姜家少年坐过的石头取名"太公石"。从此以后，两山永相望，两石长相守。

据说，"太公石"和"太母石"很有灵性，所以来朝拜的人总是络绎不绝，于是就有虔诚的信徒出资在太公石的旁边修建了庙宇。据说，那些多年未育的夫妇，拜一拜太母石，第二年准能生下一个漂亮的女儿；拜祭太公石，则会生个大胖小子。所以在小北海一代流传着这样一句话："生女娃找太母，生男娃拜太公，龙凤呈祥谢祖宗。"

天星寨"北斗七星"的传说

苏其善

铜梁区水口镇天星寨是一座有着400多年历史的古寨,由两座孤立挺拔的大山相连而成。天星寨上,庙宇、寨门、城墙、碉楼等古迹遍布,历史传说故事众多,民俗文化底蕴深厚。天星寨山峦孤立,地势险峻,四面都筑有城墙,厚近一丈,最高处三丈,最矮处也有丈余。

天星寨山下通往山上的要道和险要的隘口,都筑有寨门。寨门原有七个,依天上"北斗七星"的方位仿建,位置奇特。七个寨门后因战乱和年久失修而逐年毁损,现只存有五个寨门——南极门、北极门、永安门、古佛门、藏井门。

天上有北斗七星。第一至第四星合称为"魁",第五至第七星合称为"标","七星"合在一起称为斗。《星经》云:"北斗七星,主天子寿命,也主宰相爵禄之位。"后民间有"北斗主生,南斗主死"的说法。道教将北斗七星神化,北斗七星成为司命主寿的七位星君。

《上清经》云:北斗七星,第一天枢宫,为司命星君;第二天璇宫,为司禄星君;第三天玑宫,为禄存星君;第四天权宫,为延寿星君;第五玉衡宫,为益算星君;第六开阳宫,为度厄星君;第七摇光宫,为慈母星君,总称七司星君。古人将这七星联系起来,想象为古代舀酒的呈斗形的勺子,故名"北斗七星"。

天星寨寨门依据"北斗七星"的方位而建,自然留下了一段与"北斗七星"相关的传说故事。

相传很久以前,玉皇大帝也知晓凡间的铜梁水口地界,有两座孤立的大山,两座大山由一条险要的绝壁相连。那时,人间战乱不断,烽火连天,百

姓饱受战争之苦，处于水深火热之中。于是，他决定去除人间疾苦，给流离失所的老百姓一个稳定的家。

有一天，玉皇大帝在天庭大摆筵席，宴请天上众神，欲聚群神之力，出谋划策，来实施他的宏伟计划。时辰还未到，各方神仙就纷纷来到南天门等候。

南天宫里，仙乐齐奏，众仙云集，有能歌善舞的七仙女，有神通广大的八仙，有抱着玉兔的嫦娥，还有携带北斗七星的北极仙翁……

天宫聚会，非同寻常。时刻一到，钟磬齐鸣，祥云缥缈，仙乐缭绕，热闹非凡。众神仙按照各自的级别，纷纷落座，欣赏美曲，品尝仙茶。

大神们正猜测玉皇大帝召集众神聚会意图之际，忽闻异香扑鼻，只见酿酒大仙正带领一群小仙女将一坛坛美酒抬上席来。嗜酒如命的神仙们早已嘴角流涎，迫不及待地将小仙女们斟满的美酒一饮而尽。

宴席上，蟠桃仙果、佳肴美馔应有尽有，神仙们觥筹交错，尽情开怀。北极仙翁和北斗七星更是飘飘然，尽情地享受美酒佳肴。

"众位仙家，今日请大家到来，在解除我对众卿家相思之苦的同时，还有一件重要的事情与众位卿家相商。"众神酒酣耳热之际，玉皇大帝威严地发声了，"这关系到民间疾苦，还请诸位仙侣尽心竭力地出谋划策。"

"究竟有什么事啊？看玉皇说得那么慎重！"众神狐疑不定，纷纷嘀咕。

北极仙翁问道："还请吾皇明示，有何事体？我们也好商量解决。"

玉皇大帝说道："前几日，我到民间游玩，发现下界铜梁县水口乡的老百姓饱受战乱之苦，衣不蔽体，食不果腹，扶老携幼，背井离乡，没有安身立命之所。为救天下苍生，众仙家可有良法？"

众仙听罢，觉得此事与自己无关，都连连摇头。

玉皇大帝顿了顿，接着说道："朕观水口西部，有两座孤立的高山，四面是悬崖峭壁，地势险峻，山上有宽阔的地面，完全可以开荒种粮，供人们生活。只是，山下有通往山上的数条小路，四面山崖皆可攀缘而上。所以，此处亦不是保险之地，需众卿家共谋良策。"

北极仙翁说道："这个好办，可以在这里建造寨子，四周筑起城墙，有小路之处，全部修建山门，用厚实的大门将其关闭，炮轰不毁，即可避险，保灾民安居乐业。"

玉皇大帝点点头并问道："此法甚好。但由谁去施行？"

众神皆摇头拒绝，不愿前往人间去做此苦差。

玉皇大帝无奈，只好点将："既然北极仙翁有此良谋，只有你能深晓朕意，替朕分忧。那就由你带领北斗七星去完成，如何？"

北极仙翁虽不想去，但也无奈，只好领命。

酒足饭饱后，北极仙翁立即行动，驾着祥云，到人间勘察，瞬间便不见了踪影。

北极仙翁来到水口地界，围着两座孤立的山看上数遍，心中有了主意。

他回到天庭，向玉帝汇报他的想法："我的打算，是在这两座山上建立一个寨子，四周筑上高高的围墙，让外人不能攀爬。在各个路口修建寨门，门关闭后外人不可进入。我数了一下，此处共有七条小道通往山上，可建七个寨门。"

"那修建的方案呢？"玉皇大帝对北极仙翁的意见表示赞同。

"由我负责修筑围墙，北斗七星负责修建寨门。等这些工程完工后，我们一起把山上的荒地全部开垦成良田，交给老百姓耕种；再就地取材，将开垦荒地时砍伐的木材和开采的石头，建造成石屋，供他们居住。"北极仙翁深思熟虑地说道。

玉皇大帝表示赞同，但他还不太放心，立即带着北极仙翁到水口实地考察。

这里，空气清新，鸟语花香，林草茂密，绿海如波。这里奇石众多，不缺建造材料。玉帝看这里山清水秀，如诗似画，景色优美，不觉感叹道："这么美丽的好地方，人类竟然你争我夺，让普通老百姓无法安身，凡人的心竟比我们神仙还要大啊！"

玉帝反复查看，仔细斟酌，觉得北极仙翁的方案可行，就说："按你的方案办吧，此事就交给你了，你带领北斗七星尽快完成。但愿建成一座固若金汤的寨子，百姓永不受外界侵扰，成就人间世外桃源！"

北极仙翁遵命，带领北斗七星开始紧急施工。他们就地开采石料，砍伐林木，修建围墙，建造石屋，开垦田土。数月过后，围墙和寨门都建造完毕，两百余亩田地也开垦完成，还修建了三十余间坚固的石屋。

围墙依山而筑，寨门按照北斗七星在天庭所在的地理方位而建，深得神仙居所之法。建成后，寨子整日仙雾缭绕，祥云飘飘，如同人间仙境。

工程完工后，北极仙翁请玉皇大帝验收。玉皇大帝捻着胡须，看着崭新而坚固的寨子，深感满意。

北极仙翁向玉帝请示寨子和寨门名字。玉帝沉思片刻，说："既然此寨为你带领天上的北斗七星所建，就叫'天星寨'吧。关于几个寨门的名字，就由负责建造的'七星'们各自取名吧！"

北斗七星分别为自己修建的寨门命名。东南西北四个方向的主门分别为东山门、南极门、西山门、北极门，中间进山的悬崖险要处的三座小山门分别为永安门、古佛门、藏井门。

取名完毕，玉帝吩咐北极仙翁尽快动员无家可归的老百姓到此生活耕作。

北极仙翁又带着北斗七星，变化成常人模样，下山分别通知饱受苦难的老百姓到寨子里居住。百姓到了山上，看到建好的房屋和开垦好的田地，都十分欢喜，在此安顿下来，过上与外界隔绝、自食其力的田园生活。北极仙翁带着北斗七星满意而去。

殊不知，后来因为寨里人的生活安定而富足，山下的老百姓不断涌入，人口逐渐增多，生活和生产资料渐渐减少。于是，寨子里又生出事端，人们为争夺地产纷争不断。且山下的流寇或受伤失散的士兵走卒也经常上山，人们的生产资料更加匮乏，天星寨里因此火药味十足，战争随时都有可能发生。

后来还有土匪流窜至山上，屠杀老百姓，欲占山为王。相邻的地痞恶霸也结党成派，都想上山分一杯羹。曾经的世外桃源，经常血流成河，惨烈异常，老百姓又生活在动荡不安的阴影之中。

玉帝闻讯大怒，立即指派北斗七星前去镇压恶霸，维护人间和平。

北斗七星到天星寨后，立即展开调查，惩治恶霸，维持稳定。但他们不可能长期驻守在那，他们只好使用仙法，把七个寨门全部封住。凡是不良之

/ 仙凡之间 /

辈进不了寨子，寨内作恶的人也会暴病身亡。

北极仙翁还在女娲那借得一块她补天未用完的奇石，安放在天星寨的正大门处，矗立于悬崖边上。每个星君都放上一只耳朵，以便随时听闻寨上诸事，好行监督之责。此时，恰巧有一位星君在天庭值守，没有到场，所以，这块奇石只有六只耳朵。后来，这块悬在山崖边的奇石，因为放了星君的六只耳朵被取名为"六耳石"。至今，奇石尚在，虽历经多年风雨，却未见一点风化。

寨里人在"六耳石"的监听下，再也不敢作恶犯科。天星寨终于平静下来，真正成为老百姓安居乐业的世外桃源。